·河南省作家协会重点作品扶持项目·

月夜的狐狸

青 年 作 家 文 丛

丁 威 著

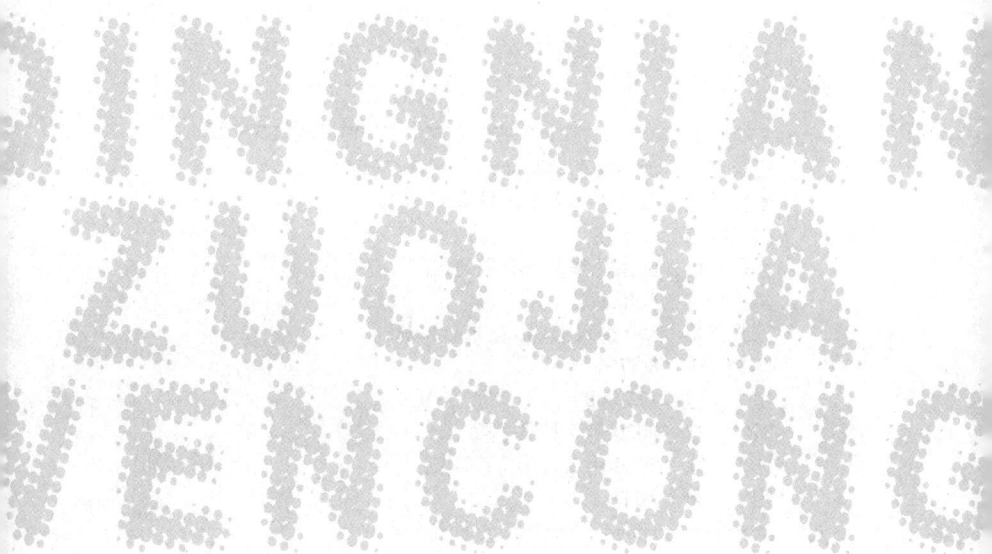

河南文艺出版社
·郑州·

图书在版编目（CIP）数据

月夜的狐狸/丁威著. —郑州:河南文艺出版社,
2020.5（2022 .5重印）

（青年作家文丛）

ISBN 978-7-5559-0980-4

Ⅰ.①月…　Ⅱ.①丁…　Ⅲ.①短篇小说-小说集-
中国-当代　Ⅳ.①I247.7

中国版本图书馆 CIP 数据核字（2020）第 058404 号

出版发行　河南文艺出版社
本社地址　郑州市郑东新区祥盛街 27 号 C 座 5 楼
邮政编码　450018
承印单位　河南龙华印务有限公司
经销单位　新华书店
纸张规格　890 毫米×1240 毫米　1/32
印　　张　8.375
字　　数　175 000
版　　次　2020 年 5 月第 1 版
印　　次　2022 年 5 月第 2 次印刷
定　　价　50.00 元

编委会

目　录

月夜的狐狸 1

麦苗青青 18

在阳光下哭泣 38

当我写给你 48

忧伤的马匹 61

麦田里的鸦群 70

暮色降临德克大街 92

你说，怎么飞 115

玫瑰舞鞋 142

马小淘的黄昏 163

青鸟·飞鱼 173

芒果的滋味 189

今日落大雨 201

你到不了的夏天 218

影子爱人 228

站台 240

鹅卵石尾戒 253

月夜的狐狸

一

关于月夜你想说什么？

水，月光的水。月光一点点融化的黑咕隆咚。一面夜晚的鼓，被月亮敲着，光的声音就到处飘，哪儿，哪儿，都是这柔软的月光的音色，一个个天大的秘密在夜晚，不胫而走，到处流传。

关于狐狸你想说什么？

…………

我父亲是个猎人。

这句话其实应该这么说，我父亲起先是个木匠，后来，做起了猎人。当然，这两个多少有些风马牛不相及的行当，让我父亲看起来像个怪人。

这其实与我母亲有关。

关于母亲，我所知甚少，更准确的说法是，我所知的母亲主要由父亲的嘴巴构成。父亲总在醉酒的时候才会跟我说起母亲。母亲就像是一身衣服，父亲的每一次醉酒就是一块布，一块一块地缝缀起来，成了我的母亲。

父亲把我母亲说成什么样，母亲就是什么样。假如父亲说，你的母亲她有一只眼睛，那么，我就毫不犹豫地相信，我有一个一只眼睛的母亲。

但是，父亲说，你的母亲是个荡妇，是个妖精，她是狐狸。

狐狸，我当然知道，它们妖魅，神秘，鬼祟，来去无踪影。你觉得你看见了它，你只眨了一下眼，眼皮子刚又睁开，它就没了。它是影子的影子，比光消失得更快。

二

那天晚上，父亲从邻村做完木工活，喝过酒，借着月光往家赶。有月光的地方是白的，土地和万物的轮廓是黑的。父亲脑袋里有七八分醉意，背后褡裢里的工具磕碰出金属与木器的声响。

回家的路要经过西山洼那块乱葬岗，这条路父亲走了不下千遍，即使是伸手不见五指的夜晚，父亲也一样走得毫无惧色，父亲脑袋里的醉意落实到脚上，他把脚步踩得杀气腾腾，像是一个接一个的拳头砸到地上。

父亲万万没想到，这天晚上发生的事情，改变了他一生的走向。

月光还是那样的月光，却又不是往常那样的月光。有月光的地方是白的，没有月光的地方竟然也是白的。父亲脚下一个趔趄，背后的褡裢和工具先跑了出去，脚尖上软了一下，父亲一只手撑住了地，回头去看，酒先醒了大半。

一个女人躺在路上，通身被月光照得发白。父亲瞪大了眼睛，脑门上先有了汗。脚尖上是热的，说明这女人还活着，父亲把指头伸到女人的鼻子前，有呼吸，却是弱的，还一跳一跳的，让人觉得这一呼，就可能没了下一个吸。

父亲没多想，弯腰抱起了女人，多软啊，简直就是抱着一团水。走了几步，父亲想起掉在地上的褡裢，就放下女人，把褡裢搭在肩上，又抱起了女人。

这一路上，父亲走得心中万千滋味，这女人的软，这女人的香，这女人的热，蛊惑得父亲神思晕眩。父亲没敢看女人一眼，只梗着脖子，把眼光朝着前方的路，都忘了自己的呼吸，回过神来，才又猛地吸一口，全都是女人的香，那种热气烘出来的软香，在父亲鼻子里点着火捻子，父亲觉得自己简直要炸开了。

把女人放到床上，盖好被子，父亲立马去找医生。关上门，走了几步远，父亲望着黑洞洞的院门，想了想，回转身，把门上好锁，又扯了一把。

月亮绷满了力量，朝着中天上爬，父亲的脚步踩得乱七八糟，酒早已醒透，月光泼到脸上，脚步认识路，父亲却不认识路。到了医生的院门前了，父亲的脑子还在女人那里。

手摸门环，声音从嗓子里跑出来，几乎是"扑通"一声，倒吓了父亲一跳，门环扣响的声音空洞洞的，父亲一嗓子又一嗓子地喊。医生屋子亮了光。

谁？

是我，快开门，闹人命的事！

"吱呀"一声开了门，医生拉开院门，灯照着父亲的脸，父亲脸上是一片汗气的光。

快，救人命！父亲扯起医生就要走。

医生甩开父亲的手，说，你等等，药箱子。医生转身回屋穿好衣服，挎着箱子出来了。

父亲后脚撵着前脚带路，医生在后面跟着，已经是秋夜了，凉气钻到医生的嗓子眼里，他一边走，一边手捂着嘴不住地咳嗽。父亲的脚步急，医生也跟得急，除了医生偶尔的咳嗽，两个人没有说一句话，只是闷着头走路。

有医生在身后跟着，父亲的心里踏实多了，一踏实，回过头来去想，可都像是梦，他从酒醒里跳出来，胳膊上似乎还留有女人热热的软香。月亮真好，远近皆无一点声响，脚步声把整个月夜踩得更加寂静。

推开院门，父亲摸出腰间的钥匙，门"吱呀"叫唤一声，点上灯，把灯移近，父亲才第一次看清了女人。这一眼让父亲心里"抖"了一下，父亲不知道的是，就是这一眼，让父亲此后的人生再也不同了。

医生在床沿上坐下，看了女人一眼，伸过去把脉的手也随之哆嗦了一下，宽厚的指肚搭在脉搏上，医生闭上了眼。父亲还在举着灯，一会儿看看女人，一会儿看看医生，女人的脸被光照得愈加柔和，呼吸漫漫长长，鼻尖上沁出了一小片细密的汗珠，灯光一照，一汪汗津津的水色。医生的眉头舒展开了，鼻子出了一股气，但脸上还是有问号的疑色。去外面说话，医生挥手示意了下。

这女人有喜了，劳累过度，受风寒动了胎气，不过也没什么大碍，开几服药吃吃，静养一段时间就好了。医生似乎还有什么话要说，举目瞥了父亲一眼，什么也没说。医生开好方子，嘱咐几句，挎上药箱准备走的时候，医生回头看了女人一眼，又长长地看了父亲一眼。

父亲送走医生，知道女人没什么大碍，心里才真正踏实下来。关上屋门，父亲把灯又举到女人的床边，月光也从窗棂照进来，月光和灯光合在一处，照着女人。

女人真是美，父亲觉得，真就应该让月光只照着女人一个人，眉眼和顺，女人的面目让一切都柔和起来，月光不动，灯光也不动，女人是静中之静，夜连一点涟漪也没有，女人浮动在月光的平面上，是晶莹的，又是剔透的，如此朦胧，鼻尖上那一片汗津津的水色，借着月光、灯光，好像成了光的源泉，流出来，把一切都照得明晃晃。父亲干干净净的，连呼吸也是慢了又慢的，父亲小心翼翼地看，一丝不苟地看，父亲心里静极了。

三

女人好了，主动把饭做好了等做木匠活的父亲回来，并且把院门打开来站到了院门前的阳光底下。

女人像晴天里的一个响雷在村子里炸开了！

人人都在说女人，具体地说，是人人都在说女人的美。

孩子们挤挤挨挨地在屋后探头探脑，一个孩子被另一个孩子从后面推了一把，摔倒在女人跟前，满鼻子的灰，后面的孩子都在笑，摔倒的孩子麻溜地爬起来，一边骂一边笑。就连大姑娘小媳妇也都来了，她们更扭捏一点，离得更远，把脑袋后的辫子绞到指头上，一圈又一圈地绕。那女人在院子门前，在阳光里头，把一种陌生而又奇异的美，静静地释放着。她们看着她，心里也是满满的静。她们不像孩子们那样叽叽喳喳闹，只在心底把自己想象成她，想象成自己的一个白日梦。这梦是遥远的，所以虚幻，但是看着她，她是近的，就在眼前的阳光里头，梦也似乎是近的了，让她们觉得，这个白日梦不管能不能实现，看着她，就离着梦更近一点，她让美落到了实处，她们可以比照着这个美，一点点地靠近美。

后来，竟然连一大群男人也来了，她的美足以惊动这些男人。可是男人们毕竟抹不下面子，为了一个女人的美貌，跑来看热闹，让人觉得眼里没有世面，不晓得大风大浪。男人们只是听女人们说起她的美，心里想着，却在脸面上故意避开女人的美，谁也不朝那边去，没有一个男人出来朝哪怕近她一点的地方去！

后来，男人们却来了，挤挤挨挨地来了，这女人竟然抽烟！

男人们也都带着烟，各自抽着各自的，聚在那里，腾起一片烟气来。女人坐在院门下面的阴影里，脚伸出来，脚尖正好够到阳光，那一小抹阳光就在女人的脚尖上看不出变化地爬，女人脚上的一抹阳光好像也照到了男人们的心头上，照得他们心里生出一片毛絮来。

起先女人看着这聚拢来的一群男人，她并不转身去躲避，仍旧像之前一样好好地坐着，只是时不时把眼睛眯起来，脸上依旧安安静静的，眼角却吊了上去，这就有了一点妩媚的态度了。

男人们当然看到那一盒烟了，烟在女人的椅子旁边的地上，烟上是一盒火柴，女人一伸手就能摸到。女人把眼睛闭了好大一会儿，她伸手去摸烟，提出来一根，嘴皮子含着，火柴划燃了，眯着一只眼睛去对火，一片清新湛蓝的烟，在女人脸前升起来。男人们也从口袋里摸烟，对上了火，跟着女人一块吸。女人小小的指头夹着，在嘴皮子上含一下，就是一片清新湛蓝的烟气，一口抽完了，女人把胳膊在空中悬着，烟抽得很慢，在男人们看来，抵得上他们两根烟的工夫，女人依旧是安安静静的，抽完了一根烟。

隔了许久，阳光把女人的小腿都照到了，男人们只是在那里一根接一根地抽着烟，嘴里干巴巴的，心里空荡荡的。

女人又伸手去摸烟盒子，这回男人们的心都提上来了，女人的烟盒空了！一根烟也没有了！

男人们都在动，手都想往口袋里伸，却都在攥着。女人把烟盒放回去了，眼睛也睁开了，却把目光越过男人的头顶，朝着远处望过去，朝着村口的大路望过去，而后把目光收回来，在男人们的脸上一晃而过。女人又去摸火柴。男人们终于有了动静，几双手同时伸向了口袋，几根烟同时朝着女人伸过去，谁都没说话，只是把烟又朝前递了一些。女人的两只眼角都吊了上去，睃了一眼，却站起了身，把火柴收到口袋里，一只手提起椅子，另一只手一前一后关上了两扇门，只留给男人们一条窄窄的门缝，和躺在门下面的那个空烟盒。

男人们愣怔了一下，又一会儿，谁都没说话，就散了。回到家里，嘴巴却活络起来。总的来说，男人们对自己家的婆娘是这样说的，真的没想到，一个女人竟然抽烟，竟然把烟抽成那样！

至于具体抽成哪样，家里的婆娘没有问，那样还能是哪样呢？女人们亲眼见过女人，女人的样子就在她们眼跟前，即使男人们不说破，女人们都能够想到，要说，也就是，那样！

四

父亲和女人过起了日子，夫妻的日子。父亲怎么会想到，漂亮成那样的一个女人，会照顾他，给他做饭，洗衣服，收拾家，屋里屋外，院里院外，成了一个新家，一切都有了新样子，父亲有时候就觉得，他又回到了梦里。

这是白天的时候，到了晚上，女人又用她的软香温暖着父亲。父亲何尝不想呢，可是他不敢。父亲吃着女人做的饭，看着女人收拾的家，心里是甜的，可是身体上的苦却一天比一天重，父亲日思夜想，身体里的火想得熊熊燃烧，这样的夜晚，父亲只能一次次安慰着自己，安慰过后，是身体里更痛苦的煎熬。

那天晚上，父亲在睡意蒙眬间，听到了女人下床的脚步声，父亲眯缝着眼，看到在月亮里光着身子的女人，父亲把呼吸都收起来了。女人伸手掀起父亲身上的被子，轻手轻脚地钻了进去，女人的身体温暖，父亲的身体滚烫，钻进被窝，女人就像一只狐狸一样，把自己蜷缩起来，手伸向了父亲的身体，放到父亲的胸口上，父亲的心跳像蒙皮的被敲响的鼓面一样，女人的小手在父亲胸前细微地跳着，父亲浑身都绷紧了。父亲抓住了女人的手，放到鼻子前，贪婪地呼吸起来，女人的香顺着父亲的鼻腔，在父亲的神经上飞奔，一处往身体上飞奔，一处往身体下飞奔，父亲越来越饱满了，成了一滴行将滴落的水珠，无限肿胀。

父亲的手开始在女人的身体上游移，这一双木匠的粗糙的手，小心翼翼，胆战心惊，又诚惶诚恐。每一根指头上都带着柔和，每一根指头上都燃着火花，每一根指头都如此动情。女人在父亲的手指下展开了，这条妩媚的狐狸，这条要人性命的狐狸，把身体上的起伏，身体上隐藏的秘密，都向着父亲展开了，展开的过程是欲说还休的，在父亲的手指上，每一处都是险峰，每一处都惊心动魄。女人小腹那一块有了小小的弧度，父亲摸到了它的圆润，手停顿了一下，而后更加温柔地抚摩着它的圆润。女人在父亲的手指下，身体里翻起汹涌的波涛，一扇门打开了，细流从女人的身体里无声地往外涌动，像一场雨一样，女人潮湿了。父亲的手往下游走，到达了河流的堤岸，父亲像守护着风中的烛火一样，细心地打开它，探访它。潮水从女人的身体往上涌，一浪高过一浪，这巨大的潮水带动了女人的身体，女人颤抖起来。父亲翻起身子，脸埋在女人的胸前，手指安静地前行。他去吻她，打开她，走进一扇又一扇门，巨大而黑暗的潮湿，像闪电一样击中了父亲，父亲叫出了声音……

这天晚上，父亲贪婪极了，他几乎不要命了，到最后，父亲把自己掏空到再无一滴，才抱着女人沉沉睡去。

第二天，父亲却又不好意思起来．女人在做饭，身体被柴火的光亮映照着，蒸汽又笼罩着她，父亲盯着女人看，眼神几乎带上了钩子，又像一把温柔的刀，剔骨一样分解着女人，可是，待女人把目光朝着父亲望过来时，父亲就慌了，忙把脸转向一边，好像自己做了错事，对不起女人的事。父亲明明知道，女人是有多快乐！

五

女人的肚子一天天地大起来了，男人们对女人的态度依旧像之前那样，热是藏在里头的，冷是露在外头的。女人们的态度却在起变化，一个女人再美，一旦说不上来路，或者说，来路不正，这个女人就几乎是一阵歪风，歪风都是带着邪气的，更何况这个女人还抽烟。一个抽烟的女人，在女人们看来，几乎可以判定为"荡"，更有细心的女人，掐算着日期，看出来其中的猫腻了，身形不对，日期显然是没到火候嘛，肚子怎么可以成这个样子，肚子绝对不该成这个样子！

风言风语这个东西，就是人们的茶余饭后，是闲时间里那一点空白的余味，经嘴巴一说，经人口一传，是越嚼越有味的那一种，风言风语到了女人的嘴巴里，完全打破了"众口难调"，出奇地一致。风让言语到处流传，女人们来处不明的、压在心头上的东西，又成了火，星星之火可以燎原，风又推波助澜，整个村子都笼罩着女人的风言风语，话就到了父亲耳朵里了。

父亲往哪里去说，找谁去闹？这一切他当然都知道，父亲的嘴巴面对的是风，父亲的拳头面对的是火，这两种既实又虚的东西，让父亲有劲使不上，空压着一腔怒火。父亲思来想去，有了答案——

他决定给女人一个婚礼，大张旗鼓、热热闹闹的婚礼，不管风言风语如何，结婚就是一座房子，把风都挡到门外去。

既然女人来路不正，那父亲就给她一个名分，一个看得见摸得着的实实在在的名分，父亲觉得，女人没有来处，那他就给女人一个去处。

两个人的婚礼什么样？

父亲把消息都传出去了，日期都选定了，父亲请了唢呐班子，大红大紫地操办起来。可是，到了那一天，没有人来，没有一个人来，小孩子们也从村子里消失了，像是突然的一场大雪，把整个村子都打扫干净了。父亲看了看女人，女人脸上看不到风吹草动，但是眼睛里的内容，父亲明白。父亲抓住女人的手，紧了紧。两个人的婚礼，只要声音嘹亮，就够了，既然父亲的目的是想人们知道这场婚礼，到了这一天，人们全都消失了，这反而说明，人们都知道了，这就完完全全够了。

到了女人分娩那一天，父亲在门外就像个陀螺一样，到处乱转，摸不着方向，随着屋子里一嗓子嘹亮的哭声，父亲这个陀螺终于安静下来。他急吼吼地扎到屋里，接生婆说，是个男娃。女人的眼泪夺眶而出，汗水混着泪水，女人看起来像一朵被骤雨打湿的桃花。

六

出了月子，父亲又开始出门接活了。

这一天，同任何一天没有丝毫不同，早上起来，女人收拾好男娃，开始生火做饭，做好了饭，女人给父亲打来洗手的水，父亲擦擦脸，擦擦身子，坐下来吃饭，比平时多两样菜，显得过于丰盛了。父亲端起女人盛好的饭，吃得有滋有味，吃了大半碗，才发觉女人没有动筷子，女人的碗里空空如也，一双筷子静静地横在碗上，女人不动声色地坐着，一直拿眼光盯着父亲看，眼神像一碗平平的水，也是静静的。父亲停下吃饭，问道，你怎么不吃，望着我干啥？女人摇摇头，并不说什么，只是笑着，示意父亲继续吃，眼睛却没有离开父亲的脸，一直看着。父亲身上有了一点不自在，却也没有多想，依旧一口一口地吃着饭，只偶尔拿眼睛瞥一眼女人。这一瞥在父亲，是极其满足的，有知足和幸福在里面。

吃过饭，收拾好工具，父亲就出门了，女人帮父亲拍拍两边的肩头，捏掉父亲头上的一点草屑，直把父亲送到院门外，父亲走了老远了，回头看过去，女人还在院门前站着，看着父亲。父亲朝着女人挥挥手，就走了。

天快要黑透的时候，父亲回了家，整座院子是冷的，没有声音，父亲推开院门，屋子里没有灯光。父亲心里"咯噔"一声，推开屋门，屋子里没有饭菜香，父亲所担忧的事情终于还是发生了。

点亮了灯，孩子在床上睡着了。家里干干净净，一切收拾得妥妥当当，而女人消失了。

七

女人消失了，村子里的人觉得，这就是事情应该有的样子，没有来由的一个人，就应该毫无征兆地去。女人消失了，风言风语却没有消失，它们躲着父亲，在村子里口口相传，人人都朝女人身上栽赃嫁祸，把所想到的细枝末节，统统往女人身上倾倒，淹没她，而后生出恶意的花朵来。

女人们开始捏造这样一种在她们看来的事实，那就是这个来路不明的女人，毫无疑问是个狐狸精。一个女人，如何能够美成那个样子，眼睛吊成那个样子，浑身都是骚，竟然还抽烟，更不要提抽烟的样子，十足的一个荡妇，那哪里是抽烟，就是抽出浪货的样子来给男人看的，坐在院门口干吗，除了到处播撒她的淫样子，还能是干吗，离着多远，都闻得到那一股子腥味。是荡妇，是骚货，是狐狸精！

父亲成了村子里的外人，他在这到处流传的恶意里生活着，在这一潭臭水里泡了又泡。他对女人那样，把她捧在手里爱，含在嘴里爱，藏在心里爱，父亲想不到，对于一个女人来说，还有什么比有一个完整的家更重要的吗？

父亲对这个女人有多大的爱，反过来，就对这个女人有多大的恨。爱是如此自私的东西，它坚决不包容一切，就是直来直去，就是非此即彼。可女人不顾及他，生下了孩子，也不顾及孩子，就这样一走了之，父亲的心里有巨大的恨。

人人都说女人是狐狸精，父亲决定不再做木工活，他要成为一个专捕狐狸的猎人。他带着我，从村子里消失了。

八

月光照在林子间，有黑有白，昼伏夜出的动物们，在黑暗里窥视着，尤其是那些妖魅的狐狸，晃动着它们幽明的眼睛。父亲早已熟知林子里的一切，成了一个神奇的捕狐猎人。父亲用他那双木匠的手，制作了精巧、实用的捕狐工具，捕杀了无数狐狸。我想，狐狸一定像父亲熟悉它们一样，熟悉父亲，或者说，惧怕父亲。父亲浑身一定充溢了对狐狸的杀气，他捕杀它们，开膛破肚，剥它们的皮，食它们的肉，我也认为，这是父亲作为一个捕狐猎人所应该做的。

几年后，又一个月夜，父亲带着我，又去收取他的猎物。

父亲肩挎着猎枪，一手拉着我，我们踏着林间的夜露，朝着父亲设了陷阱的地方去。远远地，我们就听到了狐狸的哀鸣，父亲从肩膀上取下猎枪，父亲听出来了，那是两只狐狸，一只在痛苦挣扎，一只在呜咽。

走近了，父亲看到了那两只狐狸，两只白狐狸。一只已经被夹子夹住了腿，一边呜咽，一边用舌头舔舐着伤口。另一只狐狸在它身边打转，时而低下头，朝着受伤的狐狸发出低低的哀鸣。听到父亲的脚步声，那只打转的狐狸，抬起来头，朝着父亲眼睛里放出怒火，龇出满口锋利的牙齿，向父亲示威。父亲举起了猎枪，这只打转的狐狸后退了一步，紧接着，却做出一个让父亲吃惊的动作，它后退的那一步却是在攒足跳跃起来的力量，它没有选择逃跑，而是朝着父亲猛扑过来，我吓得躲到父亲身后，父亲也后退一步，慌张地扣动了扳机，这一枪没有打中要害，狐狸倒在了地上，甩了一下尾巴，挣扎着起来，又朝着我们猛扑过来，父亲又扣动了扳机，狐狸这一次被沉重的力量掼到了地上，再也没有起来。父亲仍旧不放心，换上子弹，"嘭嘭"又是两枪，白狐狸浑身几乎都被打烂了。

可惜了一张好皮。父亲说，而后跨过那条被打烂的狐狸，朝着那只被夹住的狐狸走去。

让父亲永生不能忘记的一幕发生了，可是已经晚了，父亲的猎枪的枪托已经狠狠地砸在了狐狸的脑袋上，那只狐狸只来得及发出一声沉闷的呜咽。

那只狐狸朝着父亲跪了下来！

父亲愣在那里，猎枪掉到了地上。我绕过那只被打烂的狐狸朝父亲走去，伸手去拉父亲的手。父亲没有牵我的手，我抬头望着他。

那只被父亲一枪托砸死的狐狸依旧跪在那里！

父亲没有像往常一样带走这两只狐狸，而是把它们埋在了林子里。父亲摸着那只跪着的狐狸的肚子，这是一只母狐狸。父亲摸着这只母狐狸的肚子，父亲用他那双猎人的粗糙的手，摸着它圆润的肚子，摩挲了好久。

还是热的，父亲说。

九

从那以后，父亲拾掇起他的老本行，又干起了木匠。他几乎成了一个完全沉默的木匠，而且，他只在有月光的晚上做他的木匠活。通明的月光下，父亲一个人坐在院子里，对着月光，一点点打磨手中的木器，沉默，专注，寂静。他手中的木器浸润透了月光，有了妖魅的气质。一段段，一根根，全都活泛起来，蠢蠢欲动，仿佛随时要在父亲手中夺路而逃。我坐在床上，透过窗棂看到，月光的釉彩包裹着他，他通体变得剔透，几乎成了被月光打磨的一件玉器，身后有一条恍如月光的银白的尾巴。

那是狐狸的形象，父亲的形象。

（原载《山花》2015年6月下半月刊）

麦苗青青

过了年，爱莲就十八了。十八，就到了谈婚论嫁的年龄了。

其实，在陈族湾，十八才想起来谈婚论嫁，已经晚了。爱莲的邻居小曼，十八岁那年，也就是前年，已经嫁到湾里了，上个月喝了孩子的周岁酒，一个男娃娃，营养跟不上，就有些寒瘦，这样就显得眼睛出格的大。爱莲抱过来搂在怀里，温吞吞的一个小家伙，不哭不闹，只拿还挂着泪珠的大眼睛看爱莲，看得爱莲心里漾起一阵阵的暖来。小曼就在旁边笑着逗孩子，喊阿姨，爱莲阿姨。小家伙顿了顿，盯着爱莲看，看了一会儿，嘴巴瘪下去了，眼睛硬撑着，一点点地注水，要哭。小曼就伸手过来搂孩子，爱莲小心翼翼地传过去，说，娃子的眼睛真水灵。小曼接过爱莲的话，先是叹了一口气，说，营养跟不上，眼睛瘦大了，湾里的日子比不得岗上，嫁去两年，涝了一年。唉。爱莲闭着嘴没接小曼的腔，心里有几句话，憋着，没说。小曼两只手颠着孩子，边颠边对爱莲说，爱莲你也十八了，说得上了，我命苦，嫁到了湾里，想想，苦了自己也没什么，倒是孩子也跟着苦，真是糟了大心了！爱莲还是没接小曼的腔，眼睛盯着孩子看，一颗泪珠儿挂在睫毛上，莹莹的，透着一点儿锐利的光，有棱有角的，爱莲的心就有些说不上来的感觉，好像孩子那点儿眼泪流到了爱莲的心里，玻璃似的光扎得她心疼。小曼瞅着爱莲望着孩子发愣的眼神，说，快晌午了，我得回家做饭了，可是能做些啥子饭哪。唉。小曼又叹了一声。这一声叹气显得特别长，小曼已经走挺远的了，爱莲的耳朵里还在响着小曼拖长了尾音的叹息声，像一根茅草刺弄着，又把这感觉雾一样落到爱莲心里，爱莲的心似乎也变得毛毛躁躁的了。爱莲望着小曼越来越远的身影，愣怔了好大会儿，抬头瞧瞧天，一个雾蒙蒙、白晃晃的日头，贴着灰扑扑的云，那雾气似乎扑到了爱莲的眼睛里，爱莲觉出了凉。又站了一会儿，不知道要想些什么，是要晌午了，爱莲家也要做饭了，爱莲挎着篮子就朝家去了。

　　爱莲的家在岗上。岗上的地旱涝保收，遇到好年景，多收些，人就有了足实的口粮；逢到差年景，少收些，勒紧裤腰带，人少吃几口，也能将就着过。而湾里，就看天了，雨水一多，淮河水一涨，整个湾里就变成了大水窝窝，那一年的收成也就泡了汤；要是赶上连天暴雨，整个湾里就成了一片汪洋，等洪水退去，许多年的辛苦打了水漂，家也几乎破败得不成样子了，更有许多家房屋坍塌，望着洪水退去后的家园，欲哭无泪。所以湾里的人家，都怀揣着一个搬到岗上的梦，而湾里的姑娘，就怀揣着一个嫁到岗上的梦，从湾里到岗上，看着几十米的距离，许多人家却走了几代人。

　　小曼是岗上人，却人往低处走嫁到了湾里，这跟小曼腿脚上的毛病有关，小曼的左腿因小儿麻痹，走路一瘸一拐的，岗上的男青年，宁愿说个湾里的健全人，也不要小曼这样一个腿脚有毛病的。小曼爹从小曼十六岁那年就给她的婚事操上了心，起先还揣着岗上人的傲气心。小曼打小就没了娘，小曼是爹一手拉扯大的，爹跟她亲，就怕苦了小曼，想找个岗上的人家，也好吃一碗饱饭。一年过去了，两年过去了，眼见着岗上的姑娘一个一个结婚了，生孩子了，小曼还是没找到婆家，小曼爹的心气慢慢就被磨没了，女儿也眼瞅着一天天大了，过了年就十八了，再这样耽搁下去，以后更是难说了。小曼爹咬了牙，将小曼嫁到了湾里。就算是湾里，小曼这样的，也不好找人家，小曼爹的心气一降再降，后来，小曼嫁了湾里一个30岁姓赵的"老"光棍。

　　出嫁那天，小曼的眼泪一直在流，迎亲的唢呐声都在外面吹了半天了，小曼还坐在炕头上，一个劲地在盖头下哭，姓赵的在小曼面前不停地搓手，媒人在旁边催了多少遍了，小曼的哭声还是止不住。后来唢呐声也停了，渐渐地，小曼的哭声也小了下来。小曼问，俺爹呢？媒人说，寻人找了，这都老半天了，也没寻到你爹。小曼心里的疼一凛一凛的，她明白爹为啥在她大喜的日子不见了踪影，小曼咬咬牙，把手伸给了媒人，唢呐声又欢天喜地响起来。小曼爹在西草湾听着渐远的唢呐声，那里面吹的仿佛不是喜事，把小曼爹的泪水吹了满脸。

　　爱莲和小曼不同。在岗上人眼里，爱莲是天上的仙女下凡，鸭蛋脸，白皙的面色，大眼睛里漾着水汽，高个头，风摆柳一样的腰肢，两根粗黑的大辫子在腰间快活地跳来跳去，能干，担百斤挎百斤的，抵得上男劳力。陈族湾的人家说到谁谁家的姑娘好，听的人会问，那跟爱莲一比，咋样？说的人就歪着脑袋，瞅着天，好像爱莲这个仙女，那时候就在天上似的。看一看天上的爱莲，比较一下，想一想，说，个头嘛，没爱莲高；面皮，也没爱莲白净；腰，也没爱莲水活……姑娘家，哪能都跟爱莲比啊？！

　　大家都说爱莲的时候，爱莲也十八了。爱莲十八了，按说，照着陈族湾的习惯，爱莲早就过了谈婚论嫁的年龄，可爱莲是什么人呢，在大家眼里，爱莲是天上的仙女，又那么勤劳能干，哪能在这陈族湾的人间找一门亲事呢？谁也不敢去爱莲家提这门亲事，岗上、湾下，哪一门、哪一户能配得上爱莲呢？爱莲的漂亮、能干，对爱莲倒成了负担，哪能找到相称的婆家啊！

　　十八岁的爱莲，出落成了这样的一朵花，身体上隐藏的秘密，爱莲越来越多地知晓了，仿佛十八岁之前这些都隔着一层窗户纸，十八岁，爱莲拿指头蘸了唾沫，点破了这层窗户纸，那里面隐秘的成人世界，就向爱莲打开了。尤其是到了夜晚，爱莲心里就盈满了沉默着的一汪水，升起些月光一样的雾气来，薄薄的，笼着些淡淡的愁绪。周围都静了下来，只剩下各色昆虫的鸣唱，听起来，又寂寥又喧嚷。这些昆虫的鸣声，一下一下撩拨着爱莲的心，窗外白白的月光照进来，窝在爱莲的枕头边，水一样的凉。爱莲的身体里，潮水缓缓地拍打着堤岸，爱莲知道这一切，可是爱莲跟谁说呢，又怎么说呢，爱莲只能越发沉默，把力气使劲地用到干活上，这样，到了晚上，疲惫的爱莲就少了许多心思。

日子不好过，时间好过啊，这一眨眼，爱莲也十八了，一到十八，爱莲的婚事就称得上迫在眉睫了。可是，即使爱莲到了十八岁，陈族湾的媒人们也是慎重的，并不对爱莲娘提亲，只是拿嘴巴在爱莲娘耳朵旁敲边鼓，有事没事就拿着鞋样子到爱莲家说闲话。

爱莲娘和媒人就在堂屋里说闲话，媒人起先并不往爱莲的婚事上提，只是沿着婚事的边界绕圈子，怕猛然提到婚事显得唐突似的，爱莲娘的心思也全在这个上面，却也并不说破，说出来了，就仿佛要把自家身份降了一个层次，降出去了再收回来就难了。东家长李家短，这样的琐碎话说了一大圈子，眼看着越绕越远，怕是要回不来了。媒人心里急，爱莲娘心里一样急，彼此把话头停下，顿一顿，留一块空白的余地在那里，各自稳一稳脚跟，再把话头往回收，收起脚步来，也一样是慢声慢气的。一个怕唐突了，一个怕降了身份，总归都是在心底想着这个仙女一样的爱莲，要把爱莲放在天上，好像这个爱莲不仅是爱莲娘的爱莲，还是大家的爱莲，要放在手心里，端端庄庄地捧出来。这样把话头往回收时，就有点像戏场上急雨般的鼓点，一下一下地把爱莲娘和媒人的心跳，往鼓点越来越密的节奏上引，就要跳到嗓子眼了，谁先把那句话说出来呢？在这个问题上，爱莲娘充分表现了主动性，爱莲是谁的闺女，说到底，是她的闺女，她有把这份傲气保持到底的魄力。找准了时间点，媒人就率先把话头落到了"婚事"这两个字上了。

爱莲并不到堂屋里，而是躲在边房里纳鞋底，说是纳鞋底，爱莲的心思并不在鞋底上。她把耳朵伸到堂屋里，娘和媒人的话，全都一字一句地落到爱莲的耳朵里，爱莲知道她们在绕圈子，纳几针，爱莲想一下，绕了那么远了，后来，就慢慢往回走，终于说到了"婚事"上，爱莲的手就停下来，耳朵就往她们的嘴边靠近些，那鼓点也敲到了爱莲心上。爱莲屏住呼吸，她也弄不清自己渴望从她们的话里听到些什么，只是那些话，一个字一个字长着眼睛似的往爱莲耳朵里钻，听着她们的话，爱莲不知道是该喜还是该忧。

总结起来是：爱莲这闺女，不吃商品粮的不嫁，不是干部家庭别想！

可是，模样俊俏又能干的爱莲，有一样大遗憾，没上过学，一个大字也不识，是个"睁眼瞎"。干部家庭，吃商品粮的，一见爱莲的模样，都喜欢，可细一打听，就都遗憾地回绝了，要是有点文化、识些字就好了。低门不进，高门不娶，这爱莲还真是不好找婆家。

爱莲说不上婆家，她心里的那块隐秘却被越擦越亮，细瞧瞧，都像一块疤了。忙了一天的爱莲，吹熄了灯，躺在床上，却睡不着了。兴许是白天过于忙碌，爱莲一丝都没感觉到身上的劳累，入了夜，躺下了，身体的疲劳就一窝蚂蚁似的赶过来了，又蚂蚁一样在爱莲的身体里钻，有一点酸，又有一点疼。爱莲想想，其实主要还是心里那块地方，爱莲的婚事，它在不停地打磨着爱莲，尤其是爱莲的爹和娘。这也让爱莲想起了小曼，小曼说了两年亲事，最后嫁了个那样的人家，小曼爹可不就是一下子就老了。再想想自己的爹娘，爱莲睡不着的夜晚，总听见爹娘在炕上说爱莲，说爱莲的婚事，他们以为爱莲睡着了，说得很细声，可爱莲差不多一词一句都听到心里去了。有一夜，很晚了，估摸着都下一点了，爱莲听到从那边屋子里传来爹一声特别漫长的叹气声，这让爱莲接下来的好几天都睡不好觉，这一定不是爹累了的叹息，是愁，爱莲想。

桃花谢了，桃花又开，两度春花秋月都翻过去了，穷日子一年年地难过，可是闺女大了，一年年地好过，爱莲二十了。媒人很少再往爱莲家跑了，爱莲娘急得嘴上起燎泡，愁眉不展的，见人就叹气，美丽的爱莲成了娘的一块心病。爱莲呢，原本就有些沉默的爱莲，更沉默了。爱莲的美，也成了她自己的恨了，倒宁愿自己丑一点，或者就像小曼那样，坏一只胳膊、一条腿的，哪怕是个哑巴呢！爱莲也不爱照镜子了，在河边洗衣服的时候，她尽量避开自己的身影，她把衣服在水里不停地搅，把自己的影子整个儿打碎，打没，爱莲恨自己。

命运也许就是这样，把你的心性磨平了，磨没了，对一切都不期望了，它就转而回头，给你瞧见一点光。

这年开春，有个好消息传来。传来好消息的是爱莲的邻居，邻居有个表弟，十九岁，姓赵，要去当兵了。邻居家的这个表弟每年都来陈族湾拜年，大家都认识。人长得漂亮，粗眉大眼，高高的个子，见人总是笑，一笑，嘴角挂起两个酒窝，还会吹口琴，活泼泼的，很讨人喜欢，就是黑了一点。庄稼人，黑怕什么呢，黑一点，更健康。过去说了不少户人家，都没成，一方面是因为挑三拣四，另一方面是小赵也住在湾里，那是个大水窝，每年夏天一涨水，大水就围住了庄台，将满地庄稼一把手抹平，十年八淹，谁家的好闺女会往那个大水窝子里扔啊！

小赵和爱莲两个人以前早就见过，小赵来拜年，两个人碰了面，瞧见又像没瞧见，眼神游移着，不知道该往哪个地方放，话还没说，彼此倒先红了脸，爱莲白，小赵黑，一黑一白的，红红的，都很好看，心就有点跳，话也不知道该说哪句，只匆匆点个头，道一声新年好，就各自散了。散了后，脸都还要热半天，心要好一会儿才静下来，这样一看，虽说见过面，却怕是连对方的细致的模样都不曾好好看过，哪敢呢。

而现在，要给爱莲和小赵说亲了，这门亲事一提，爱莲家也有过踌躇，哪有这样好的大男大女在等着，是门好亲事，可是，那地方实在是太穷，这不等于是把爱莲往火坑里推嘛。不过，小赵现在是当上兵了，是农民的孩子跳农门的唯一途径。等到小赵入了伍，穿上了四个兜，这个"穷"字一下子不就甩掉了嘛。小赵那么机灵、漂亮的一个小伙子，又会吹口琴，提干的可能性多大啊。

小赵入伍的消息刚一传开，媒人的脚就络绎不绝地往赵家赶。对于爱莲一家，允许踌躇的时间是很短的，像夏季的一场急雨，说过去就过去了。第二天早上，爱莲娘就回话了，答应这门亲事。第三天，赵家就让媒人提了一个红布包过来，一挂炮一放，这下婚书的仪式就定了，这门亲事也就定了。

亲事一定，爱莲娘的心就落了地，可是，爱莲的心却还在空中浮着，落不到地。从十八岁别人给爱莲说媒起，到现在，一眨眼的，两年过去了，这两年的一天天把爱莲的心气一点点地磨，自打爱莲明确意识到自己十八岁了，意识到了自己的美，那扇窗户就朝自己敞开了一个口子，她得以进入另一个以前遮盖着的世界。爱莲一方面在脑海里想象着未来的那个人的样子，一方面又从心里升起丝丝的胆怯，具体她也说不清这种胆怯是什么形状，好像有一种被劈开的疼痛始终在她脑袋里萦绕。而这两年的漫长，细想想，快抵得上自己之前度过的那十八年了。爱莲的心思起来了，她有了感受力，一点点的变化，都足以在她心里掀起巨大的波澜。两年的时间都定不下来的婚事，竟然在一天的时间里定下来了，之前意念中的那个人的形象，几乎是突兀地具体起来了，又具体得这么实在，眼睛一闭上，就石刻一样地立在眼前了。爱莲说不好自己定亲之后的心，说起小赵，爱莲是喜欢的，要不怎么见面，脸要红成那样、心要跳成那样呢，要不怎么就果断地定下亲了呢。要说不喜欢，有没有呢，爱莲怕是说不好，只是爱莲觉得，好像还有什么东西在前面等着，至少她的心还在空中浮着呢，她的心上也有一层看不清轮廓的东西罩着呢。

想不明白的爱莲，索性就不去想。不去想了，爱莲反倒有些释然了。定了亲的爱莲，看起来与之前确实是不同了。也许是受爱莲娘的感染吧，爱莲脸上的喜色也多了，像是打了一层明亮的釉光，两条粗黑的大辫子梳理得油光水滑，眼神里的水波冰释般地荡漾开去。

爱莲家的西边有一块空场子，是陈族湾庄子上最大的一块空场地。这块空场子上民间活动很频繁，吞刀玩猴的，唱戏说书的，都选择这个场子。爱莲定亲后不到一个星期，陈族湾来了放映队，邻居告诉爱莲，小赵晚上也过来看电影，爱莲的心就抖了一下。这算是爱莲和小赵定亲后第一次正式见面。消息一传来，爱莲很早就起了床，把那块空场地洒扫了一遍，用胰子洗了头，梳理好了那两条大辫子，换上平常不舍得穿的那套衣服。这些都做完了，已经是晌午后了。吃了午饭，爱莲就什么都不做了，只坐在家里等着放映队来，更确切地说，是等着小赵来。

放映队先来了，爱莲坐在屋子里，听着场院那边孩子们喧嚷的吵闹声，心就开始慢慢往上提。时间开始是一秒一秒地过，慢慢地，变成半秒半秒地过，后来，时间就像是爱莲手下的一块面团，越擀越大，不见首不见尾了。小赵走到哪儿了呢，出了门了吧，过了河了吧，走上岗坡的山腰了吧，爱莲脑子里的小赵一步一步地朝自己走来，那些鼓点仿佛又敲了起来。

"吱呀"一声，爱莲的院门被推开了，是小赵，爱莲突然一下子就认清了小赵的脚步声，有些沉有些闷，又有些犹疑。爱莲把自己的影子飞快地在镜子里晃了一下，把额前的头发抚平。小赵推门进来时，对着爱莲娘喊了声，姨，爱莲在吗？在，在，爱莲娘应道，你们说，你们说，我去看看放映队。屋里就剩下爱莲和小赵了，爱莲把头低了下去，一片云霞就飞上了脸颊。爱莲说，你坐。小赵答应着，嗯，嗯。就坐下来。刚坐下却又站起来，说，爱莲，你坐，你也坐。这样，爱莲和小赵就都坐下了。爱莲刚坐下，想起了什么，又站起来说，你喝水不，我去倒水。小赵也半站起身，止住了爱莲，说，不麻烦，不渴的。就又都坐下了，屋子里谁都不说话，只听到外面的场地上熙熙攘攘的喧闹声，立时把屋子里的静放大了。小赵就说，要不，我们去看电影吧，怕是要开始了。

爱莲和小赵往场地上走过去的时候，人群里起了一阵喧嚣。他们俩是一前一后走着的，小赵在前面，爱莲在后面，小赵走得很慢，爱莲自然也跟得很慢。爱莲低着头，盯着小赵的脚看，好大的一双脚，爱莲的心就跳得更快了，好像眼光代替她的手抓住了小赵的脚似的，爱莲注意到小赵的鞋后跟已经快磨没了，小赵需要一双新鞋了，上部队之前，爱莲要给小赵好好地做几双鞋，爱莲在心里暗暗记下了。

　　这段筷子般短的路，却走出了火车般的长，人群的目光都朝着爱莲和小赵投过来。爱莲觉得有些甜，爱莲知道这些甜是由她和小赵两个人酿出来的，就觉得更甜了。小赵到了人群里，走到了幕布的西边，那边有人群闪出来的一点空位，是看电影的好位置，一看，就知道是人们专门闪给爱莲和小赵的，爱莲却在幕布的东边停住了脚，等小赵发觉的时候，他们俩已经隔着幕布两边整个人群的距离了。

　　电影快开始了，爱莲就把目光放到幕布上，心思呢，却全都在小赵那里，爱莲多想走到小赵那边去啊，那是个看电影的好位置，更重要的是，小赵在那边啊。这该算作爱莲和小赵的第一次约会了吧，就赶上了这千载难逢的放映队。夜空里星子很亮，跟放映队的幕布一比，就不值一提了。场地上人群吵吵嚷嚷的，爱莲知道，有些人的目光一定在她和小赵之间来回，想到这，爱莲就有点忍不住了，她飞快地朝着小赵那边转了下脑袋，目光扫了一下，一下子就把小赵的目光捉住了，小赵也正看着自己呢，小赵的眼睛里映着幕布的光，那么亮，爱莲的心"扑通"了一声。小赵朝着爱莲挥手，爱莲却又把目光收回到幕布上去了。小赵看着幕布上的光在爱莲的鼻尖上闪一个好看的弧度，心就被抓住了，也不知道哪里来的勇气，小赵三步并作两步地蹿到爱莲跟前，一下子就把爱莲的手抓住了，爱莲攥紧的手刚碰到小赵的手就松开了，小赵抓紧了爱莲的手，前面的人群立马就静住了，小赵也不说话，就攥着爱莲的手往幕布西边去，人群闪开了更大的位置，小赵牵着爱莲就站住了。人群就又嚷开了，爱莲听到有人在笑，爱莲心里也跟着笑。

小赵的手还在抓着爱莲的手，小赵不动，爱莲也不动，不大一会儿，爱莲手心里就满是汗水了，爱莲能感觉到小赵的手在抖，爱莲就攥了两下，而后，松开了。爱莲把自己的两只手绞在一起，小赵手上的感觉还停留在爱莲手上，小赵手上的心跳也还粘在爱莲手上，就在食指和中指之间，很细弱地跳着。爱莲拿眼睛的余光看小赵，小赵把手上的汗在裤腿上擦，轻轻的，一下，又一下。爱莲忍不住笑出了声。

电影放的什么，爱莲记不清了，爱莲就记得小赵在看电影的时候，不时扭头看自己。爱莲不扭头，爱莲只拿眼睛的余光看，爱莲想，小赵挺笨的。

电影放完了，幕布收起来了，星子就又擦亮了眼睛，一颗一颗的，芝麻粒一样撒得漫天都是。爱莲和小赵并着肩，只是没再拉着手，好像小赵把刚才那一股子勇气全用光了。只是走得很慢，也不说话，听着对方的呼吸，周围的人声都不在耳朵里。这一段路，再慢的脚步也经不起走，很快就到家了，爱莲家里的灯已经亮了。爱莲说，进屋坐一会儿。小赵说，不了，很晚了，又没有月亮，明天还要上工。就又在门口站了一会儿，还是没什么话，小赵说，爱莲，我回家了。就走了。爱莲没有答他，爱莲想，小赵真是挺笨的。

放映队走的第二天，爱莲忙开了。爱莲忙什么呢，爱莲忙着给小赵做鞋。想到鞋，爱莲就觉得自己太大意了，当时

光顾着看电影、看小赵了，都没问问小赵的脚是多大，去问
邻居吧，爱莲不好意思，邻居也不一定就知道，爱莲转念一想，
一旦问了，这鞋做出来，惊喜怕是要少了。这么一想，爱莲
就有些为难，爱莲想了想，有了主意，怎么办呢？爱莲去找
小赵的脚印了，小赵是从爱莲家屋后的猪圈那边走的，那边
差不多终年都是湿的，小赵的步子那么沉，该是会留下脚印
的。爱莲就去屋后找，在脑子里循着小赵走的身影，有自己
的脚，娘的脚，这两个都好认，自己的脚小一点，娘的脚更小，
可是小赵的脚呢，爱莲把呼吸都藏起来了，找得很仔细，都
快把眼泪找出来了，还是没有，都不是。爱莲接着找，有一个，
爱莲几乎要喊出声来了，那就是小赵的脚啊，那么大，跟她
的一比，都像是船了。爱莲弯下身子，仔细看，扯几根树枝
比画着，小赵脚的尺码就清楚了，爱莲几乎都看到小赵脚上
她做的新鞋了。

　　之后的几天，爱莲手没停过，天刚有一点光，爱莲就起
来做鞋了，紧着赶，终于赶出了三双鞋，小赵一两年该是不
怕了。鞋做完，爱莲的眼睛都熬红了，手也是又酸又疼，心
里呢，却是暖的。

　　不久，小赵就上部队去了，去之前来爱莲家吃了一顿饭，
跟爱莲爹喝了一点酒，小赵喝得脸红红的，还是没有多少话。
在爱莲爹面前，他也不敢拿眼睛看爱莲，却把脚上爱莲做的
鞋，伸出老远，爱莲一闪过来，小赵就把脚弄出些声响。爱
莲看着自己做的鞋，穿在小赵脚上严丝合缝的，就有那么一

点骄傲。爱莲就在心里笑，小赵也并不那么笨。这一顿饭吃得闷闷的，只在送小赵回家的时候，站在门口，小赵仔细把爱莲瞧了，爱莲也把小赵的目光捉住了，捉了好大一会儿。

小赵走后，爱莲就把大部分心思放到了地里。初秋了，湾里的滩涂地，小蓼长得格外茂密，一簇簇脑袋上顶着许多细碎的小花，紫红艳艳的，单看起来，每一朵小花都不起眼，可是一枝上蔓生了很多，一个挤着一个，一朵喊着一朵，嚷成了片，叫成了团，远远地看过去，一大片，一大片，喧嚣成了火。湿洼地里，水蒿撺着趟儿，一撺，就撺出去好几百米，蔚然成了撒出去的风，收不回来。河滩上溽暑的湿气，为太阳一晕，秋雾一样弥散开去。牛一解开缰绳，就撒起了欢，贪婪地卷起一把一把的草，粗重地喘息着，呼吸里也带上了拼命的劲头。天空是高远的，蓝刷子抹上了薄薄的颜料，再随手抹几朵白云，一切都极生动。上工的时候，下地锄草的，都是青年妇女，只是爱莲与以前有些不同了，爱莲总是扛着锄头跑到最前面去，脚步几乎是雀跃的。爱莲锄草的间隙，抬头望望天，天空就像她的一个蔚蓝色的梦，又清新又清澈，爱莲觉得身体变得很轻，藏了一只鸟似的，要跳，要飞。

青年妇女们一边锄着草，一边将欢笑的声音远远地播撒出去。有人说，等小赵穿上四个兜，爱莲就不用这么面对着黄土高日头了。爱莲却并不停下手里的活，低着头，声音闷闷的，说，要是真穿上四个兜了，说不定说一个城里的姑娘了，就不要俺了，城里的漂亮姑娘一抓一大把的。另外一个人接过了爱莲的话，说，城里的姑娘也找不到爱莲这么漂亮的啊！爱莲停下了手头的活，用手撑了下腰，拿眼光朝远处望过去，说，漂亮有啥用啊，俺不识字，真跟着他到了城里，怕是连厕所都认不得呢，这门亲事啊，就是这河滩上芝麻——不定油呢！说完这句，爱莲的鼻尖上暗了一下，望了望远处的天，就又埋下头干活了。

小赵走了，爱莲忙的时候还好，闲下来一点，脑子里就会有一个小赵，又清晰又模糊。想着先前磨了两年，磨到一个小赵，去了部队了，等着小赵穿上四个兜，这于爱莲算作一个盼头，是前面两年的苦涩过后，泛回来的那么一点甜。想起小赵的时候，爱莲就想起小赵牵自己时候那股子可笑的劲，有一点生硬，呼啦一下就把自己的手攥住了，攥出了汗，都不丢，那样一个夜晚，星子亮着眼睛，却没有几句话。再往下想，就是小赵伸出桌子的那一双大脚，脚上自己做的鞋，让爱莲再去多想一些，就没有了。小赵那么快就走了，爱莲和小赵之间的故事那么少，哪里经得起爱莲这样的回忆呢，想着想着，爱莲就有点无措，那一点盼头，也仿佛是可有可无的了，这一切，自己全都说不上来，爱莲就时常看天，好像那里有一个未来，有一个答案，给爱莲。

不到半年，小赵就从部队里给爱莲寄了一件黄的确良军上衣，两个兜的。爱莲第二天就穿上了。这在陈族湾的历史上，是姑娘穿上的第一件军上衣，虽然有些大了，穿在爱莲身上有些松垮垮的，但丝毫都盖不住爱莲穿上这件衣服的神气劲儿。

爱莲的美是天生的，这骨子里透出来的神气劲儿却是后天的，起先爱莲意识到了自己的美，这神气就生出了一点，却是藏头藏尾的，后来，因为爱莲的亲事问题，爱莲就一点点地把这神气掩盖起来了。而当这身军上衣穿到了爱莲身上，爱莲不自觉地就把这股神气劲儿全都挥洒出来了，仿佛爱莲的神气是天生的了，是骨子里带出来的了，爱莲把这件军上衣穿得自豪极了。

春天来了，爱莲在穿。天气热起来了，爱莲还在穿。秋天深了，冬天来了，天很冷了，该穿棉衣了，爱莲还在穿。逢着农忙，遇上脏的活计，爱莲才会脱下军上衣，仔细地叠好，抹平，盖上一块干净的布，拿一个凳子压着。干完活，洗干净了，拍打干净了，爱莲就又把军上衣穿上了。

一年过去了，两年又过去了，有人问起小赵提干的事，有消息吗？爱莲说，哪能那么快呢，又没有人！爱莲嘴上这么说，心里却慢慢地没底了，又浮在了空中。磨了两年，爱莲二十了，又磨了两年，爱莲都二十二了，爱莲心里想的，爱莲还是说不上来，爱莲知道，有些东西本来就说不好，说不清楚，非要说出来，爱莲觉得也许这就是命，至于"命"究竟是啥，爱莲又说不出来了。也许就像麦子绿了，结穗了，变黄了，后来变成粮食，这就是麦子的"命"，爱莲想。

大约是爱莲的黄军装洗得发白的时候，传来了消息，小赵退伍了。小赵黄军服黄军帽的来到爱莲家，变得更黑了，骨骼也结实多了，见到爱莲，也不像之前那么红着脸了，很能说，脸上洋溢着见过世面的豪情，眉飞色舞的，嘴巴不停地抖出很多话，偶尔还蹦出"妈的""他妈的"当兵的标志性用语。

来看小赵的人，将爱莲家围了个满，爱莲大方地接待着每个来家看望的人，又是端茶又是倒水。敬完了客，爱莲就进到了屋里，站在屋门的旁边，听小赵说话，小赵端坐在堂屋里，说得越发起劲，脸都红了，泛出油油的一片光来。爱莲说不上来自己听没听懂，话语里，好像小赵带了很多人，他在最前头，很神气很自豪……爱莲不说话，就站在那里笑着听小赵说，很知足的样子。

有一瞬间，爱莲心里冒出了一句话"还是没穿上四个兜"，这句话闪得那么快，爱莲几乎都没抓住这个念头。可是，看着眼前的小赵，爱莲问自己，谈得上不幸吗？也许。但是毕竟小赵也算见过世面了吧，而爱莲呢，又是大字不识一个的，天，也就是陈族湾这块巴掌大的一片天。准备了几年，爱莲都把自己准备老了，老了，也许就什么都能接受了吧。就像小曼，小曼现在的生活虽然谈不上幸福，但是看起来不也是挺不错的嘛，那么一个大眼睛的娃子，现在都能满地跑了……

也大约是秋季，庄稼收毕了，新麦子也种上了，爱莲出嫁了。那天早上，雾气很重，太阳爬了很久，看起来湿淋淋的，爱莲被她的嫂子背出了院门。爱莲穿着红夹袄，红裤，红鞋，头上顶着红盖头，盖头下藏着一个嘤嘤哭着的爱莲。接着抬出了紫红的箱子，一大一小两个，大红的脸盆架，红瓷盆，大红纸糊着盆口，四床被子叠得整整齐齐，用染红了的绳子捆着。

爱莲走在嫁妆的后面，亲人们跟了一大群，簇拥着，慢慢地走，爱莲走了一路，哭了一路。天上的太阳湿淋淋的，跳一下，跳一下。

那正是旺秋，河滩上，满目燃起了小蓼的火焰，一条小路被它们照得忽明忽暗，从岗上往下看，这一条小蓼燃烧着的道路尽头，就是爱莲的婆家了。

冬天才过了一小截尾巴，年还远呢。早晨，站在岗上，顺着坑坑洼洼的土路朝湾里望过去，一条银白色的雾气，随着河道的轮廓，仿佛被河道的无形的刀子切过一般，沿着湾里的河道蔓延开去，直条条的一根朦胧的雾气，向着目光更远处行去。湾里潮气很重，河堤上的白杨树早已落光了叶子，鱼刺般光秃秃的枝丫指向天空。霜还没降，气温并不那么冷。湾里莽莽的，平坦、辽阔，被各家的土地切割成大小不等，麦苗只露出了一溜儿小脑袋，青青的，像一个个努力生长的小娃娃，黑褐色的土地像是攒足了生育的油气，再加上一簇簇麦苗绿色的火焰，望过去，整个湾里都充盈着蓄势待发的生机，再有一场大雪给麦苗们盖上越冬的棉被，就能守盼着一个好收成的年份了。

爱莲肚子里的孩子动了下，她摸了摸肚子，感受着他，这让她想起了小曼的孩子，想起了自己十八岁那年，抱着他，那个面皮黄瘦的孩子，那双出格明亮的大眼睛，那滴挂在睫毛上闪着棱角的泪珠……

爱莲抬头望了望天，蒙蒙的雾气里，一个灰亮的日头，那么白，那么白，都像月亮了。

（原载《青春》2017年第1期）

在阳光下哭泣

　　那天，我如果不去的话，这么多年我就不会在心里搁一块石头，沉甸甸缀满眼泪的石头。房子已经坍塌，旧门扇上不知何年的楹联了，看不清字迹，只残留下一些纸屑，覆满灰尘。屋顶空余梁柱，瓦砾碎了满屋。秋已深，杂草也无，泥坯的墙面早就成了风霜中的脸，坑坑洼洼。我站在门边，手扶着墙面，钻心凉，这就是韩老头的屋了。

　　太阳毒辣辣的，破电扇发出锈蚀的声音，咯吱咯吱地闹人心。父亲的鼾声里带着酒意，这搅得人怎么睡？不准我出门，可灌河的水声连同蝉鸣早就成了一双少女的手，柔软地在我的心窝子里一把一把地挠。

　　母亲去了姥姥家。这之前，父亲还没进门，酒气就已迎面扑来。母亲就骂，喝不死你。父亲笑，那喝不死我。话音未落，他已在床上摊成烂泥。母亲就拿着未纳完的鞋走了，走几步，停下来朝我嚷，别跟那帮子去灌河，晌午水妖多，闹人命。

　　除去鼾声及一切嘈杂声响，就只剩灌河的温柔乡。我把父亲的鼾声屏蔽掉，朝灌河里听，母亲说的"那帮子"的叫骂声扯成了一根线，系上我的耳朵，拽着我往外走。我进屋从墙角的糠袋子里掏出两个鸭梨蛋子，舀一瓢井水咕咕地灌，然后抹一把嘴，布褂子往肩膀上一搭，三步并作两步奔出去。灌河陈在眼前。

快脱，快脱，人手不够！小刀在河里朝我喊。他们分作两派在打水仗。

一个猛子扎进去，水面嚷开了。并不清澈，人一闹，淤泥就往上涌，腥气很大，蛮横地往鼻子里钻，却清新，是久积的新鲜气味，撩拨人。闹腾一阵，各式好手，精光身体，阳光在脊背上摇晃，水泼上去，金灿灿的光抖下来。往下钻，两片屁股蛋子翻上来，淤泥乱扬，白生生的屁股蛋子就黑成哭过似的脸，再上来，又是白晃晃得耀眼。三五成群，十来个少年生动了灌河。午后的太阳仍旧毒辣辣的，却奈灌河不得。蝉鸣一阵紧似一阵，连同水花、阳光、腥气一同破碎，闹将起来，真的是夏日喧响。

乏了，乏了。小刀举起了双手，示意停下来。上岸，上岸。他径自往岸边游，拽着草茎，只一跳，蚂蚱一样落在了岸边。

大家三三两两地上岸，不一会儿，岸上横满了少年的裸体，闪着年轻的光，有一种不声不响的美感。乏了就不出声，只剩呼吸，风一样彼此摩擦着。水面的波纹仍在回旋，只是渐渐弱下去，细声细气地拍打着堤岸。

小刀站起身，后退几步，一股腥臊的尿液哗啦啦地浇在树根上。他说，想想，待会儿去哪儿。天黑得晚，大把的空闲。

罗树林，那儿有鸟窝，好像刚下了一窝蛋，端掉它。乌鸦挖着鼻孔说。

小刀尿完，转身坐下去，不吱声，意思是谁还有什么好去处，接着说。

石灰厂吧——

话没说完，小刀打断，昨天就在石灰厂，今天还去？

半晌的沉默，村子的好去处在脑子里绕，又一个接一个被淘汰。掰着指头算，乌村的好去处就像一棵孬梨树，生不出几个好果子。而这些所谓的好去处，也几乎没有秘密可言，早就像自己的家，闭上眼，每一处都那么清晰。

青葱？小刀朝我看。

玉米，韩老头的玉米地。我说。

他家的玉米是我们村第一个熟的。

其实，关于这个下午去哪儿，我早就琢磨好了。韩老头的玉米地，只能是韩老头的玉米地。我盯上那些玉米不是一天两天了，从它们扎根、发芽、灌浆、抽穗、成熟，我敢保证全村除了韩老头之外，没人能比我更了解它们。它们灌浆的声响诱惑着我，每一次的拔节也都呼应着我自身骨骼的生长，而且，这其中带着复仇迫近的甜蜜快感。

韩老头也许早就忘了，或者他根本就没记住过，可是，我记得。后来的许多年，我都不明白当时的自己哪来那么大的仇恨，让我有毅力用一整年的时间来记住、来报复。

仇恨和韩老头的猫有关。

韩老头的妻子去世得早，生下韩老头儿子的第二年冬天，得了一种罕见的病，没能熬过春天就入了土。只剩下儿子与韩老头相依为命，可是谁承想，儿子在六岁时，第一次下灌河就再也没有回来。别人暗地里都说韩老头命硬，克死了老婆儿子，谁还敢跟他啊，韩老头就一直孤身一人了。后来他养了一只猫，灰黑色，脏瘦，陪了韩老头十年有余，是一只垂垂老去的猫。

舅舅从厦门来的时候，给我带了很多零食，最后剩下一包红娘鱼我一直没舍得吃完，只在每天晚上临睡前吃一条。那天晚饭后，我去小刀家玩，回家时正看见韩老头的那只猫趴在我床上吃剩下的红娘鱼。我看到的时候，已经只剩孤零零的半条了，我摸起桌上的一把剪刀扔过去，那只猫凄厉地叫了一声，从窗口一蹿逃跑了。我撵着猫往韩老头家追，猫从韩老头的门洞里钻进去。我拍着门，冲韩老头喊，赔我的鱼，你赔我的鱼。我听见韩老头起床的声音，灯亮了，韩老头大叫起来，我的猫！韩老头带着哭腔在喊，我的猫！

我觉得有点儿不对劲了，转身准备跑，但是门开了，手电的光将我逮住。我手遮在眼前，逆着光看过去，韩老头右手抱着那只猫，血正从猫的腹腔处往外涌。韩老头的身体抖个不停，声音几乎要碎掉似的吼道，你个兔崽子！说着就走上前来抓我的衣襟。我躲得快，但扣子被扯掉了一个。我拔腿就往家跑，韩老头在后面呜咽着追。

　　我撞开了门，往床上钻。韩老头的声音很快就又出现了，那只猫疼得哭一样地叫着。母亲从灯下站起来，放下手里正在纳的鞋，问道，谁？韩老头一步抢进屋里，吼道，青葱这个小兔崽子呢？我用被子蒙着头，浑身筛糠一样抖个不停，耳朵里嗡嗡地响。

　　父亲一把将我从床上提起来，对着我的脸就是两巴掌。母亲过来拉，但第三巴掌还是落了下来，母亲用身体挡着，第四巴掌终于扑了空。我冲着父亲喊，谁让他的猫偷吃我的鱼！韩老头手里的猫脑袋已经耷拉下来了，他抱着它，灰灰地在灯光的暗处抖，血顺着他的指头连成一线往下淌，在地上汪成一片。

　　长时间的静默，谁都不再言语，只听见血的声音。父亲站在灯下抽烟，母亲搂着我，我从母亲胳膊的缝隙间偷偷地瞥韩老头。那只猫被他抱在怀里，血染红了他那件粗布汗衫。蛾子在往灯上扑，一下一下的，灯在晃。韩老头在灯下的暗处瘦成一缕风，这缕风噬咬着我，我不敢再朝韩老头望了。

　　不知道过了多久，韩老头什么也没说，抱着猫走了。我仍抱着母亲不敢动，后来，整个夜晚都只是沉默，谁也不说话，灰沉沉的。

　　但让我没想到的是，第二天，韩老头竟然逼着我做了那件事，自此那枚仇恨的种子就扎下了根。

　　一大早，我们家的人都还在睡梦里，就听见有人敲门。敲门声生硬得很，像是夏天的门上覆盖了一层冰碴。

青葱，青葱。是韩老头的声音，他生冷地吐着我的名字。

母亲起床开了门，我躲在门后望。韩老头手里捧着一个木盒子，被很仔细地均匀地刷了漆。

韩老头说，青葱呢？让他出来，给我的猫披麻戴孝。

母亲愣了，没听清似的问道，韩叔，你？

韩老头斩钉截铁地说，让他给我的猫披麻戴孝，不然的话，我就把猫埋你家门口，年年清明来这门口上坟。

母亲说，这——而后转身去屋里喊父亲，他们在屋里嘀咕了半天，韩老头就抱着木盒子坐在门槛上。我躲在门后，脑袋里便只有恨了。

父亲出来了，母亲站在他身后。父亲说，韩叔，哪有这样的道理？人给畜生披麻戴孝，这传出去，你让青葱他脸面往哪儿搁，这祖宗的脸还不让丢尽了！

韩老头说，我不管，我是半个亲戚都没，它陪了我十多年，我没让它饿着过、没让它冻着过，一个指头都没碰过它，我是拿它当儿子亲的。不就是几条鱼嘛，至于要了它的命啊？韩老头嘴唇乌着，眼泪在眼眶里转，撑不住了，一颗一颗往地上种。

父亲说，我知道它是您老的宝，可人给畜生披麻戴孝，这……这哪有的道理。要不然，我们赔钱或者再给您淘只猫？

韩老头半晌不吱声，后来砸出句话，要么连我的老命也要去，要么就给它戴孝。

父亲不再说话，母亲转身看向我，目光石头一样砸着我。

沉默。沉默。门外围着的人都在沉默，脸上挂着的表情千奇百怪，但我能看出来，有一种表情是他们都有的：幸灾乐祸。

后来，还是父亲先有了响动，他没再说什么话，一把将我从卧室拎到门边，一脚朝我屁股上踹去，说，韩老头，畜生给你了，你处置吧。我刚倒下，爬起来就准备跑，父亲吼道，你个畜生要是敢再跑一步，我要了你的命！

而后，父亲把门狠狠地摔上，留下一张黑漆漆的门板对着人群。韩老头从兜里掏出黑纱系在我胳膊上，又掏出一块白布系在我脑袋上。周围的人哈哈哈地笑起来。韩老头说，走。我就跟在他身后走，那是我一整年的耻辱。从那之后的一年里，每每想起这件事，我就恨不得立即揣把刀杀了韩老头。那天的"葬礼"很漫长，时间总是停下来，让周围人耻笑的眼光不停地在我身上烧。我甚至对父亲都怀有了恨，他作为父亲连自己的儿子都保护不了，他不配当父亲。这样的话后来在他打我的时候，我对他说过。他打我的手就停下来了，他不再说话，然后沉默地坐下来，目光空茫地望着我。

玉米，韩老头的玉米，我说，他家的玉米是我们村第一个熟的。

小刀朝着周围望了一圈，我看行，你们呢？

行啊，好久没尝过玉米了。青葱，我看你早就瞄上韩老头了吧，还想着猫吧。乌鸦朝人群挤着眼，还学着猫叫起来。

我一拳朝着他肩膀砸过去，说，不去你就滚回家，哪来这么多话！

　　他看我是真的生气了，就干巴巴地笑着说，不就开个玩笑嘛，至于生这么大气，玉米就玉米，韩老头的玉米今天我们是吃定了。

　　我们又在岸边待了十分钟左右，然后穿上衣服朝着韩老头的玉米地走去。日头晃眼，脚下的路被照得一片惨白，草都没了生气，落着一层灰。一行少年的拖鞋踩出一片蛙声，蛙声也被晒得蔫掉了，像是干瘪的一张张蛙皮贴着地面。还是有鸟的，但是它们倦极困极，只偶然响起一声鸣叫。

　　熟悉的韩老头的玉米地，枯掉的穗子孤单单地旧成一束束暮年的发，而玉米火一样的内心却包不住，能清晰地看到它的骨骼轮廓，一粒粒一粒粒。其实不大的一片玉米地，却被韩老头照料得满是生气。许多年之后我才知道，人要是对什么用了心，不论是一棵树还是一块倔强的石头，都会沾上人气，那是韩老头的血汗长出的一片玉米。

　　我是第一个跑进玉米地的，仇恨把我的手变成两把刀，割掉每株玉米的头颅。我甚至能听见韩老头痛苦的声音融在每株玉米的折断声中，我的心被这种快意充满了，双手的动作变得愈发凌厉，带着极度的破坏欲。

　　杀。杀。杀。

　　乌鸦他们一行四个人负责找柴火，不一会儿，火就烧起来了，一堆玉米壮观地摆在地上。树枝被削尖，朝着玉米的身体插进去，有些还比较嫩的玉米在火上被炸出浆来，噼噼啪啪。我一手拿着两个玉米在火上烤，仿佛看见韩老头在火里无声地哭，我好不快活。很快就烤好了，我立刻乱啃一气，啃一半就扔掉，抱着糟蹋的心理将每一丝怨恨倾注在牙齿间，发泄在玉米上。

小刀他们当然看得出来我是在报复，起先，他们还正经地一个一个啃完，后来就被我的快意感染了，这种情绪让他们也有了一种意气风发的感觉。很快，每个人的身后就垒起了不小的一堆，很多玉米都只被啃了两三口。玉米的哭泣声也在我的耳朵里转为欢喜的歌唱。

后来，不知是谁喊了声，不好，韩老头来了！我们就揣起未烤的玉米闷头跑起来。是我们先看见韩老头的，他到了近处才发现异常，那时候一个人影都没了。我没跑远，躲在另一片玉米地里，准备看韩老头的好戏。

许多年了，那天韩老头的一举一动都还时不时地跳出来戳我的心坎。

韩老头站在还未熄灭的火堆旁，火将他的身影映照得一跳一跳的。他手里的蛇皮口袋握不住了，石头一样砸在地上。他什么声音都没有发出，脸上没有表情，好像是在看着别人的悲惨境遇，与他无关。他弯腰将玉米一个一个地往蛇皮口袋里拾，拾尽了，坐下来开始哭，无声无息。黄昏来了，他的眼泪还是不住地掉。

后来，我回家了，我不知道韩老头什么时候走的，他没有去找那些偷玉米的人，或许他觉得怨恨是永远没有尽头的。从那之后，我就刻意躲着他，总觉得他的泪全流到了我心里。

他变得更孤独，面目全没了人形，越发地离群索居。

几年后，我周末回家，经过他家门前，发现门紧掩着。晚饭后，母亲突然想起来什么似的，说，韩老头五天前死了。我没有吱声，母亲便也没有再说下去。后来的整个晚上都很安静，显得出奇的压抑，我觉得自己走到了什么事情的尽头。

我站在这里，摸着那扇再也不会开启的门，风把它吹得更旧，把我的骨头吹冷。也许，疲惫的人能找一处地方歇脚，寒冬里，可握一块被火烧热的石头暖心；心死尽了，有一处叫家叫坟的地方可去。而那些在人世间孤苦无依的游魂，却终无归处。

（原载《青年文学》2011年8月上半月刊）

当我写给你

当我写给你，我是火里最甜蜜的一滴水。

一

　　沿着青年大街向西，穿过凝滞的啤酒泡沫般的夏日空气，走大约两百米，就是南方公园，那里有我的女孩。我的有关甜蜜和苦涩的回忆都来自这里，后来，我常常去南方公园。再后来，我再也没有去过南方公园。

　　时常有这样的记忆盘桓在我的梦境里，青年大街的整条街道上全都燃起了幽蓝色的火苗，我站在青年大街痛苦的中央，手里攥着一张已经过期的火车票，我只是知道它已经过期，但是它的起点和终点我始终看不清。火焰像海水一样朝着我的脚边流淌，一点一点烧灼着我的疼痛。后来，幽蓝的火苗渐渐变得清澈，几近透明，我就再次看到了南方公园，它扭曲的脸庞向着痛苦的边缘滑近，后来我就只看到一张破碎的面孔。而后，我就醒过来，从梦境里带出的是冷汗和茫然无措的空白。

这之前我是和她在一起的。那时，我们每个下午都会相伴着在南方公园，她看书，我画画儿，或者躲在夏日最清凉处亲吻，我们仿佛两只滑腻的鱼，用彼此的吻慢慢融化掉对方。黄昏时的南方公园很清幽，来散步的几乎全都是老人，步子迈得很小，连鸟连蝉都不唱，连枯叶的声音都没有一丝，黄昏时候的南方公园是一个安眠的贝壳。我和她一般会在南方公园待整个下午，直到夏日的夜晚薄薄地漫起来。

现在我总是梦见她，梦见我们第一次见面时的种种，而梦醒来时，这一切都像一个破碎掉的蛋壳，再也黏合不起来，即使能，回忆的纹路也会慢慢被侵蚀。

请你理解我只能用她。她。她。我每个醒来的清晨都会想，她究竟是谁？她从哪里来，现在她又去了哪里？我记忆里空出来的那些东西是不是全部被她填满了，而现在只能靠梦境一点一点地缝补。有时候，我也会想，或许根本就不存在这个人，这些全都是我梦境里的渴望，渴望曾经有这样一个女孩，我们曾经如此相爱，把彼此的吻当作世界甜蜜的终结。可是，假如这个人真的不存在，那为什么每次我一去南方公园，有关于她的气息就会爬满我脑子的内壁，像是神经末梢一样蔓延。

我只能把我知道的她说给你听，原谅我像一个生疏的吉他手，记忆残缺的那一段我弹不出乐谱。

　　我从她出现的那一刻跟你说起。她的出现是在一个夏日黄昏，火车缓缓从西边驶过来，是一列绿皮火车，我想，太过短暂的旅途就等于无，虽然绿皮车也不那么漫长。火车停下来，人群就开始动起来，像是一群围拢着绿虫尸体的蚂蚁。我并没有跑，绿皮火车上有我的位置，况且就算早早地进去，也只是坐下来，呼吸火车里各种杂陈的气味，与其这样，我更愿意多享受下车外的空气。那时，我在人群里看到了她，我知道，那就是她，我从没见过的她，我第一次见到就心跳不止的她，后来在我梦境里无数次出现却隔天隔地遥远的她。我把心跳小心翼翼地藏起来，不说话，只是看，跟着她的脚步，看着她提着一个包迈上火车，用空出来的那只手捋了下头发，耳郭露出来，很冰凉。

　　我找到了自己的位置，火车并没有像想象中的那么拥挤，但是还是有些人没有位置，许多没有位置的人选择不停地张望，希望自己能像发现新大陆一样发现一个突然空出来的位置。而只有她，她也没有位置，她什么都不看，她站在我身边。

　　然后，我就对她说，你坐我的位置吧。她侧过头看我，笑起来，说，不了，很快就能到。我是去 S 城，你呢？我也笑着看她，仿佛我们从来都熟悉的样子，说，我也是去 S 城，去 S 城的火车那么多，怎么选择了没有座位的绿皮火车啊？她说，太过短暂的旅途就等于无。

　　后来，我无数次回想起这句话，在我残缺的记忆里，好像我们的爱情就那么短暂，没有开始就已经彻底结束了，这是否就意味着我们的爱情旅途等于无呢？每次想到这，我就难过得要死。我一直想她能成为我身体里一根永恒的肋骨，即使是凭空多出来的那根，即使让我整夜整夜疼痛不止的那根，我也愿意。我想她成为我活着的一部分，死了，我们成为一个。

我对她说，你还是坐吧，站那么久也还是会累的。邻座的说，我下一站就到了，到时候这个位置给她。她还是那样笑，说着，谢谢。那个时候，我希望火车能不是绿皮，可以很快到下一站，她可以很快地坐在我身边。邻座下车后，她就坐在我身边了，我希望这列火车是世界上最慢的绿皮火车，可以永远都没有尽头，我把整个生命都给一列火车里的一个陌生女孩，到死的时候我们还都只是第一次见面，我们陌生，却没有任何人会有这种陌生但永久的爱。

后来，她就消失了，留下的只有断断续续的记忆，当我走近一些事物，她的气息就从它们的表面和内部溢出来。她在的时候，这些气息温暖而潮湿，带着清新的味道；她不在了，这些气息就变得晦暗而枯萎。我困在其中，想不起更多，但是为数很少的记忆还是烧灼着我，让我想起她，觉得她在，觉得她就在我看不见的地方看着我，她藏起来，只是为了有一天她突然跳出来的那一刻我能成为世界上最欣喜的人。她留下这些痕迹让我不要忘记她，有一天她肯定会回来，现在只是在验证我究竟有多爱她，我一直都这么想。

在她告诉我名字之前，我的记忆就断掉了，我记不清她的名字，记不清她是什么时候坐在了我的身边，记不清我们在那列绿皮火车上究竟说了什么……好像时间出现了一个坑，大到我用尽所有方法都逾越不了，只能绕道走过去，这段记忆只能被我生生地切割掉。很多个白天，我什么都不干，只是躺在床上一次又一次地试图补全这些记忆，我把我能找到的泥土一点一点地往那些坑里倒，想着终有一天，我能记起她的名字，记起她对我说过的每一句话、我曾在她胸口听到的每一声温柔的心跳。那个时候，我只能一根接着一根地抽烟，屋子里的空气变得异常污浊，我想把自己藏在一个小洞里，永远守着那一点点记忆过活，任凭时间朽枯，长满霉斑。

清晨的阳光已经生冷地打在我的脸上了，我的眼睛仍旧闭着，像是趴在梦境的边缘，一点一点地蚕食属于梦境的最后一丝慰藉。我害怕醒来，害怕每个阳光照耀的清晨、午后，害怕每一枚落叶惊起的鸟鸣，害怕每一阵雾气引起的潮湿的伤感。很多时候，我知道自己已经醒来了，却还是久久地闭着眼，让自己醒在梦境里。手抓紧被单，像是要把关于她的记忆使劲地从被单里拧出来，这张床上也曾埋藏着她的气息，她甜蜜的呼吸和撩人的心跳。可是，现在，阳光掉在这张床上都会变冷，脆生生的冰碴一样漫在床上。

还是跟你说说我的梦境吧，它潮湿、绵长，带着类似水潮般的声响，我的眼睛看不清很多东西，我越是试图看清我所梦到的一切，影像就在我的视线里变得愈加模糊，有一种锐利的疼痛钻进我的眼睛。醒来的时候，我不停地想那是哪一种疼痛，后来，我在洗澡的时候，花洒喷下来的水砸在我的眼睛里时，那种梦境里的疼痛就清晰地显现了。那是水冲击眼球的疼痛。

我问父亲，为什么我的梦里总是有这种疼痛，父亲只是摇头，说，你的梦我们怎么能知道呢？那时，他的头发已经开始变白了，在我的记忆中，他从来不是这样的。我更多的时候开始怀疑记忆，它究竟是不是一种可靠的东西。我的爱情它只是与残缺的记忆有关，每每像一把铜头大锁压在我的头顶，而关于父亲，他的苍老在记忆里也开始变得真假难辨。记忆让我痛苦，而梦境则让这种痛苦蔓延到所有的白天黑夜。

二

他想起公园。在梧桐树下的长椅上，午后传来幽远的蝉唱，也还有风，公园里就不显得热，她依偎在他怀里，学校里其实也有僻静处，可是他们还是习惯在放学后步行十分钟，到公园里去度过这样的一个又一个夏日午后。如果下午没课的话，他们就在公园里待上一整个下午，直到天色暗暗地铺满整个公园。

大多数时候，都是他坐在那里画画儿，她坐在他近处一本接着一本地看书。黄昏时分，健身的老人们携着儿孙在公园里散步，还有一群又一群的老人随着音乐的节奏跳着健身的舞蹈。他的身后经常会聚集很多人，他们站在他身后看他一笔一笔在画布上涂抹，有时候是一个碎掉的夕阳，有时候是一棵葱郁的绿树，有时候是人群中一晃而过的某个人，有时候谁也不知道他画的是什么，就看着画布上渐渐地堆积起颜料。很多人其实是看不懂画儿的，他们只是在他身后轻轻地议论，更多的是夸赞他画得真像。

一般六点的时候，他就能把画儿画完了，那个时候，他们就挽着手朝住处去。他帮她择菜，她围着围裙在炉子旁忙得有条不紊。他坐在床上看她下午看的书，遇到好的句子，他会大声地读给她听。她会扭过头冲着他笑，说，我也喜欢这段，下午的时候我把这段来回看了好几遍。

饭做好后，他们搬过床边的小桌子，坐在床上吃完那顿饭。而后，各自上网，遇到好看好玩的东西会把链接给对方，然后就一起嘻嘻哈哈地说笑。十点左右的时候，洗漱完毕，熄灯后，他们用夜晚的前奏拥有对方，在彼此的身体上谱出音符。

这天的黄昏，六点已经要走到它自己的终结了，他还仍旧坐在公园的石凳上，他的画儿还没有画完，她就自己提前回去做饭了。因为是黄昏，热闹了一天的公园显出了疲态，人群也都散去，阳光抹在每一棵树上，鸟鸣融在夕阳里变得黏稠。夕阳一寸寸往下沉，他的画儿也就只剩最后几笔了，整个下午他都坐在公园里画这幅画儿，老师说这幅画儿关系到他年底的最终学分和那一万块的奖学金，如果能拿到这一万块奖学金的话，他就可以带她去看她梦寐以求的大海了，所以这幅画儿他所用的心超过以往的任何一幅。

当最后一笔终于姗姗而来的时候，黄昏已经消融了最后一丝光亮，黑夜像是一只布满皱纹的手一样捂住了他的双眼。站起来的那一刻，更沉的黑在他眼前重重地砸下来，他急忙伸手扶住了画架，这才没让自己倒下去。而后慢慢地，氧气开始往上走，包裹住他整个的大脑，他才真正定住了神。

他掏出手机，借着手机微暗的光小心翼翼地整理着颜料、画板等物品。这时，身后传来了熟悉的声音，他知道那是她，他就转过身，一个温暖的拥抱在他身上荡漾开。

回到住处时，她的饭已经温在炉子上了，她的吻贴着他，一点一点地敲开他。唾液，滑腻、缠绕。一枚枚柔弱的细胞在口腔里炸开，有潮湿的风声水汽一样刮过。他想起阳光，公园里的树荫下撒落的点点斑驳，他熟悉那样的味道，有着亲吻时彼此融化的体温。然后，他停下来，把她耳边垂下来的长发捋到耳朵上，说，你看到我今天画的那幅画儿了吗？她说，还没呢，刚才说要看，想着吻你就忘了。他轻轻地拧了下她的鼻子，说，饭温好了，我先吃饭，我把画儿拿给你看。他刚盛好饭，她就在那边感叹开了，说，这是我看到你的画儿以来你画得最好的一幅。他就端着碗一边往嘴里扒饭一边冲她点头笑。那时，他觉得，仿佛大海此刻已经把蓝色的波涛涌到他眼前，他依稀看到她的脚印一串串地沿着他的视线飘向很远。

那天的夜晚，他们像是彼此拥有的第一个夜晚一样，把对方一点一点地榨干。整个夜晚，这个乐章一直响个不息。

海面很平静，远远望过去，除了海就只剩下交接的天了，这是他们来到这儿的第二天，年终的时候他如愿拿到了那一万块的奖学金，终于带她来到了这片梦里才能见到的地方。来的第一天，他们沿着海边转了一整天，吃到很多刚从海里捕捞上来的海鲜，她吃了好多，还笑呵呵地朝他抱怨，看来这下要发胖了。

第二天，他们就整天都待在海边了，沙滩上布满了或躺或立的人。海边的阳光很晒，他们撑起一把租来的伞，躲在里面，听着海水缓慢涌来的哗哗声响，这种声响淹没在嘈杂的人语里，像是云朵被藏匿。身下细软的沙带来潮湿的气息，她依偎在他的臂弯，咸湿的海风吹来，她的睫毛像麦子一样微漾，他俯身把吻印在她光洁的额头。午后的阳光有些烫，他们就起身牵着手拥入了大海的怀抱，海水的表面是暖暖的温，水面以下把凉密匝匝地渗进他们的每一个毛孔。下午在水里很快就过去，当他们终于玩得倦怠的时候，黄昏已经把足音踩得近在耳边。上了岸，伞被收起，人群渐渐散去，海滩上是一片又一片凌乱的脚印，或大或小，很多被踩得碎裂得不成样子。人群所剩无几的时候，海面竟然变得很平静了，像是人把海的声响像衣物般卷裹着随身带走了一样。海平静下来的时候，就像每一个正在酣睡的孩童，只闻得到散发着奶水气味的呼吸。

他把包打开，从里面一样一样地把准备好的晚饭掏出来，他们准备今晚就在海边过夜。松软的面包、罐装的啤酒……

各种吃食杂乱地在沙滩上铺开。他们的晚餐吃完时，夜色已经灰黑地落下，远远近近已经闻不到一点儿人声了，只有海潮微弱的声响缓缓地升起来，没有月光，只黑不显冷，也有远处射过来的一两点路灯的光，却是难以为继的。黑暗里，她的吻贴上来。

后来，睡梦中他似乎听到汹涌的海潮声，一拓一拓的像是巨大的石头击打着他的意识，他觉得自己被抛了起来，在潮湿的柔软里翻腾，喧嚣但是沉闷的声响芒刺一样扎进他的耳朵、他的鼻子、他的嘴巴……他伸手想去抓住什么，只有包裹住他的冰冷通体散开，他想起她，他想要张口去喊，声音却发不出来，只有仿佛空气般的流体充塞他的嘴巴，他像生吞铁块似的咽下去，渐渐地，意识开始在黑暗里下沉，他觉得他找不到自己了，他消失在自己里。

三

镜头缓缓拉远，从高空俯瞰这一切，海滩上一片狼藉。已经平静下来的大海此刻在酣睡，它像是不知道不久前发生在自己身上的滔天翻腾。救援人员像是游弋在海边的火苗，杂乱地抖动在海边的沙滩上，却没有一朵熄灭。

镜头里是一个穿着救生衣的记者，她的头发被海风扯到一边，遮住了视线，她说，目前救援人员还在尽最大力量抢救，伤亡人数还没有统计出来，我们会第一时间向您发出最新报道，敬请关注。

四

　　这又是新的一天，昨晚几乎整夜没睡，风声呜咽着，雨点空洞地打在屋檐上，间或有车子跑在夜色里，有一种空寂在空气中弥漫开。

　　后来，我就只是像之前所有的夜晚一样盯着天花板一动不动，天花板上就纷至沓来许多杂乱的记忆碎片。

　　不知道什么时候，我还是由于疲倦睡着了，醒来的时候，下午已经失去了它自己的一半，剩下的一半薄薄悬在那里，等待着我。

　　我起身打开冰箱，从里面拿出昨晚喝剩下的半袋牛奶。肚子已经饿了，却连半点儿食欲都没有，就坐下来打开电视机，盯着屏幕走起了神。

　　电视画面吸引了我的注意，那是在海边，一大群人围成一圈，中间是用点燃的蜡烛围成的心的形状，荧屏下方的一行字写着"纪念×××事件一周年"。镜头拉远，海就呈现在整个屏幕上，我的心被狠狠地击中。

　　所有关于记忆的闸门在那一刻被开启，她的名字灼灼地在我脑袋里烧，我们在睡梦中被海水卷裹着抛向黑暗的场景一遍又一遍在我的脑海里回放，像是此刻海水就在我的身体周围，随时要把我拉回到记忆断掉前我失去她的那一刻。我坐在那里，愣怔着，冰冷的感觉顺着手臂攀升，在心房周围凝成一块冰。

我起身开始收拾东西，我要去看她。车子开始驶向那里的时候，我坐在车上的身体一阵阵发冷，那块冰一直凝在我的身体里，久久不见消散。虽然我知道此去根本就是虚妄的一场空，可是，我还是想去看看，看看她最后消失的那片海，仿佛她还活着，在那里，等待着我，终有一天，她会从记忆深处走出来，她也从未消失过。

到达海边的时候已经是黄昏了，这让我想起南方公园的每个黄昏，我们拥抱着亲吻的场景，像是我的唇边此刻还贴满她的气息，她的呼吸还在我的脸庞游荡。看到海，我抑制不住地想哭，我想起她躺在我臂弯里的样子，像是一点点残缺的梦境，我攀爬在梦境的边缘，却总也抵达不了记忆破损的那一块。它被藏在洞中，在我望不到的一处，时时敲打我不安的疼痛。

我坐在海边，夜色很深了，周围没有一点儿人影。今晚有月光，月亮从空中跑下来，整个大海全是月亮的影子了，碎碎的几颗星星在视线的尽头闪，在月光里黯然。

你永远都不会相信接下来的这一刻，那时，我怀疑我是醒在梦里还是睡在现实里。

我看到一个身影从海里走出来，长发散在两肩，从她出现在我视线里的那一刻，我就知道那是她，再也不会有人比我更熟悉她。月光照着她，她浑身布满类似青苔的藻类，头发纠缠在一起，像是一簇水生的植物。我站起身，朝她走过去，她已经在哭了，我听见哭声从她身体的每个地方流出来，我觉得那是世界上最伤心的哭泣。

她抱住我，说，我被海水冲了好远，我都不知道自己是死是活。可是，当我觉得自己还在活着的时候，脑子里每一刻全都是你，我以为你死了我还活着，那时候，我就想，如果死的是我该有多好。说着说着，她藏在我怀里已经泣不成声。

我紧紧抱着她，仿佛她随时又会雾气一般从我身边消失掉，我闭上眼，大海在静寂地呼吸，我不知道这种静寂的背后是否隐藏着更深的涛涌，我也不知道当我再次睁开眼，她是否从此又消失在我的生命里。

我只听到，大海在我周围迟缓地呼吸，夜晚静静落下来。

（原载《青年文学》2012年3月上半月刊）

忧伤的马匹

晨雾弥散开的时候，阳光就从窗棂照进来，像一条年迈的虫悠悠缓缓地爬。先是窗棂，然后沿着地面往床上爬，咬着朱合的脚，而后撕扯大腿，跳上朱合的脸，当坐在朱合的眼皮上时，朱合觉出了阳光的重量，眼睛生疼得往下陷，一丝一丝的力往眼窝的肉里扣，朱合觉得自己睁不开眼，他就继续闭着眼。像往常，这时候应该有马沉闷的响鼻，然后朱合似乎听到遥遥传来悠长悲怆的唢呐声，朱合翻下身，阳光就跳到他背上，朱合想，秋天的树，叶子该要落尽了。

那天，朱合像往常一样推开门，阳光还略显熹微，雾气还没散去。朱合觉得有点冷，就转身进屋穿了件衣服，然后朱合就嗅到气氛的异样，他的马没有声响，他所担心的事终于还是来临了。

之前，他的门一开，就会听到他的马匹欢喜的响鼻，隔着马棚的栅栏就能看见马匹望过来的目光。而后，朱合就径直走过去，抚着马鬃，用脸颊贴着马头说，老伙计，睡得咋样，我去给你添点草料。马匹会理解地打着响鼻，在地上微微地跳。朱合从院子外抱来被露水打湿的松软的草料，放在马匹前的马槽里。马匹并不急着吃，而是伸着头在朱合的手边撒娇似的蹭两下，朱合就把笑声满满地弥了一整院子。

这匹马是父亲健在时从外地自己跑来的，那时朱合还是个十岁的少年，而马还仅是小马驹。起先，家人以为是谁家丢失的，也许，几天后，这头小马驹又会从来处归去。可是，十天、半个月、一个月过去了，仍没见有人来寻。朱合父亲琢磨着竟有这样的怪事，而小马驹也熨帖地显示着自己和这个家庭别样的缘分，这个小马驹很外向，给这个忧愁、困顿的家庭带来了意想不到的欢喜。

也是在这一年，朱合的哥哥得了严重的腹泻，没有钱医治就那么活活地拉死了，父亲用一张凉席裹着他的尸体扔在了西大山崖口。从此，朱合就孤零零地一个人玩了，没有人会和他争半块馒头、一碗稀粥、一块红薯，可是，朱合觉得这样的日子少了那么多的欢喜。有时候，黄昏来临的时候，朱合就一个人跑到西大山，远远地望着哥哥尸体所在的方位发呆，想着哥哥突然从西大山那边跑过来，手里搂着一大团泥巴，笑呵呵地喊道，过来玩泥巴。每当这时候，朱合就会听到母亲喊他的声音，朱合从幻想中跳脱出来，转身跑向家里，边跑边扭头看，西大山仍旧黑沉沉地静默着不言不语。

就在半年后，这头小马驹来到了朱合的家里。

那天，父亲去地里锄草，朱合正坐在屋里发呆，母亲在桌边给朱合缝衣服，而后听见门被推开的声响。母亲对着门外说，今天怎么回来得这么早，庄稼长势咋样？屋外并没有回答，只是听见很浊重的呼吸声。母亲对朱合说，可能不是你爹，你去看看是谁来了。朱合应了声就出门去看，然后朱合大叫起来，娘，娘，你快来看，你快来看。母亲说，什么啊？朱合说，娘，你快来看，是一头小马驹。母亲放下手中的衣服走出来，果然是一头小马驹，三四个月大小，浑身枣红色，体格健硕，马鬃漂亮地散在马颈两侧，马尾像秀发一样倾泻下来，睁大眼望着朱合，并没有一丝的胆怯，还不时地晃着脑袋，马鬃就像浮云一样飘来荡去。朱合说，娘，这是谁家的小马驹啊？母亲端详一阵后，说，这不是村里的小马驹，村里只有村长家有一匹老马。朱合问，那这是哪来的小马驹啊，怎么会跑到这来了？母亲说，可能是谁家的小马驹走丢了，那家肯定要来找的，说完，母亲就走进屋里缝衣服了。朱合就坐在门槛上看那头小马驹。小马驹侧着头甩着尾巴望着朱合，而后竟然径直朝朱合踱来，朱合的心仿佛要跳出嗓子眼，他捉摸不透这样一匹陌生的马如何敢以一副毫不胆怯的样子面对他，而且还向他踱过来。朱合坐在那里不敢动，令人惊讶的一幕发生了，小马驹伸长了脑袋在朱合手背上怯怯地蹭起来，朱合的手背感受到一种温润的暖意，小马驹竟然以如此亲昵的动作来向朱合示好。朱合转过头对着母亲大喊起来，娘，娘，这是我们的小马驹，这是我们的小马驹。

　　这之后，小马驹果然在朱合家安家落户了。朱合每日的工作就是照料小马驹。早上天还只有很熹微的光时，朱合就带着小马驹出门了，西大山脚下长满了鲜嫩的草和各色的野花，小马驹吃草时，朱合就躺在那块平整的石头上晒太阳，想各种稀奇古怪的事情，比如这个小马驹会不会是哥哥变的呢，比如西大山南面的那个山洞里鬼怪的传说，再比如以前在西大山捡到的一块翠绿色的石头，晚上被朱合锁在了盒子里，可是，早上打开盒子看时，石头却莫名其妙地消失了，想着想着，朱合就睡着了。临近中午时分，阳光异常强烈地照耀时，朱合就会被晒醒，醒来时朱合就会发现小马驹闭着眼立在他身边。远处的野花在阳光下显出奇异的色彩，草丛里不时会跳出各种小昆虫，鸟雀躲在西大山北面的树荫里叽叽喳喳地鸣叫，朱合有时候也会想，如果哥哥在的话，看到自家有这么漂亮的一匹小马驹该是多么欢喜啊。

　　太阳高高地悬在天空的正中时，朱合带着小马驹回家了。回家的路上，朱合的脑袋里多半盘旋着西大山的鬼怪传说，而正午又是这些鬼怪最活跃的时候。母亲以前就对朱合说，正午时分千万不要去西大山，西大山浓密的树荫里藏着各种冤魂、鬼怪，专捉小孩来吃；西大山脚下的菁湖也不能去，不然会被水妖拽住脚脖子淹死的。这时朱合就会想到龙朱被淹死时的样子，龙朱就是在一个正午跳到菁湖里洗澡被淹死的，人们打捞了一个下午才在傍晚时分找到龙朱的尸体。龙朱浑身发青，像被水闷声地拍出来的伤，鼻子、嘴巴、耳朵里都是淤泥，龙朱的肚子很大，像被吹起来的气球。最让朱合震惊的是龙朱的手里紧紧地抓着黑色的长相奇特的鱼，那条鱼浑身布满斑点，三角的眼睛，尾巴往外一点一点滴渗着血丝。那之后的好几夜，朱合都会梦到那条鱼大张着嘴对他凄厉地笑。朱合从那之后就很少往菁湖去了，而龙朱也像朱合的哥哥一样被一张凉席卷着扔在了西大山下。可是，自从哥哥死后，这些所谓的鬼怪传说朱合就再也不怕了，他一想到鬼怪，就会想到死去了的哥哥，而哥哥又是如此亲切、温暖的一个存在，那么所谓的鬼怪也仅是哥哥的样子而已，自然就没什么可怕的了。

整个下午朱合都是在马棚里度过的。通常饭后朱合就会提来一桶水，用刷子给马洗澡，一遍一遍仔细地刷，而马总是会扭头在朱合的手背上蹭来蹭去，刷完后，朱合就在马棚里枕着马睡觉。当下午的阳光变得浅淡时，朱合就又带着马匹去西大山，马匹继续吃草，而朱合则带着镰刀割草，给马匹准备夜里的草料。当黄昏的光挣扎着隐退时，朱合就带着马匹回家。一路上，马匹驮着草料在前面走，朱合跟着马匹的脚步在后面，西大山方向会吹来冷飕飕的风。朱合走到转弯处时，总会回头看看西大山，那时，夜的血盆大口就吞没了西大山。

自从有了这匹马，朱合就很少出门去找别人玩了，全心全意地把心思用在了照料马匹上，而他再也没有感到过孤单。每次一见到马匹，他所有的疲惫就全丢到九霄云外去了。有一天早晨，朱合去马棚牵马，突然发现马匹已经如此之大，先前那个跟他差不多高的小马驹，现在已经高出他几个头了。朱合想，原来长大是在一瞬间显现的。入了秋，朱合就没了午休，开始为马匹秋冬的食物忙碌。当秋天渐渐显出浓重的寒意时，朱合家的门外堆起了高高的草垛。晚上，朱合在马棚里生起炭火，整个马棚里暖意盎然。过了一个多月，下起了入冬以来的第一场雪，早上，朱合带着马匹去西大山，整个西大山被皑皑白雪覆盖，一派苍茫景象，往日的活物几乎都不见了踪影。远远地看见菁湖上结了冰，阳光照在冰面上，反射出冷森森的光来，近处光秃的树丫孤独得像一个孩子，几只瑟瑟发抖的鸟雀点缀其间，马蹄将雪踩得生硬。朱合弯腰团了个雪球，趁马匹不注意，挥手向马匹扔过去，马匹被砸得一愣，而后，明白了似的欢欣地跳起来，朱合又弯下腰团了个雪球，扔出去时，马匹一侧身，雪球扑了个空，朱合望着太阳笑弯了腰。又团了一个雪球，朱合佯装扔出去，马匹侧身躲时才发现并没有雪球扔来，正犹豫间，一个雪球直直地冲着马匹的脑袋飞过来，马匹躲闪不及，正中脑门。额头上满布细密的汗珠时，朱合带着马匹回家了，这之后的许多冬日，朱合没事就带着马匹来西大山打雪仗、捉鸟雀、捣蛇洞……马匹给朱合带来了哥哥在世时都不曾有过的诸多欢乐。

马匹给朱合的家带来的不只是欢乐，还有物质上的切身好处。以前的人工耕地换成了用马耕，两亩地只消一上午便可耕完。有了这匹马，父亲开始在村里和镇上运起货物和各种蔬菜瓜果，赚取少许的钱。每天黄昏，父亲就会牵着马匹从镇上回来，而那时，朱合早早地就站在村口等候父亲和奔波了一天的马匹，家里的生活也因为有了这匹马而有所好转。

不幸的事发生在马匹来到朱合家的第三年秋天。那次，父亲给镇上的赵五爷送布匹，赚了不少钱，中午就在镇上的酒店里自斟自酌地喝醉了。黄昏已尽的时候，马匹在前，父亲在后，走到菁湖时，父亲看到菁湖里有一条浑身闪着金光的鱼，他就走进菁湖里去捉，再也没有上来。朱合在村口只看到了独自回来的马匹，马匹显得很慌张，扯着朱合的衣袖往菁湖去。到菁湖时，岸边只有父亲的一双鞋，朱合知道发生了什么，朱合跨上马匹往家里奔去。在村人协助下，第二天破晓时分，父亲的尸体从菁湖里打捞上来了。让朱合诧异的是，父亲手里同样死死地握着一条鱼，那条鱼同龙朱死时握着的鱼一模一样。从此，关于菁湖里带来死亡的鱼的传说就流传开去，再也没有人敢轻易靠近菁湖，而菁湖的传说传得越来越邪乎，甚至到了谈菁湖色变的地步。不过，对于朱合来说，他看到菁湖就有了很多悲伤的成分。

马匹到朱合家的第十二个年头，也就是朱合二十二岁那年，母亲得了疟疾，在一个深夜离开了人世，走得无声无息。死对于病中的母亲来说，也许是一种解脱，只是朱合再也不能够像一个孩子一样得到母亲的庇护、温暖，而世上再也不会有一个人用全部的深情厚谊来心疼他。从此，世上就只剩下了一匹马和朱合相依为命。

朱合嗅出了马棚里的异样，他向马棚冲过去，而昨天发生的仿如梦境的一切又鬼魅般地在他的脑海里浮现出来。

　　昨天，如往常的日子一样，马匹在西大山脚下吃草，朱合躺在那块平整的石头上晒太阳。忽然，有一些光跳到朱合的眼皮上，这些光像铅块一样坠得他眼睛生疼，朱合坐起身，去寻光的来处。朱合循着光望过去，那些光果然来自菁湖，朱合觉得这些光很冷、很瘆人，像是往他的灵魂里扔了块冰，他鬼使神差地站起来往菁湖走去。刚走了一半，朱合听到马匹异样的嘶鸣，他扭过头，看着马匹朝他的方向奔来，马匹一边跑一边不停地嘶鸣，可是，朱合的步子完全不听使唤，依然如故地往菁湖走。马匹没赶上朱合的步子，当马匹跑到岸边时，朱合已经跳进了菁湖。刚跳进去，朱合就感觉有一股力在往下拽他的脚脖子，任凭他如何使劲，最后都被那股力轻易地化解掉了。朱合的心变得很晦暗，他想起了水妖、想起了父亲、想起了龙朱、想起了那条鱼，然后，朱合就真的看见了那条鱼。不同的是，那条鱼浑身闪耀着夺目的光，这就是那道光的来处。然后，朱合的意识就昏沉下来。昏昏然中，朱合听到一阵巨大的落水声，像是水面爆炸了一般，剩下的一切他就全然不知了。当朱合睁开眼时，他已经在岸上了，旁边卧着他的那匹老马，阳光照得朱合清醒了许多。只是，他看马匹时，觉得马匹的眼神不知怎么就变得像深冬的黄昏一样苍凉了。回到家，马匹一直安详地卧着，不声不响。冥冥之中，朱合有一种不祥的预感。

　　朱合冲到马棚里时，马棚里没了马匹的踪影，这种不祥的预感真的就降临了。朱合本能地往西大山跑去，马蹄印迹一路向着西大山延伸，最后在西大山崖口消失了。朱合的耳畔回响着哥哥的笑声、马匹的嘶鸣声，朱合呆坐在崖口边，脑海里一遍又一遍地回想这几十年的时光，哥哥在最好的年华没有了，也许，这匹马真的就是代替哥哥来过完此生的，朱合想。

西大山的黄昏来临时，朱合沉默着抓起了一把黄土朝崖口扔去，而后，背对着夕阳向家里走去。他推开院门，抬起头望了下院子里那棵光秃秃的杨树，那时，秋天里的最后一片杨树叶落了下来。

（选自《萌芽》2010年3月号下半月刊）

麦田里的鸦群

一

　　小刀醒过来的时候，乌鸦还安静地躺在麦田里。

　　那时，阳光已经淡了下去，黄昏的足音也渐近，风不是很大，但因为黄昏的来临和光的隐退，凉意就沿着乌鸦的脚脖子往上爬。小刀望着乌鸦像一个热锅里的虾仁般已经缩成了一团，乌鸦的两个胳膊抱着在胸前捂得很紧。小刀并没有喊他，只是抬头看了看天空，夕阳很大地挂着，像乌鸦家菜园里的番茄一样红得要流血，云霞铺满了天空。小刀想，毛毛笑起来的时候脸色也是像这片天空里的云霞般羞涩的。风的手掌由远而近地抚着麦子，到了小刀跟前的时候扯起了他的衣襟，然后跳跳地跑开了。小刀就在乌鸦身边坐了下来，随手扯了根麦子在嘴里嚼着，青涩的滋味立刻填满了小刀的嘴巴。大片大片的绿扑进小刀的眼里，小刀看着夜色渐渐地埋没躺着的乌鸦，然后，小刀听到一群乌鸦的叫声，他转过头去看天空，一群乌鸦扑腾腾地落在了麦田里。

二

小刀和乌鸦是邻居，那时，他们是红星中学的二年级学生，他们在二年级一班。走进一班，最后靠墙的两个孤零零的课桌就是小刀和乌鸦的，仿佛这个世界永远都把他俩隔在外面。他们学习都不好，却是歪屁股点子最多的。上课时，他们轮番睡觉，刚开始，班主任天天找他们去教室，班主任一找他俩，他俩就耷拉着脑袋一副认错的模样杵在那里，一声不吭。班主任说，你们天天夜里都逮鬼去了？他俩不吱声。班主任说，你们知道错了吧，他俩就点下头。班主任说，你们知道以后该怎么做了吧。他俩就又点下头。班主任说，你们都哑巴了，话不会说呀。他俩就说，哦。班主任摇摇头，叹口气说，算了，你们回去吧，上课注意听课。"注意"两个字还没说完，他俩就跑得没了影子。然后下节课，瞌睡又会爬上他俩的眼皮，班主任实在没了办法，就对他俩说，你俩还是坐到最后去吧，省得影响老师上课的情绪。从办公室里出来，小刀对乌鸦说，真爽，这下爽歪了。乌鸦说，早就该把我们放在最后了。进了班，他们就搬着桌子到了最后一排贴着墙坐下，最后一排从此成了小刀和乌鸦的天堂。

他们最喜欢夏天，夏天热得灼人，可是夏天又是最美妙的季节。村口的灌河日夜奔流，岸边生长着茂密的杂草，夏天的阳光照下来，水面会跳起粼粼光波；远远还可以看见那些孤独的水鸟，它们伸着颀长的双腿在啄食水草丛中的昆虫；岸边的柳树在烈日照耀下变得奄奄一息。你往那些疲惫的柳树下看，就会看见成堆的衣服，它们乱七八糟地被扔在岸边；你再往灌河里望，就会看见水面上露着几个湿漉漉的脑袋，有时候还有几个明晃晃的屁股撅在水面上；再仔细搜寻，就会看见小刀和乌鸦也在灌河里。他们一般是分成两派，小刀带领一派，乌鸦带领一派，只要他们俩大喊一声，上，两派的人就一个猛子扎进水里，浮上来的时候，每个人的手里都抓了一把淤泥；他俩喊，他妈的，干，河面上就飞舞起沉黑的淤泥，那些淤泥在他们身上开出黑色的花朵来。最后，小刀扯着乌鸦的脖子抓着淤泥抹了他一脑袋，其他人就知道战争结束了，小刀这派取得了胜利。他们几乎每年夏天都这么乐此不疲地玩，直到夏天的尾巴扫来秋天的冷风。

上岸后，他们光着屁股在岸边撒泡尿。然后，要么是小刀要么是乌鸦，从裤兜里摸出一包烟，是那种最廉价的彩蝶，他俩一人一根。心情好的话，其他人也能捞到一根。小刀会吐烟圈，而乌鸦学了很久都还是不会，因此，在这方面他就觉得自己特丢人。小刀一吐烟圈，乌鸦就说，你吐个屁。小刀笑呵呵地说，你有能耐也吐个屁呀。其他人就说，乌鸦哥，对呀，你也吐个看看。乌鸦就硬着头皮吐了一个，刚从嘴里出来，就散成了一团混乱的烟气。小刀就笑得更欢了，乌鸦说，吐个屁，老子不会。那时，岸边就会飘满笑声和乌鸦假装生气的叫骂声。

　　每年的夏季灌河都会死掉几个人，而且多半是红星中学的学生。那些人最后都是被村里的张五爷用小渔船捞上来的，每当人们看见张五爷神色慌张地划着渔船上岸，也就意味着村里又有人失掉了性命。小渔船的船帮上立着几只睡意沉沉的鱼鹰，它们安然的神色与张五爷的神色相比显得格格不入。那些尸体被捞上来时多半浑身发青，肚子鼓胀得像待产的孕妇，面目狰狞。小刀和乌鸦看见不少这样的死人，他们也害怕自己会在某一年的夏季成为死去的那一个，只要有人一死，灌河就会变得安静下来。可是，这种安静只能是秋后的蚂蚱，没几天气候。稍过些时日，那些冥纸的灰烬被风吹散的时候，灌河又成了一条流动、活泼、人声喧嚣的河，而那些死亡的气息在烈日的照耀下湮灭殆尽。

三

　　王立从游戏机房里出来的时候，阳光已经晃得人睁不开眼了。游戏机房对面的玻璃复制出太阳的模样，在王立的眼睛里刺进大把光的针，王立觉得自己的眼生疼。他骂了一句，操，什么鸟玻璃，他狠命地把嘴里叼着的半根烟吸得只剩烟屁股，然后用右手把烟屁股扔往玻璃所在的方向，烟屁股只在空中飞行了很短的距离，就因为燃料耗尽坠落下来。王立往玻璃的方向吐了一口唾沫，又伸出右臂在空中挥了一下，然后，向着街西走去了。

王立今天的心情很不爽。先是早上从家里出来时，他爸端着个碗在门口喝稀饭，王立像往常一样在镜子前往头上抹头油，头发弄成四六分，一根一根熨帖地爬着，王立对着镜子左看看右看看，这个发型总是让他很满意，是林志颖和刘德华的结合版。最让王立不满意的是鼻子上的那些雀斑，看起来像是干燥后的鼻涕留下的痕迹。王立越看越不爽，就在桌子上砸了一拳。他爸听见了就端着碗走进屋里，说，砸什么砸，我看你是皮发痒了；然后又看见王立在镜子前整他那个油光可鉴的脑袋，顿时来了气，吼道，你个小混蛋，天天不好好上学，就整你那个鬼头，整这么亮准备像你哥一样当流氓啊？你哥进去了，我看你这么下去迟早也是进去的货。王立皱着眉，对他爸吼道，说我是小混蛋，我要是小混蛋，那你就是老混蛋了。我哥进去了，一半的责任是你，老子都是混蛋，也别指望我们哥俩不是混蛋。我哥在外面名声不好，你名声在外面就好吗？是谁跟别人在外面搞破鞋啊。说完，王立把攥在手里的梳子使劲往桌子上一扔，扭头就走了。他爸端着碗噎了半口话半口稀饭，吐不出也咽不下，木然地愣在那里。

早上起了不小的雾，一切在雾里都显出虚无的模样。汽车的大灯穿透雾气照过来时已经近乎熄灭，尾灯的红色光芒在雾气里看起来就像胭脂色的夕阳。王立沿着街边走，路上的车子很少，也许是因为雾气的原因，往常的那些车子选择在家里休整。车子很少，鸣笛声与往日相比却有增无减。不远的地方一个清洁工在扫着树叶，另一个在往车斗里铲昨天累积起来的垃圾。这时，身后传来重型汽车刺耳的鸣笛，王立觉得自己的耳膜都要被震穿了，他扭过头朝着司机骂道，我操你妈。刚骂完，他突然觉得自己脚下一阵绵软，而后是脚上的力往四周分散开去，脚就陷了下去。他低头一看，脚正踩在一坨狗屎上，看起来，狗屎还是新鲜的。王立一阵恶心，他向四周搜寻着，果然看见一条黄褐色的癞皮狗在垃圾里扒东西，顿时气不打一处来，顾不得脚上的狗屎，弯腰捡了一块石头，朝着狗扔过去，狗惨叫一声逃窜开去。王立还是觉得不解气，又捡了一块石头朝狗逃跑的方向扔过去，那两个清洁工朝王立望过来。王立这时候看到什么都觉得不爽了，他站在路边往路牙子上刮脚上的狗屎，好半天才刮干净。可是，还是有一股很难闻的气味弥漫在他周围。他就地坐在了路边绿化带的石阶上，看着来来回回行驶的车辆和看不清面容的睡眼惺忪的行人，他们像流水一样流在这个小镇上。王立想，他们也许就像自己一样，每日的忙碌全是瞎忙，身心疲惫，也捞不到什么东西，匆匆的脚步扫过小镇的街巷，可是，目的呢，肯定也是像他一样，根本没有什么狗屁目的。王立想着这些，然后就看到那个癞皮狗又转而回到了垃圾堆里，王立甚至都没有力气再去拿起石头砸狗。他垂着头坐着，从兜里摸出一根烟，打火机烧得一块雾气落下来，接着烟头的火又烫伤了一块雾气，王立就看见一块又一块雾气的尸体哀伤地落下来。

　　雾气渐渐被阳光和烟火烧尽后，街上就变得熙攘起来。

王立的脚边躺了五个烟蒂，像五具尸体般沉闷。今天是周末，王立觉得太无聊了，甚至这些烟气又化作一粒粒无聊的种子在他的胸腔里寻找土壤，随时要在他的身体内萌芽出大团的无聊来。学校不是一个好去处，周末的学校总是一副死气沉沉的模样，你甚至会觉得往日学校的喧嚣是一场梦幻的虚无。夏季操场上的草疯长一气，远远看去像一座颓废的坟场。王立想，也许能去的只有游戏机房了，要不然这么一个乏味的周末上午是无法度过了。他站起来，用脚把那五个烟蒂的尸体一个挨一个踩成平面，然后径直朝游戏机房走去。

　　经过学校门口时，他的班主任正满头大汗地骑着自行车朝学校来。王立本来是要往游戏机房去的，看见班主任后，就转而往学校里去了。班主任在他身后喊道，王立，你等等，我想请你帮老师个忙。王立就站在那里，等班主任气喘吁吁地在他旁边支起车架，王立侧脸对着班主任，他怕班主任闻到自己满嘴的烟味。班主任说，王立，你今天上午没什么事情吧。王立点下头，心里想，操。班主任接着说，老师想请你帮个忙，你师母病了，学校前几天让我做一个材料，我估计是没时间了，你拿这些材料去找物理老师，就跟他说，让他先帮我做下，你看行不行？王立还是不出声，只点下头。班主任说，那谢谢你，我先走了，你师母还在医院里呢。说完，就跨上自行车。王立朝着班主任离开的方向骂了一句，物理老师家离学校可不近，王立也没办法，今天真倒霉，处处遇见鬼，王立想。

　　王立站在游戏机房门口时，已经快十点了。游戏机房里满是烟气，几乎清一色的学生。他进去时已经没有空机子了，他从口袋里摸出两块钱，买了六个牌子，走到"三国志"的机子旁喊道，都他妈给我让开。那些围着机子看的人都回头望他，一看是王立就立马闪开一条道；王立冲那个正打得热火朝天的家伙脑袋上一拍，说，操，你聋了？那人正要回头骂，扭头一看，就把到嘴边的操字咽了下去，说，立哥，对不起，我没注意。王立说，滚吧，别耽误老子玩。那家伙就抹了一把脑袋上的汗跑掉了，王立坐下来玩了大约一个小时，六个牌子就全没了。平时他拿六个牌子能玩一上午，轻轻松松地通关，今天却一会儿死一个一会儿死一个。他站起来往机子上砸了一拳，然后从人群里挤出了游戏机房。

四

语文课代表毛毛来收作业时，小刀正趴在桌子上看《蜡笔小新》，一边看一边咧着嘴笑；乌鸦正趴在桌子上睡觉，口水已经把另一本《蜡笔小新》洇湿了。小刀感觉光线猛然暗下来，心想不好班主任来了，正要把书往桌斗里放，毛毛说，交作业了。小刀感觉自己浑身的汗毛都竖了起来，他不敢看毛毛，只是拿眼睛的余光瞟她，低着头问，什么作业？然后用胳膊肘捣了一下乌鸦。乌鸦侧过脸，睁着惺忪的睡眼望向小刀，余光也瞟见了毛毛，立马起身擦去嘴角边的口水，乌鸦皱着鼻子朝毛毛笑了下。毛毛说，作文，昨天老师布置的。乌鸦朝小刀挤下眼，小刀说，我们还没写呢，现在就收吗？毛毛也不笑，还是惯常的不动声色的表情，然后对着他们点下头，把他俩的名字都记了下来，而后径直走到下一组收作业去了。小刀对乌鸦说，昨天我说先写作文，你非要去灌河，好了，现在名字又被毛毛记下来了。他说着往前面看毛毛，毛毛已经走到了教室的中间位置，风从窗外吹进来，毛毛齐耳的短发被风吹起来，小刀甚至能闻到毛毛身上被风吹过来的清新气息，毛毛穿着白色的长裙，小刀觉得有一丝一丝的光缓缓地从她身上散发出来，笼罩着她，让小刀觉得她恍如一个梦境。乌鸦推了小刀一把，说，望什么呢，望什么呢，看也白看，你以为你是谁呀，乌鸦长叹一口气，接着说道，我们都不够格啊。

毛毛是小刀和乌鸦的邻居。他们都住在灌河西面的村子里，那是一个很小的村寨，只有十二户人家。小刀家和乌鸦家房屋相邻，而毛毛家和他们隔了几户人家。小时候他们俩几乎和毛毛不相往来，毛毛是那种很孤独的女孩子，有一种凛然的气质，面目清秀，尤其是发呆的样子，安谧而优雅，让人徒增爱怜。小刀和乌鸦更多的是看见毛毛傍晚的时候坐在家门口看书，或者一个人坐在那里发呆，也不言笑。从她身边经过时小刀和乌鸦甚至不敢拿正眼看她，只是当作不经意的路过，用眼睛的余光去瞥，却也有一种微微心悸的感觉。只是，那时候对于小刀和乌鸦来说，他俩并不知道那些朦胧的心悸感觉其实是一种叫爱情的东西。

　　这种朦胧的爱情被他们在一瞬间感觉到时，已经是初中二年级了。那次，是上午放学的时候，小刀和乌鸦推着车子从校园里出来，出了校门往左拐时，小刀和乌鸦几乎同时瞥见了一个熟悉的身影：毛毛穿着一件粉红色的 T 恤，背着书包站在学校门口的垂柳下。光被柳树切得细碎，影影绰绰的光的碎屑温馨地在她脸上铺陈开，甚至脸上柔软的绒毛都抹满了啤酒泡沫般的阳光，风从阳光里旋过来，款款掀起垂在眉睫上的发丝，阳光就在发丝上跳起舞来。夏天是怎样的一个季节呢，那些美妙的花总是默默地绽放。有一天，阳光突然将这种美照出来，一个季节总是有一个季节的情愫，你会觉得自己突然在某天的一刻，被一种突如其来的盛大的美牢牢地抓住心。小刀和乌鸦觉得毛毛身上所带有的那些凛然瞬间被阳光融化掉了，他们也在瞬间被这种美妙融化掉了，这种感情开始渐渐清晰起来，它叫爱情。

五

　　王立往街西走去。其实，真正让他往街西走的原因来自一次遇见，也因为那次遇见，让他总是觉得自己被一种莫名其妙的感觉牵引着走到街西，虽然那次相遇之后，以后再去的时候，更多的是失望，可是，那次遇见还是让他无法将其从脑海里抹去，像苔藓遍布了大脑这块石头，扎根、生长、繁盛。

　　那次，也是周末。王立从家里出来时，已经是日上三竿了，昨夜，他借了同学的游戏机，躺在被窝里玩"超级玛丽"一直到凌晨三点多，早上起来时家里已经没有人了。他嚼了半块凉馒头，喝了一碗稀饭，就整了头出门了。王立要去镇西的石料场，那里有一群人在等着王立。他们从家里带来烟、苹果和西瓜，甚至还有人给王立带了两个猪蹄，这个人前不久被王立踢出了"蝴蝶帮"的。他在一次群架的打斗中，被人揍了一拳后就跑掉了，王立说，这样的败类垃圾要他干什么，打个架都上不了席面，"蝴蝶帮"没这样的人。他被踢出"蝴蝶帮"的第三天，就被"十三鹰"揍了一顿，他们说，斗不过王立的"蝴蝶帮"，总可以拿这个被"蝴蝶帮"踢出去的败类撒撒气吧。这个家伙两面受气后就知道自己也许只有王立可以依靠了，他买了两包彩蝶请"蝴蝶帮"的二当家帮他安排了今天的聚会，又从家里偷钱买了烟和水果，还特意给王立买了两个猪蹄。

去镇西的石料场要经过街西。王立叼着烟，用手小心翼翼地摸了下头发，它们依然很熨帖地趴着，这很让他满意。阳光照在头发上，他的头上就流动起水波似的光来。王立经过街西时，不经意地往书店里瞥了一眼，这个瞥就把春天盛在他眼里了。那个侧脸像盛夏的风般闯进了他的心里，她靠着书架低着头在看书，齐耳的发被挽在耳后，露出好看的耳郭，低头默默地翻书，秀气的鼻子从侧面看显出柔弱怜悯的线条，羞怯的嘴角微微上扬，裙裾的下摆被风微微摇曳。王立突然为这个闯进视线里的女孩子屏住了呼吸，他甚至觉得夏天是在他面前展开的一幅画，这个女孩子就是这幅画边角的题诗，有了点睛的意味，而周围的熙攘都带有了诗情画意的味道。那时，整条街都静了下来，周围熙熙攘攘的人流隔开一个空间，在王立的眼里只有那个女孩子的模样，时间就在那个时候停了下来，只有周围空间里的人在飞驰。

最后，还是"蝴蝶帮"的三当家带着两个人来找的王立。他们在街上大喊道，立哥，我们等了好久了，立哥，你怎么还在这个地方啊。那个女孩子扭过头看了眼这群人，而后又埋头看书。王立还是一副沉浸在画里的样子，他们就又喊，立哥，你怎么不说话啊，立哥。王立愣了一下神，说，你们说什么。他们说，立哥，我们等你好久了，半天也不见你来，我们就来找你了，石料场那边现在很热闹啊，就等立哥你去了，那小子还给你带了两个猪蹄，呵呵，看起来很不错的。王立说，哦，好，我就去。对了，你知道那个女孩子叫什么名字吗？他们问，哪个女孩子？王立用手指了下说，喏，就是那个在书店里看书的女孩子。他们说，她呀，你不认识她吗？王立说，你知道她的名字？他们说，认识，她就是红星中学的第一名嘛，熟悉的人都叫她的小名毛毛，她在红星中学的名气很大的。怎么，立哥，你对她感兴趣吗？王立没说话，转过身就往石料场那边去了。毛毛抬起头看了那些人一眼，又低下头看书了。

从那之后，王立经常周末在那家书店附近转悠，希望可以再遇见那个女孩子，甚至有时候还跑到红星中学去看她。

只是，她身上的那种孤傲的气息总给他一种不可接近的感觉，他只能远远地看，她是被束之高阁的，因而有了寒，甚至让王立有了畏惧，看也就仅限于远看了。

今天，什么都让王立感觉不爽，什么在王立看来都是碍眼的。他低头看了下，脚上的狗屎看起来依然很恶心，他又骂了一句，操不死。阳光晃得他的眼睛生疼，夏日的气氛变得浓重起来，街边的尘埃在光里犹如鬼魅的幻影般跳跃，苍蝇在他脚边嗡嗡嘤嘤地转悠，声音就在他耳边无限放大，他不停地跺着脚，而那些苍蝇就是有万般的耐心来回转悠。快到书店时，王立远远地就看见了那个熟悉的身影，然后，他一头钻进了书店。

六

夏天了，夏天是个好季节，也是个让人心生烦躁的季节。夏天的灌河对小刀和乌鸦来说，是人间仙境，那些清澈、凉爽、恒久的河水是小刀和乌鸦整个夏季美妙的源泉。他们扑腾在河里时，总感觉灌河以一种包容的姿态来洗去自己所有的不悦与惶惑。潜入河流的内部，水从各个方向围拢而来，身体随着水流摇摆，会觉得自己突然就成了水中的一根孤独的水草，而河水是自己的依托。哭泣的鱼看不到眼泪，也许，有了水，小刀和乌鸦的青春迷茫就像是水里鱼的眼泪，你不曾看到。

阳光照得水面有些发烫，小刀潜进水里，憋了一分多钟，

而后头发像西瓜瓢一样趴在脑袋上，他甩了甩头发，水珠在
他周围散成一朵花，水珠带着阳光的味道打在乌鸦的脸上。
乌鸦潜进水里，游到小刀身边，一把攥住小刀的脚往水里拉，
一边拉一边喊，哈哈，水鬼来了，水鬼来了。小刀挣扎着使
劲地往下蹬，乌鸦笑着攥得更紧了。旁边的人就哈哈大笑起来，
喊，小刀哥，乌鸦哥，加油，看谁干得过谁。乌鸦听了他们
的话，就加了把力将小刀往下拉。小刀刚要张嘴骂，水就灌
进了嗓子里，小刀就闭着嘴挥着拳头往乌鸦胸口捅了一下。
乌鸦的胸口一阵发闷，他咬着牙，在心里骂了声操，就用力
往下拖，拖的时候还回了一拳。小刀往下蹬了一脚，头露出
了水面，他拼命吸了口气，然后骂道，操你娘的乌鸦，看老
子不整死你，说完就潜下水去，一脚蹬在乌鸦的脸上。乌鸦
也灌了口水，乌鸦往旁边游了点，脑袋从水里浮出来，脸上
被蹬的地方像是被撒了一把辣椒般灼疼，刚才在水里憋得有
点久，眼睛很红，在周围人看来像是哭泣后的样子。他们就说，
乌鸦哥，你怎么哭了？乌鸦挥手给离他最近的那个人一巴掌，
骂道，你眼瞎吗，你看我是哭吗？那个人捂着被扇的半边脸，
支吾着不敢吱声。小刀从水里浮了上来，他的眼睛也是一样
的通红，他在离乌鸦三米多远的地方大口喘着气。乌鸦说道，
你以为老子是你这样的狗屁玩意儿吗，你以为老子怕他小刀
吗，老子怕过他吗？周围的人面面相觑，那个人依然捂着发
烫的脸颊，满脸委屈的样子。说完，乌鸦三两下就游到小刀
身边，上去给了小刀一拳。小刀还没反应过来，乌鸦的第二

拳又来，小刀往旁边一闪躲了过去。小刀在水下朝乌鸦的肚子踹了一脚，乌鸦一下被这脚折成弯的拱桥模样。周围人看情形有点不对劲，纷纷游过来，一些人拽着乌鸦，一些人拽着小刀。他们说，小刀哥，乌鸦哥，你们这是怎么了，好好的怎么就打起来了。小刀对着乌鸦说，你说你是不是有问题，好好的你搞什么鬼。乌鸦说，妈的，你不把水珠甩我一脸我会跟你干吗？小刀说，就为这，你他妈的真是有病。乌鸦说，你才有病，说完就要往小刀那边扑。那些人使劲地拉住乌鸦说，乌鸦哥，这算什么事啊，算了算了。乌鸦说，算屁，小刀，老子平时不跟你计较，别以为老子怕你，会吐烟圈怎么了，能跟毛毛出去散步又怎么了，你也不看看自己那熊样，毛毛能看上你？小刀顿时火气蹿上了头，在众人拉扯下，抬脚要踢乌鸦，一边挣扎众人的拉扯，一边骂，老子能跟毛毛去散步，你有能耐你也去啊。老子熊样怎么了，再熊样也比你强，你是吃不到葡萄说葡萄酸，老子看你也就这点出息了，老子都懒得理你。说完，小刀就往岸边游去。乌鸦在后面喊，你算什么玩意儿，有能耐就直接跟老子干，走算什么东西。小刀头也不回，径直往岸边游去，到了岸边他穿上衣服，从兜里摸出一根烟，点燃后悠然地抽了起来。乌鸦被他们松了后也往岸边游来，小刀根本就不看他。其他人立马跟了上来，怕他们再次打起来，可是，乌鸦到了岸边只是闷着头穿衣服，穿完后，他只丢下一句话，你给老子等着。小刀不吱声，背对着乌鸦从牙缝里轻蔑地挤出一个冷笑来。众人纷纷从水里上了岸，他们也都不敢说话，穿好衣服后，他们说，小刀哥，走吧，回家吧。小刀说，你们先走吧，我等会，众人就先走了。小刀又抽了几根烟，便也回家了。

乌鸦嘴里说的小刀和毛毛散步的事发生在前天。那是周四放学后的黄昏，乌鸦在收拾东西，小刀说，乌鸦，你今天先回家吧，我有点事。乌鸦问，什么事啊，没事，我等你一会儿。小刀笑着说，其实也没什么事，你先回家吧。乌鸦说，靠，什么东西连我都不能知道吗？你还别这样，你这样，我今天还就不走了，我一定要知道。小刀朝毛毛的位置使个眼色，说，也没什么，这是我跟毛毛之间的事情，你就别问了。乌鸦听了心里立马就不爽了，却也不好表现出来，就说，哦，靠，哥们儿牛啊。哎，不耽误你的好事了，那我先走了。小刀冲乌鸦呵呵地笑着，然后乌鸦就背着书包出去了。乌鸦刚出去没多久，毛毛就起身收拾书包。小刀在后面喊，毛毛，毛毛转过头望着小刀，小刀说，毛毛，你要回家的吧，我……我有点事想让你帮下忙。毛毛朝他笑笑，说，什么事啊。小刀说，我们到操场上说吧。你介意吗？毛毛说，哦，好。

小刀背着书包站在门口朝着毛毛笑，毛毛挎着书包跟在后面。小刀觉得他脑袋后面有一股电流，生生地激着他，他不敢回头去看。快到操场时，小刀扭过头站住了。毛毛问，什么呀。小刀说，走着说吧。毛毛说，哦。小刀攥得手心里裹满了汗水。黄昏里的夕阳像奶油样抹了毛毛一脸，她的睫毛上扬，眼里融进夕阳忧伤的样子，小刀想，该用什么词形容她，干净、素洁、落入凡尘，也许，她是可以用上所有美妙的形容词的。

毛毛说，什么事啊。小刀愣了一下，说，你喜欢诗吧。毛毛说，是呀，你怎么知道。小刀说，我看见你在镇上的书店看《海子诗集》，我想你可能喜欢诗。毛毛笑着说，是啊，我喜欢海子的诗。小刀说，我也喜欢他的诗，我最喜欢那首《九月》。毛毛说，哦，那首很好的，呵呵，你怎么会想着跟我说这些啊。小刀从书包里拿出《海子诗集》递给毛毛，说，这个送你。毛毛摇摇头说，呵呵，谢谢你，我不能要的。小刀说，这是专门买给你的，你不要，会让我很为难的，我知道你喜欢这本书，你就拿着吧，说完，他把书往毛毛手里一塞扭头跑了。

那时，乌鸦没有回家，他躲在学校铁栅栏那边望着操场上的一切。果然看见毛毛和小刀一起来操场，他一拳砸在旁边的一棵树上，头也不回地跑了。那夜，他翻来覆去睡不着，脑袋里都是毛毛和小刀在操场时的场景。

那之后的两天小刀都是一副喜上眉梢的模样，乌鸦看得心里一阵阵难受，他想，也许，他和小刀之间会有一场争斗。

七

王立在书店里心不在焉地看书，余光却在瞥着站在一旁的毛毛。突然他听见外面有人喊他的名字，王立听着这声音很陌生，就走出书店去看。他走出书店看的时候，毛毛扭过头朝他望了眼，那一眼让他的心被猛地收紧。他出门时看到一个很黑的男生，头发还湿漉漉地往下滴水，气喘吁吁地在喊他的名字。那个男生对王立说，立哥，总算找到你了，"蝴蝶帮"的人说你在这。王立看着他问，你是谁，我好像不认识你。那个男生朝书店里瞥了眼凑到王立耳边说，立哥，在这说不方便，然后那个男生朝书店的方向使了个眼色。王立明白了他的意思，转身跟他走到一个小巷里。王立说，你有什么话快点说。那个男生说，立哥，我是红星中学二年级一班的乌鸦，我跟毛毛是同班同学。王立上下打量着他，乌鸦接着说，你不喜欢毛毛吗？王立说，你接着说。乌鸦就又说，现在有人在追毛毛。王立皱起了眉，问，谁？乌鸦说，就是跟我一班的那个叫小刀的家伙，他在追毛毛，我亲眼看见他俩前天下午放学后在操场上散步。王立吐了口唾沫说，妈的，找死，你现在知道他在哪吗？乌鸦说，我知道，我现在就可以带你去找他。王立说，先不急，你认识"蝴蝶帮"里的其他人吧？乌鸦说，我认识几个。王立说，那我现在在这等你，你去找几个人，让他们带着家伙过来。乌鸦说，好，立哥，你在这等着，我这就去。

八

小刀刚吃过饭，正坐在电视机前看《神雕侠侣》。他正沉浸在把自己想象为杨过、把毛毛想象为小龙女的思绪里，突

然听见门外有人喊他。那人说，小刀，乌鸦被人打了，现在
正在红星中学的操场上呢，乌鸦说让你去。小刀上午和乌鸦
打过架之后，众人都走了，他坐在树下抽烟时就后悔了，跟
乌鸦一起长这么大，今天竟然因为一个女孩子打起来，也太
那个了。然后他对那个人说，你等下，我这就去。他跑进屋
里把电视关了，朝屋里喊了声就跑了。

九

　　乌鸦叫来几个人，然后，乌鸦就领着这些人往红星中学
去。那时候小刀正在往红星中学赶。因为是周末，夏日午后
的操场显得空旷而寂静，校外飘来断断续续的蝉鸣声，院墙
边杂草一副疲惫不堪的模样，如果学校没有了人影，你甚至
会觉得它可能是一片坟地。

　　王立表情木然地站着，其他人也是一副百无聊赖的样子。
只有乌鸦心跳得一直维持着高频率，在这个偌大的操场上你
就觉得乌鸦的心像一面鼓，腾腾腾地击打着操场的骇人的寂
静氛围。乌鸦也不敢去看王立，就在那里不停地搓着双手，
手心里的汗水往裤子上抹。他甚至有了尿意，可是，就是没
有要小便的愿望，他希望小刀赶快来，揍他一顿完事，他不
想在这煎熬下去。

　　乌鸦正这样想着时，小刀就到了。他站在乌鸦跟前说，乌
鸦，你没事吧？还没等小刀说完，王立就上去朝小刀的肚子

端了一脚。小刀捂着肚子蹲在地上对乌鸦说，乌鸦，你快跑啊。王立说，跑，往哪儿跑，你还问他有没有事，该问有没有事的人是你，乌鸦，你来跟他说。"蝴蝶帮"的二当家从后面推了乌鸦一把，乌鸦一个踉跄到了王立面前。他说，立哥。王立说，乌鸦，你跟他说，我为什么找他。乌鸦颤抖个不停，王立朝他屁股上踹了一脚，说，你抖什么抖，快他妈说。乌鸦看着蹲在地上的小刀，汗水不停地往下淌。小刀被王立踹了一脚，脸色变得很难看。小刀对乌鸦说，你怎么不跑，他们不是说我来了就放你吗？你快走啊。乌鸦颤着声音说，走，往哪走，你自己做的好事现在败露了吧。小刀看着乌鸦说，我做什么了。乌鸦说，你做什么，你前天放学后在学校操场牵毛毛的手，亲毛毛，你还不承认吗？王立把乌鸦拨到一边，对着小刀说，知道我找你干什么了吧，你也不看看自己什么鸟样，还敢打毛毛的主意，你也该掂量掂量自己几斤几两，不是什么女孩子你都能追的，毛毛是我的，你知道吧？小刀脸上布满死灰的颜色，对乌鸦说，我做那些事了吗，你说实话。乌鸦把脸侧向一边去，说，你现在还不承认，那些我都看见了，我敢对立哥打包票。王立说，呵呵，不承认没关系，等下让你乖乖地承认。今天一天都不顺，就拿你来出气。王立扭过头对着他们使了个眼色，他们一窝蜂地朝蹲在地上的小刀扑过来。在空旷的校园里，小刀的身体似乎成了一面鼓，那些拳头鼓槌般不停地击打着小刀的身体，在他身上击打出杂乱的节奏来。乌鸦站着旁边越看越觉得后悔，小刀的身体渐渐地往里缩，慢慢地在乌鸦眼里没有了小刀的轮廓，只剩下那些拳头鼓点般的声响。

住手吧，王立在他们身后喊道。"蝴蝶帮"的二当家说，立哥，就这么饶了他啊。王立说，我能这么便宜他吗？我的女人是别人能随便碰的吗？王立对着地上的小刀说，你不是牵她的手吗？够牛，我今天就要你半根手指，算作补偿。二当家的把刀递给他，乌鸦说，立哥，不能啊，教训他一下就完了，说着就上去拉王立。王立说，你给我滚一边去，轮不到你说话。小刀躺在地上半睁着眼，哀伤地看着乌鸦，哽咽着说，乌鸦，你让他割吧，我不要你的同情，我……我没你这个兄弟。乌鸦止不住地哭了，他说，立哥，求求你了，你就饶了小刀吧，就算看在我的分儿上。王立一脚朝乌鸦踹过去，说，你算什么玩意儿，说着就要割小刀的手指。乌鸦从后面一把抱住王立，哭着说，立哥，你要割就割我吧，求你饶了小刀。"蝴蝶帮"的人来拉乌鸦，乌鸦拼命挣脱了，跑过去夺王立手里的刀，王立使劲地拽，乌鸦张嘴去咬王立的手。王立大叫一声骂道，妈的，找死，敢咬老子，老子要了你的命，说完，一刀刺进乌鸦的肚子里，血顺着王立的手往下流。王立朝四周望着说，是你自己找死的，是你自己找死的，不关我的事，你纯粹是自己找死，是你自己找死。他边往后退边说，是你自己找死，他们很快就走完了。校园变得更加安静，弥漫着血液的腥甜气息，也许，你知道的，这里还掺杂了死亡的气息。

十

小刀背着乌鸦往校外去，学校后面有个学生为抄近路而暗自掏的门，从那个门往镇上的医院去是最近的。学校后面是一大片麦田，满是生命的绿色。小刀蹒跚地背着乌鸦越来越沉的身体，走到半路，小刀突然觉得自己头脑一阵昏沉，血突突地往脑袋上闯，他眼前一黑，倒了下去。

小刀醒过来的时候，乌鸦还安静地躺在麦田里。

夜色已经裹满了空间，小刀已经看不到白天里的那些绿色的麦子。小刀想，乌鸦，总该要飞来一群乌鸦，或者，只是，身边这个沉沉睡去的乌鸦，在灌河里咧嘴笑的乌鸦。乌鸦乌鸦乌鸦。乌鸦曾在小刀的生命时日里，现在呢？还有毛毛，那个让他心动心疼的女孩子，现在都到哪里去了？然后，小刀听见一阵翅膀震颤空气的声音。他转过疲惫的头，那时，一群黑沉沉的乌鸦正随着黑沉沉的夜色一起落到麦田里。

（选自《萌芽》2010年7月号下半月刊）

暮色降临德克大街

一

夏天的风渐渐吹得薄起来，萌生出一丝倦怠的气味儿，像是风都乏了，旋到不知名的角落里。德克大街上只有零星的几个人，阳光白惨惨地照下来，远远地望过去，路面上的空气都在跳，商铺、路标、行人都在空气里晃。楼上的空调"嚓嚓"地响，向阳的那面窗子大多紧闭着，背阴那面开着几扇。有人伸着脑袋手里挥动着扇子，企图将热一下一下从身体里清出去。人们都在等待着，暮色降临德克大街，将阳光遮盖，擎一蓬阴凉，人流便会布满德克大街，不再只是午间时候的干涸。

二

米朵第一次遇见 Andy 就是在德克大街的黄昏时候。

　　大学军训刚结束，米朵的脑袋在太阳下晒得一阵紧似一阵地昏，原本白皙的她，虽然涂了一层又一层防晒霜，皮肤还是无可挽回地变得皱巴巴的，死去的皮浮在鼻子上一片一片的。洗澡的时候更让米朵难堪，脱去衣服，身上晒成了一件衣服的形状，沿着胳膊分明地刻一道线，这让喜欢穿T恤的米朵不得不裹上了长袖长裤，想着不知道什么时候才能恢复到以前，她就后悔当初没有穿长衫。

　　米朵今年好不容易才考上Z大。第一年高考，数学考试的铃声一响，她脑袋就唰地一下暗了，老师说站起来，米朵恍恍惚惚的，视线不知道该往哪儿放，试卷上几片醒目的空白在她眼睛里变得无限大，周围的一切似乎都被吸进这空白里。老师在上面说，不要写了，再写就按违纪论处，可是还是有人坐在那里埋着头不停地写。米朵能感觉出来考场上的焦躁气味，面对这张试卷，肯定不单是她，对很多人来说都是滑铁卢一役。老师走到她面前的时候，是从她手里扯过试卷的，她的手分明在用力，老师又扯了下，她才从无限大的空白里回过神来。手上的力道弱下去的时候，身心里有一处地方小声地碎了下，她觉出了微微的疼痛。

　　从考场出来，米朵看到等在考场外的妈妈，就在脸上强装出些笑意，却还是控制不了地露馅了。妈妈的脸色也有了一刹那的转变，接着就强抑着情绪，把手里的水递给米朵，而后，挥着手里的扇子一下一下地扇。米朵很想哭，眼泪都要往外涌了，她还是咬咬牙忍住了，她不能让妈妈也跟着难过，就朝妈妈笑，虽然显得勉强，却多少算是对彼此的慰藉吧。

　　回去的路上一直是沉默的，米朵几次想尝试着说些什么，不让气氛陷入更沉闷的境地，却终究什么都没有说。妈妈一路给她扇着扇子，这让米朵心里一阵一阵歉疚，觉得对不起这大半年来家人的细心呵护。因为她要高考，平日里家里所有的一切都是小心翼翼的，他们忙着研究她的膳食，怎么样合理地搭配饮食，怎么样让她更好地休息，所有的日常生活全都围着她转，她仿佛又回到婴儿时代。

　　午饭她只吃了几口，因为还有接下来的考试，米朵就躺在自己房间里休息了。她躺下的时候掏出手机，这一路郁闷地走回家，都忘了问下莫子聪了，也不知道他考得怎么样，会不会像自己一样烂呢？

　　你考得怎么样，我挂了！

　　信息发出去的时候，米朵觉得他应该考得不错。

　　我还好，别多想了，专心下一科吧。

　　果然，果然。米朵的心被揪了下，是替他高兴的，他原本就应该这样吧，或者他为什么不是和自己一样考得烂掉啊，一时间很多念头冒出来，怪谁呢，都怪自己，平时明明都会做的题目，手心却莫名其妙地出汗了，脑袋也变得一片空白，该死该死。夏米朵，你真该死，她抱着那个他送的维尼熊，眼泪夺眶而出。

　　两天考试结束，黄昏时分，他们相约来到学校，只是在米朵看来，这原本离别的伤感加上考试的失败，与莫子聪见面只增加她的伤心。他是好的，即使不说，脸上的神色也是遮掩不住的，或多或少，米朵会将自己的情绪发泄到莫子聪身上，说话的语气就变得刺起来。没有待多久，大家就都有些尴尬，这与原先设想的完全不是一个样子，就更增加了黯淡，最后是有些不欢而散的意味。回去的路上她索性关了机，干吗去自寻些烦恼！

　　整个假期，莫子聪带着胜利者的喜悦四处旅游去了。在他们高三后面的两个多月里，这是他们学习疲惫后聊不尽的话题，给对方鼓劲加油，相约考入同一所大学，而后要用整个漫长的假期旅游。去周庄、乌镇这些属于江南的地方，要在黄昏时分，牵手在被细雨濡湿的青石台阶上漫步，喝一点香醇的米酒，桨声灯影里悠长的闲适；去西藏，看看最纯粹的蓝，沐浴信仰的虔诚光芒，甚至要像海子一样不远千里地背几块玛尼石回来，死了也要镶在墓上；去成都、重庆，在大夏天里吃热辣辣的火锅，满身淋漓的汗水，然后指着对方蓄满泪水的眼，笑……说到兴奋处，还会扯过专门为此买的地图，手指在上面各处游移，好像手指到了，自己就真的在那些地方了。这些讨论一直持续到高考前几天，是彼此焦躁的高三时期最开心的时光。

　　所有这些，于米朵来说，都是不可望、不可即的了，想起来，都是物非人非的茫然。与莫子聪云游四海比起来，米朵的短暂假期简直要用生不如死来形容。起先，莫子聪还会给她信息，告知自己在什么地方，跟她分享那个地方的种种好处，拍下好看的照片发给她，后来见她只是很漠然地应答，或者干脆不见回音，莫子聪不是不能理解她，只是他不能体会她，毕竟他不在她的处境里，他有的只是过去的解放和未来的美妙，到这里，他就不再说什么了，再说，于己、于她都是不开心，徒增烦恼。既然莫子聪不再说什么，米朵就把手机卡取下来，手机只当闹钟来用。

刚开始，她整天闷在屋子里，蓬头垢面的，看书看书看书，看到要吐了，就起身打游戏；打到要吐了，再去看书。不是不爱惜自己，也不是折磨自己，在她看来，是惩罚，是理所当然地为失败买单。家人说过多少次，让她出去散散心，这样闷下去，他们真怕米朵会疯掉。他们在门外喊她，米朵"嗯"了一声表示还活着，便不再言语了。

这样泡在水里似的闷了二十多天后，米朵突然在一个下午想通了。而后，她爽爽快快地洗了个澡，换了身衣服，坐在镜子前简单地化了妆，下楼到客厅时，父母都是一刹那的愣怔，像看怪物似的看着她。她走过去挽着妈妈的胳膊说，老妈，陪我去逛街呗，我都要闷死了。妈妈把手作势要往米朵脑门上放，米朵伸手挡了一下，说，放心吧，你女儿没发烧，到底要不要陪我去嘛。她边说边晃着妈妈的胳膊，声音里是许久未见的撒娇。去去去，怎么不去，你等老妈一下，我也去化下妆，这样出门，也不好意思见人呢。妈妈回来的时候，全身上下焕然一新，空着臂弯等着米朵去挽。临出门了，妈妈又对着爸爸说了句，我们有可能不回来吃了，你看天晚了，就自己做着吃吧。爸爸张嘴要说些什么，米朵和妈妈已经走出门了。

接下来的十多天，她就换作以前的自己了，每天开开心心的，看书上网聊天，将之前的阴霾一扫而光，想着事已至此，难过也是一天，开心也是一天，自己并不是那种死脑筋的人，这样一想，生活就还是好的。

跟莫子聪也像之前那样说话了，但是因为总还是会有痕迹留下，她和他说起来，有些隔膜的感觉。莫子聪从外面回来总是联系她，莫子聪想去学校，米朵虽然也是愿意的，但是想着见到之前的老师，问起来，总是不尴不尬的，少了底气，再瞥见别人考上之后欢喜的样子，总是刺激。于是就去肯德基，莫子聪还是陷在之前的旅途中，说起来一副眉飞色舞的模样。在米朵，这些都令她不舒心，甚至能算作他的炫耀了。他在对面说，她也不往耳朵里进，只是偶尔应答一声。莫子聪的兴致就淡下去，一来二去，彼此都觉出其中的怪异滋味。渐渐，见面的次数与日减少了，米朵想起来，也是惆怅，毕竟他们即使谈不上爱，至少是喜欢的，知己本就难得，却因为一场高考，便画一道线，咫尺天涯的样子，恨恨全在心里，见面就难免浮在脸上，不情愿却难自抑，渐行渐远渐无书，真是实情是良药，苦口苦心的。黄昏的时候，云朵望过去，也是愁容满面的云。

后来，莫子聪以全校第六的成绩考进了 B 大，这是他们之前一起约定的大学。对米朵来说，之前美好的幻景现在都成了刺痛她的东西。

米朵又走进了离开没多久的高中，入眼的皆熟悉不过，想来却是一阵苦涩的笑。莫子聪临走那天米朵专门请假去送他，在车站检票口，她抱着他，也不言语，只隔了一个短短的假期而已，拥抱再也不是之前的感觉了。米朵这样想，在她看来，怕莫子聪也是同样的想法吧？广播的声音响起时，莫子聪转身走进人流里，只一眨眼，米朵就已经看不见他的身影。她想去仔细寻，却终究不得见，想想，不知是悲哀还是无奈，就也转身融入人群里。

复读这一年，时间说不上快也说不上慢，只是觉得时间是故意在跟自己作对，想着时间能慢些，它却便快些；想着时间能快些，它却便慢些。每天的生活规律到看着手机上的时间，便能想到哪一刻自己的身影该在哪里，谈不上充实，也谈不上无趣，把自己往时间的每一个鳞隙里塞的感觉或多或少让她无措。有时候下了晚自习，走在回去的路上，突然就闻到一股花香，就想起去年几乎是每一天都可以闻到的，今年竟然是第一次闻到，脚步太匆忙了，花香也都赶不上，是一丝丝的黯然。回到家，看到父母还坐在电视机前看那些无聊的肥皂剧，其实是为了等自己回家在消磨时间而已，便是心里一热，眼泪想要掉的，就什么都不想说，上楼继续埋头学习。莫子聪起先还经常给米朵打电话，天南海北地说一些，便觉没了话，搜肠刮肚寻找字眼，却是不关他不关己的内容，彼此都觉得在变冷，便又寒暄着关切对方，嘱咐一些问候一些，说着再联系啊，便草草地挂了，渐渐少，渐渐少，终究是无。后来从别人口中听说莫子聪在大学里新交了女朋友，她在课堂上愣了一下，觉得是一瞬间的空荡荡，也只是一瞬间，就又从里面回来，心上浮着一层，不知悲喜，想着也许算是一块石头，尴尴尬尬的，现在，虽然怅然若失，却也落一些轻松。

　　后来的日子就快了，一步便是十几天的样子。高考再次来临的时候，她是有些想哭的，觉得是一个尽头，她是要了断一些东西似的，而且必须要走出去，跟过去告别，然后从从容容地走进另一处光景。走进高考考场，她出奇的平静，复读这一年的一些细节蹦出来，一次长长的深呼吸，便抽空了思绪，两天一晃便过去了。

　　她后来接到 Z 大的录取通知书也是平静的，而后待在房间里听了一下午歌，傍晚出门的时候，呼吸到室外的空气，是一些细微的感动，挽着妈妈的胳膊，觉得何其自由，全身心的空旷。

　　生活是真的要给她新鲜模样了！

三

　　Andy 来到这个城市半个月后才踏上德克大街。他租的房子在离市中心比较远的郊区，来之前他上网查了房子，未到之前就和房东定好了，每个月400元租金，有网络，水电另算，看起来不好不坏，暂时先落脚，他是无论如何都要离开之前的那个城市了。

　　下午到了这个城市，按提前搜好的路线很顺利地找到了房子。房东是个年过半百的女人，很胖，头发烫成大卷，刚睡完午觉，一脸倦意，很热情的样子，领着他上楼。楼道里很昏暗，女房东咳了一声，就有一盏灯亮起来。灯上积了灰尘，灯亮了反倒衬托得楼道更昏暗了。正上楼时，突然蹿出来一只猫，受惊吓似的叫了声，Andy 愣了一下，缓过神来后，心跳快了不少。房东就说，这是我家的猫，平时蛮乖巧的，今天怎么回事。Andy 没有应声，只礼节性地笑了下。因为昏暗和少见日光，霉菌的气味有些浓重，Andy 抽了下鼻子，是一种无奈的心境。

　　房子在顶层，采光较之楼道里有了些改观。开了门，屋里一张床，一张桌子，一张凳子，顶上一个有些锈蚀的吊扇。除去这些，下脚的地方不过三步见方，整体看起来蛮干净，在这个城市400元租到这样一个地方，虽然离市区有些遥远，但是已经可以谢天谢地了。

　　房东说，有事情就跟我说，这是我的电话，等下你跟我下去办一下手续吧。

　　Andy 接过房东递过来的电话，说，好，等下过去。说着就把肩上的包和手里的箱子放下，甩了甩肩膀。朝床上一坐，浑身是一种飘的感觉，而后长长地吐了一口气。

　　办完手续上楼，又遇见了那只猫，有些警觉的目光望着Andy，他朝着猫打了个响指，猫“喵”了一声走开了。Andy

笑着摇摇头，三步并作两步地上了楼。打开房门，黄昏的光已经透过窗子抹了半面墙，那半面墙就像是一面温暖的镜子，在 Andy 心里照出些暖意的凄凉。他叹了口气，一仰面，朝着床躺下去，浑身的筋骨水一样散开了。

待他醒来时，窗外早已黑成一团，肚子感觉不到饿，只是一阵空空的慌乱。他掏出手机一看，已经是午夜两点多了，他竟然睡了近十个小时。起身扯亮电灯，准备泡一桶方便面，却想起根本没有热水，就把火车上吃剩下的一些东西胡乱塞进肚子，一瓶矿泉水一口气全灌进了肚子。

脑袋还有些发蒙，睡意已经全然没有了，这样静静地坐了半个小时左右，意识才渐渐回返过来。而后开始整理包和箱子，从卫生间找出拖把将地认认真真地拖一遍，东西一样一样摆好，书一本一本码在床头和桌子上，手上不停息心里就不空荡，这些做完后，看了下手机，才过了将近一个小时。外面的夜依旧黑黢黢，一副绝不肯将黎明的灯盏拧亮的感觉。

刚才近十个小时的睡眠将他的睡意提前预支完了，他有些索然，就从床上拾起卡佛自选集读了起来。读到《距离》的时候，他盯着"他们曾经笑过，他们曾经相互依偎，笑到眼泪都流了出来"愣了好久。觉得记忆真是历久弥新的东西，即使相隔千万里，看到遇到相关不相关的，它都会伸出手来紧紧抓住你，一瞬间将电流通到最脆弱柔软的那个部位。他又往下读了几篇，但思绪一直停留在《距离》上，这样浑浑噩噩地读了不知多少后，他的意识陷入一片昏沉之中。

接下来的十几天，他每天的生活基本就是前一天的复制、粘贴。早上太阳就快爬到中天的时候他才醒来，然后开始烧水，烧水的间隙他也洗漱，洗漱完毕水正好开了，就开始泡面，一碗面吃完，窗外已经是蝉鸣最热闹的时候，他也已经浑身满是淋漓的汗水，虽然天台上用砖围起一块泥地种上了一些花草，虽然顶上的吊扇一直转个不息，但是依旧抵挡不住夏日的燥热将他烤成焦灼的风。他就着未用完的热水洗个澡，披着浴巾躺到床上，或者看书或者上网。这样一转眼，傍晚就来到了。窗外下班的人群熙熙攘攘的，Andy 起身穿上衣服，到饭店里吃一碗面，在这条破败而熙攘的街上漫无目地地闲逛一阵。

这条街上聚集着这个城市最底层的打工者，他们善良无望而又充满希望，最经得起捶打，却又最脆弱，他们像是在这个城市能看到曙光一样而热爱着它，而城市只在霓虹的灯影里照出他们灰暗的背影，热闹永远与他们无关，隆冬苦夏里是他们的血汗濡湿的土地，他们爱，却从不敢说爱，只把爱化作一张血汗浸湿的汇款单寄给遥远的亲人，而苦涩从不说出口，那于他们而言是生命的荣耀，他们像是蜉蝣，从不曾走进城市，连走近都只是奢望，他们甚至没有名字，我们只知道，他们被叫作父亲、母亲、儿子、女儿。

这样逛到熙攘的音量只剩一半的时候，Andy 就回去了，而后抱着吉他上天台练琴。夏夜的风吹过来，是一种剥筋剥骨的爽快，远处的万家灯火照出融融暖意。一听到 Andy 的琴声响起，房东家的猫就会应声而来，起先只是远远地望，后来就大了胆子靠近 Andy。Andy 专门给它买了很多猫粮，而后的每天晚上，Andy 还没有去，猫就已经在那里等着他了。后来，它就几乎每天都赖在 Andy 的房间里，全然不把自己当外人一样地亲密撒娇。每天的这个时候 Andy 的心情是最愉悦的，无数好的事情就流淌到他的指尖，化作清越的琴声。他一遍一遍地唱着自己写的歌，猫就静静地卧在他身边，一副全能理解的样子。唱到最后，就是那些悲伤的歌了，Andy 的心情像往常一样蒙一层灰，回到房间的时候，琴声已经是呜咽的了。

　　这样待了十几天，一天下午，Andy 看书的时候，脑子里蹦出来一句话：不能这样无所事事下去了。而后，他立马起身锁上门，出去了，他要去的就是德克大街，这是他在网上对整个城市仔细搜寻后决定的。

　　坐上520路公交车，他闭上眼，等着车子告知：终点站德克大街到了，请您收拾好自己的行李，下车请当心。

四

　　米朵看着镜子里自己的脸，一阵阵地抓狂，望了好久，终究无奈地释然了。无论如何自己今天是要出门的，不然简直要疯掉。这样一想，她就对着镜子简单地化了妆，无奈地选了一件长衫，拎着包出门了。

　　她在傍晚时分走上德克大街，这个时候，德克大街上已经有不少人，再过些时候，德克大街就会变得人头攒动、熙熙攘攘。现在人不是很多，米朵逛起来就自有一份悠然，店面一家挨着一家，满目的商品燃成火似的烧灼着人的视线；更似一双手，抓挠人的渴望，走在这样的大街上，瞥见这样的商品，只想着将这一切据为己有，这甚至成为一种与生俱来的本能。米朵的目光水一样从这些商品上流过，那种渴望荡漾成的涟漪随之扩散，很美妙。人群已经略显拥挤的时候，米朵买了一个包和一件 T 恤，便有些乏了，较之先前，那些渴望的水流凝滞一般不再有声息，米朵找了家咖啡店，坐下了。

　　一进门，咖啡店里放的 Leonard Cohen 的《Everybody Knows》让米朵会意地笑了，一个眉眼很好看的年轻店员在那里安静地磨着咖啡豆。她在临窗的位置坐下，暮色在德克大街上很均匀地抹开来，人们脸上跳荡着夏日里最后的阳光，弥足珍贵的样子。这一个月，米朵今天是第一次这样放松自己，有一种泡在水里的茶叶似的感觉，身心无限舒展。

　　米朵就是在这个时候听见 Andy 的歌声的。

　　Andy 昨天将德克大街逛了一遍后，晚上乘着520回去的时候，就已经决定，明天黄昏，背着吉他来这边唱歌。想到这个的时候，他觉得身体里面的重量飘走了一些，这让他对着窗口大声地喊了一声，面对着车子里一些人异样的眼神，他只是一个劲地朝他们笑。晚上回去的时候，他在天台上又练习了很久，猫一直陪在他身边，现在他和这只猫很有一种不能没有彼此的感觉，白天黑夜，它只在他房间里待着。第二天黄昏时分，他倒好猫粮猫砂，就背着吉他坐上520路公交朝着德克大街去了。

他是德克大街上唯一的街头卖唱者，虽然之前早已有过无数次这样的经验，但是到了陌生的地方，加之周围停下脚步的行人看着他的眼神，还是让他手心里渗出了汗水。他将琴盒展开摆在面前，而后仔细地调了下琴，嗓子有些发干，他咳了声，就开始了在德克大街上的第一次歌唱。

起先，只有最先盯着他的那几个人在听，渐渐，人群的脚步就慢下来，有一些人踮着脚朝吉他声的来处看，许多人朝着 Andy 聚拢。在大多数人，这是在看新鲜，毕竟此前从未见人在德克大街上唱歌；少数略懂音乐的人，Andy 的歌和他的声音显然足以吸引他们驻足。Andy 的声音很粗糙，听起来像是一片河滩，遍布的却不是细沙或者光滑的鹅卵石，而是颗粒略显饱满的沙砾，走过这片声音的河滩，其实是一种按摩的舒适感，因而仔细去品，这种粗粝的歌声就很熨帖地包容你的听觉，静下心来，是可以真正沉下去的。你会觉得他有些像 Leonard Cohen，但少的是他的沧桑，而多了一份年轻的豪气和张扬，因而是舒缓有致且跌宕有韵的。

米朵坐在咖啡店里，耳朵里是 Leonard Cohen 的声音，听着听着觉出了异样，Leonard Cohen 的歌声里融了另一种声音，很像他却又显然不是他，她就用耳朵拨开那些冗杂的声音，寻找那一种异样，也就是这个时候米朵第一次听到了 Andy 的歌声，瞥见了那群围作一团的人。

其间，Andy 断断续续唱了十多首歌，还穿插着唱了两首自己写的歌，听的人来了又走走了又来，散散落落的，琴盒里七零八落躺着不少钱，这让 Andy 原本的担心化为乌有，他看到很多人听自己写的歌的时候脸上会生出许多喜悦的表情，就更让自己的心裹着一层满足和欣慰。

米朵安静地坐在咖啡店里，耳朵里撇开了其他所有的声音，甚至连 Leonard Cohen 的声音也全都剔除，只留下 Andy 的声音雾一样邈远地飘过她的耳朵，咖啡已经冷掉了，服务员又续上了新的，米朵还是让它自顾自地冷下去，意识里只剩 Andy 的歌声。

后来，夜晚的黑色披肩散落下来，遮上人们的眼，德克大街的灯照起来，各色霓虹给黑夜铺满彩虹，让月亮羞涩，有让天地换新颜的气魄。正是晚饭时分，聚拢在 Andy 周围的人群渐渐散去，新鲜的感觉渐次退去，被热炙烤一天的人们早已掩饰不住地枯萎下去，大多数人沉入夜的深处，瞥不见夜的媚态，他们早早地挂起帷幕，告别这一日的章节。

Andy 的嗓子已经有些哑了，他的声音弱下去，有一些虫子似的滋味在喉间扭动。他收起吉他，开始整理琴盒里的钱。抬起头的时候，愣了一下，旁边站着一个女孩子，伸手递给他一杯咖啡。女孩子将手朝前伸了下，示意他接过她手里的咖啡。Andy 就伸手接过了女孩子递过来的咖啡，还碰到了她的手指，Andy 温暖地朝着女孩子说了声谢谢。女孩子摇着头朝他笑，问道，你一直都在这边唱吗？Andy 心思跑走了一点，就问，你说什么？女孩子声音朝上提了些，说，你一直都在这边唱吗？ Andy 说，今天是第一次来这边，以后还会来的。谢谢你的咖啡啊。女孩子就说，哦，那明天见吧，我很喜欢你的歌，说着转身走开了。Andy 都没来得及问下她的名字。

第二天，Andy 比昨天早一些来到德克大街，把琴盒摆在昨天的那个位置，依旧像昨天一样在别人的歌中间穿插自己的歌。唱歌的时候，他不时地朝着来往的行人看，他其实是希望看到昨天给他咖啡的那个女孩子。路上的行人渐渐少下去，黑夜已经来临的时候，仍旧未见那个女孩子的身影，这让 Andy 有些失望，好在今天的收入还不错，他就带着些许遗憾回到了住处。

米朵本来跟 Andy 说好了第二天来听他唱歌，可是学校里遇到了一些事情，就耽搁下了，等事情结束，已经是晚上八点多了，Andy 早已经回去了，这让米朵觉得很是歉疚。所以第三天米朵就早早地来到德克大街，远远地她就听到 Andy 唱歌的声音了，她就钻进前天那家咖啡店，全身心地听 Andy 的歌。

等 Andy 收拾吉他准备走的时候，米朵又像前天那样拿了杯咖啡递给 Andy，米朵笑着对他说，昨天不好意思哈，本来答应你要来听你唱歌的，结果因为学校临时有些事情，耽搁了，就放你鸽子了。Andy 说，没关系没关系，只是昨天没有等到你的咖啡，今天嗓子干巴巴的状态不好，不过，谢谢你今天的咖啡啊。米朵朝他吐了下舌头，说，那这样吧，我请你吃饭吧，算是对我放你鸽子的补偿，怎么样？Andy说，这怎么好意思呢，要请也是我请你啊。米朵想了下，说，那我们AA制吧，你替我付钱，我替你付钱，就当我们都请了对方了。

去必胜客吃了两份比萨，点餐的时候他们果然各付各的，这让服务员盯着他们看了好一会儿。一边吃一边聊，彼此居然都喜欢某个歌手某个作家某个诗人，是一种相见恨晚的感觉，觉得说话的时候句子像水波一样赶着走，别人看去甚至都觉得他们是在争吵了。

从必胜客出来，夏夜的热气没有散尽，迎着扑过来，一瞬间有呼吸被抽离的感觉。Andy说，我送你回去吧。米朵说，不用不用，我直接坐520，很近的。Andy听了心里有些欢喜，说，我的住处就在520的终点站，哈哈。

上了520，人很多，彼此推挤着，虽然有空调，还是浑身冒汗。到了一站，Andy身边空出来一个座位，米朵坐了。因为车厢里的电视在播，声音嚷嚷的，他们就沉默着不说话。米朵扭头望着窗外，Andy站在她身边，看着窗外各色霓虹在米朵脸上细密地抹开，仔细去看，脸上纤细的绒毛都耀着一层光在流动，风吹着她的头发，有些精巧的零乱，Andy觉得是米朵在放光，就像一朵花上的蜡质，细腻柔润。Andy脑海里的弦颤动一下，这曾是过往的场景，光也曾照见别处的人，只照得他心里一脉水样的凄惶，只是曾经沧海，难收覆水。

米朵中途下了车，朝Andy挥手的时候，米朵甚至想大声对他喊，明天见，可终究没有，只是很开心地朝着他笑了下，转身走了。

第二天，他们早晨就来到了德克大街，相约着去了德克大街的一个酒吧。米朵建议他去酒吧驻唱，而不是像前几天那样抱着个吉他在路边，毕竟很少有人愿意在嘈杂的路边静下心来听他唱歌。经米朵一说，加上他之前有酒吧驻唱的经验，他就觉得去酒吧是理所当然的了。

他和米朵去了凸凹酒吧，找到酒吧负责人，Andy 唱了一首 Nirvana 的《About A Girl》，还唱了一首自己写的歌。米朵从负责人脸上看到很满意的神色，于是就这么定下来，晚上 Andy 可以直接来上班了。米朵下午还有课，所以就先回学校了，而 Andy 则整个下午都泡在酒吧里，认识这些即将熟悉的人。他还想起之前酒吧长谈的那个晚上，他们都有些醉了，说的话还像雾障一样笼罩着他，往昔之光，他想。

五

之后，米朵和 Andy 一直在酒吧里碰面，因为课业的原因，米朵有时候来有时候不来，不来的晚上她都会给 Andy 发个信息，问他今天唱了什么歌，有什么开心或者不开心的事情，很晚的时候彼此道一声晚安，一天才算是过去。因为米朵的寝室要在11点关门，所以她来的时候也会早些时候回去，而 Andy 回去的时候一般已经是午夜2点多了，好在还有夜班的520。那个时候车上几乎都是刚下火车的旅人，满脸疲惫，加之是午夜，车上就异常安静，甚至气氛是有些诡异的安静。Andy的嗓子干巴巴的，加上喝了点酒脑袋有些昏沉，浑身就全是倦意，只把头朝着窗外，很多店面都已打烊，有些招牌依旧在不知疲倦地闪着，不休不眠的，要为这个城市照亮最后的华彩似的。

因为和Andy是好朋友，加上几乎天天来，所以酒吧里所有人她都是认识的。大家一直以为她是Andy的女朋友，起哄的时候，她和Andy也不说话，只是望对方一眼，心知肚明的样子。起先还有些不好意思，后来，说得多了，也便一笑而已，渐渐，大家就知道了其实不是那么回事，也就不再说，却开始有人怂恿他们在一起，而他们仿佛觉得事不关己，他们说他们的，由他们去，Andy心里清楚得很，而米朵又何尝不是呢!

那一天的到来不知道算早还是算晚。

那一天，因为系里晚上开会，米朵到的时候已经有些晚了，Andy正在唱那首她最喜欢的《走吧，这里不再种下花》。

时间它悄悄安静了

再没有人说话，你的烟还没熏上眼吧

时间它悄悄睡着了

再没有人敲打，你的烟早就熄灭了呀

午夜空荡的站台，雨水不停刷

泥土曾经开出花，青苔阶上爬

走吧，那首你不再听见的歌啊

我们曾经在这里，我们曾经种下它

走吧，那首你不再吟唱的诗啊

我们曾经去那里，我们曾经爱着它

都走了，这里不再种下花

都走吧，我们不曾相爱过

而今早已都老了

米朵进来的时候，Andy 一眼就看见了她。他站在台上朝她挥了下手，米朵找了一处稍微安静点的地方，静静地听他唱。米朵听的时候眼睛不住地望着 Andy，注意着他的一举一动。昏暗摇曳的灯光里，米朵觉得 Andy 像是一个幻影。

这首唱完了，就换了另一个四人乐队，而后 Andy 朝着米朵走过来，还没坐下，就对米朵说，今天晚上陪我喝酒好不好？Andy 的声音干巴巴的，有东西堵在嗓子眼似的。米朵看出了他神色的异常，就什么也没说地点了下头。Andy 朝她笑了下，笑容也是一样的苦涩，说，我们到外边去，找个路边摊好好喝吧。

他们到了路边摊，Andy 叫了一扎啤酒，点了些凉菜和烧烤，启开一瓶递给米朵，泡沫云朵一样往外冒。Andy 一口气喝掉一瓶，嘴里喊着爽。米朵不知道该说什么，就陪着他把啤酒往肚里灌。半瓶刚下肚，眼泪就呛得往外淌，她停顿了下，接着喝了那半瓶。

Andy 喝了那一瓶后，眼睛就有些湿了。Andy 突然说，米朵，你喜欢那首《走吧，这里不再种下花》吗？米朵说，喜欢，这首是我最喜欢的。Andy 说，那我给你讲关于这首歌的故事吧。

六

Andy 说得很凌乱，似乎有太多的话往脑子里蹿，让他说起来像一只无头的苍蝇全没了方向感。

Andy 和前女友是在大学的一个社团认识的，最后他和前女友等四个人组成一个乐队，他们是从一开始就彼此有好感的，而后没多久就在一起了。因为是三流大学，学生们除了谈恋爱打游戏扯闲话就没了其他的事情，Andy 和女朋友渐渐萌生了退学的打算，最后在大二的下学期向学校提交了退学申请。因为这，女友和父母闹翻了，加上她家人本来就重男轻女，把她看作一个可有可无的人，她从那起跟家人断绝了联系。他们从学校里出来，在那个城市租了一间不到十平方米的小房子。起先一切都很好，虽然日子很苦，却一直是开心的。Andy 和她一起去酒吧驻唱，渐渐，生活开始因为规律而变得单调，她再也不能忍受拮据而枯燥的生活。

终于有一天，她在酒吧因为一点小事和别人吵了起来，Andy 上来劝架的时候，惹恼了她，她觉得 Andy 该狠狠地揍那个男人，而不是这么懦弱地劝架。她再也受不了这种生活，再也忍受不了跟这样一个男人生活在一起，就在那个夜晚她不辞而别了。

Andy 在那个城市找了半年，所有能想到的方法全用尽了，却不见她的一点音信，她再也没有回来。

Andy 说，就在今天，我收到了她的短信，她要结婚了，跟一个比她大十五岁的男人。她说她觉得那个男人像父亲，小时候她父亲很凶，而那个男人可以让她过上好生活，因为小时候她的家人根本就不爱她，恨不得杀了她，她一直都不知道什么才是爱，就连我，她也不敢确定那是爱，她没有爱人的能力，她希望自己能很快有个孩子，她觉得她可以爱自己的孩子。

七

第三天，Andy 给米朵发了条信息，说他走了，去参加她的婚礼，他觉得应该去祝福她，也给自己的过去一个了断，毕竟他们曾经相爱过，这就叫青春吧。

一会儿，Andy 又发了一条过来，米朵，我会很快回来的，因为你在这里。

米朵走到寝室的窗前，已经是傍晚时分了，而此刻，暮色正缓缓降临德克大街。

Andy 现在已经在火车上了，她望着窗外，看着几对情侣牵着手走过，米朵很浅地笑了下，她想起 Andy 说的，这就叫青春吧。

嗯，这就叫青春。

（原载《萌芽》2011年11月下半月刊）

你说，怎么飞

　　和我一起逃去江南吧？李多抽完最后一根烟吐出这几个字。

　　而后他用惯常的扔烟头的方式将烟头弹出，还未熄灭的烟头划出一道光线，落入莲花池中，我想象着水面升起了一朵水汽的雾。

　　那时，离高考还有一个多月，校园里充溢着棺木上了沥青般的黑暗的沉重，压抑填满了每一个角落，尤其对于高三的学生来说，生活麻木到像一株枯死的植物，教室的课桌上堆砌了各科的课本、资料以及做不完的习题，每个人都将脑袋深埋于书堆中。因为夏季的到来，教室的空气充满了暴躁的意味，教室后的黑板上每天更新着倒计时的天数，仿佛是在历数人生所剩无几的光阴。

　　我和李多总在漫长的两个小时自习还剩二十多分钟时，偷偷从教室后门溜走，带上我们吸习惯的"臭水沟（红旗渠）"牌香烟到学校的莲花池旁，边抽烟边坐等自习结束铃声的响起，更多的时候我们只是沉默不语地一根接一根抽烟，言辞只会让我们变得更加心浮气躁，所以默然地抽烟成了我们那时最好的相处方式。

会有夏夜的晚风吹，携了莲花的青青的香味，水在路灯的映照下泛着跳跃的光，一波接一波的光之鳞片簇拥着，而后破碎散开，水草的影子仿如鬼魅，蛙声起伏，却不会觉得聒噪。看指尖烟火明灭，嗅晚风的沉醉，我有很多次都不自觉地流泪，我也能感觉到李多呼吸的畅快，那时，我们都平静、安逸地享受这短暂的惬意时光，生怕一不留心便遁入教室沉闷的氛围里。

我和李多从小就相识，从初中走到高中始终都在一个班，家又极近，所以我们几乎是形影不离地天天黏在一起。在外人看来，即使有一天我们各自有了自己的家，还是会如影相随也未可知，同样喜好看书，喜欢相同的作家，喜欢相同的运动，喜欢相同的颜色等诸如此类，甚至初中时不约而同地喜欢上同一个女生，他们都会说笑：你们俩前世必定是夫妻。

直到现在我们都还依旧记得初中同时喜欢上的那个女生，苏书菡，尤其是她的一双大眼睛和长长的睫毛，眨眼时总觉得是两把雨刷在扫车窗前的雨珠，而后雨珠又全部沉落到那双眼睛里，仿佛眼睛里弥散开一层薄薄的雾气，生气时总会噘起嘴，眉心处升一点凸起，问什么都说不知道。其实，那时我就知道李多是喜欢苏书菡的，李多总是找机会和她说话。老师点名提问时，如果喊到苏书菡，我都能看到李多的身体微微颤动，呵呵，我又何尝不是呢。那时，苏书菡对我们来说也仅限于两个小男孩对一个小女孩的美好向往，单纯而充满甜蜜。

而后初中毕业，苏书菡去了省重点，我和李多去了县城的一所市重点，我们偶尔会不自觉地谈到苏书菡，说她的湖泊般的大眼睛和雨刷般的长睫毛，以及她生气时的种种，心里更多是对以往单纯生活的怀想，和那些心里微小颤动时的平淡的甜蜜。我们总是在黄昏时，浓血般的背景下怀念那些知足的幸福，尤其是中考之后的那个夏季，那个夏季因为蝉鸣而显得过分冗长，像蝉鸣拖长了的尾音，我们都不知晓这个略显空怅的夏季什么时候会过去，或者我们什么时候可以再看见苏书菡雨刷般的长睫毛翅膀一样煽动，而且最好是苏书菡穿着白色连衣裙站在夏季的树荫里，周围生长着墨绿的植物，风吹动苏书菡的清爽长发，太阳光在水面反射，再照到苏书菡的脸上，光就不再强烈，在苏书菡脸上照出一蓬毛茸茸的光，苏书菡就会变得模糊而朦胧。我们躲在另一株大树的树荫里，像偷摘水果的两个孩子怯生生地看着苏书菡，直到黄昏的光变得苍茫，苏书菡的裙裾在夕阳里开始变得温馨。我不止一次对李多描述这样的场景，而后在夕阳的背景下，我们都安静地笑。夜色再浓一点，我们各自回家，吃过饭，我们都会在灯下一首接一首地写凌乱的诗。而后在第二天的上午，我们一首接一首地大声朗读对方的诗。我们的诗里出现最多的意象是少女、夕阳、黄昏、风和繁茂的植物。

　　而后在漫长的等待中，中考成绩下来了，在大人们的议论声中我们知道苏书菡考上了省重点，我和李多还不错，因而那个夏季剩余的时光对我们来说，是少年时期不可多得的欢乐时光。

　　两个月的假期后，我们开始了那个夏季一次又一次想象过的高中生活，更多的是期待与向往。那时，我们觉得上了高中就意味着已经长大，可以自己支配自己，不再有大人们的横加指责与喋喋不休。

　　而那个中考后的夏季，留在我们记忆里的是断断续续的碎片，苏书菡、诗歌、黄昏以及大声朗读和夕阳里的遐想……

　　我们以为永远都度不过去的那个夏季长假，却仿佛笔端的轻描淡写一晃而过，高中生活匆忙来临。在高中生涯的开端，长达半月之久的军训让我们饱尝了高中的滋味，每天六小时的训练几乎让我们疲惫到虚脱，那半个月也让我们知晓了原来我们此前所经历的种种苦累，只仿佛苦难海洋里的一滴水，而且更想象不到的是对于有洁癖的我竟然可以半个月不洗一次衣服，在每天的训练结束后拖着黏黏的身体便呼呼而睡。我不止一次想以生病为由逃脱军训，但李多始终在坚持，我也就没有理由退缩。半个月后，我们最后一次军训，教官并没有让我们像往常那样例行训练，而是和我们坐在草坪上玩了一下午，我们自我介绍、唱歌、大声地喊口号……仿佛此前的所有疲惫仅是衣服上的一粒米，轻轻便可弹去。最后，教官走了，女孩子们都哭得稀里哗啦的，男生也一直强忍着眼里的泪水。

许久后我再翻出和教官以及现在已熟知的同学们的合影，情绪还是会很激动，没有了疲惫，有的只是怀念。教官开始的严厉和最后的亲切，我都还清晰地记得，有些人一生也许只有一面之缘，却是可以终生不忘的。

真正的高中生涯从军训结束后拉开帷幕。

对于大多数人来说，高一都是短暂而愉快的，仓促得还没有准备好，还沉浸在刚升入高中的欢欣中，高二就来临了。我和李多更多是从学校图书馆借来大部头的书看，那一年我们看了《追忆似水年华》《了不起的盖茨比》《麦田里的守望者》《挪威的森林》《活着》……我们最钟爱的是苏童的短篇，向往那些飞扬在香椿树街的少年，向往香椿树街永远漫长的夏季，空气里饱含青春的骚动气息，太阳照着香椿树街的午后，一切慵懒而有韵味，一切显得冲动而赤裸裸。

我和李多习惯于在午饭后坐在植物园的树荫里，一遍又一遍讨论书里的种种，渴望像香椿树街的那些少年一样虽迷茫但潇洒，如果再长大点，就像霍尔顿一样离家出走，我们同样渴望渡边君似的生活方式……那时，阳光透过树叶的缝隙，在我们脸上、身上投下大小不一的光斑。如果是雨天，我们就躲在亭子里看植物园扫过的白茫茫的雨雾，亭檐下滴滴坠下的雨珠，溅起小朵水花，整个植物园升起一片风般的落雨声，像一群人在遥远的地方杂乱地拍巴掌，泥土开始泛出清新，叶子被雨水洗得光鲜照人……

　　夏季、秋季、冬季匆忙地一晃而过，来年的植物园又泛起浓重的绿意时，我们的高二就来临了。

　　高二那个暑假，我又陷入另一场爱情里，×代替了苏书菡在我心里的位置，×是那种文静、娴雅的女孩子，扎着歪马尾辫，侧脸笑的样子像极了羞怯的水莲花，她身上透出的与众不同的气息让我着迷。那个暑假我写了大量的诗，李多是我唯一的读者，我幻想着有一天×能成为这些诗的读者。每个黄昏，我们都聚在一起天南海北地聊，那个夏季，×、海子、爱情、思念填满了整个暑假。

　　认识×全因一次偶然，同寝室的W时不时提及一个女孩子，那个女孩便是×。W向我们描述×的模样以及×的种种，W说的一句话让我记忆尤为深刻，他说：×是像夏天里的一首诗样的女孩子。我蓦地觉得或许可以认识这个女孩子。

　　我在W的描述里想象着我心中的×。她应该是那种走路时低着头，无论谁唤她，她都会转过头来报之嫣然一笑，有浅浅的酒窝，皮肤白皙，喜欢一个人在植物园里独坐，或许也会喜欢黄昏和落日，会为好的故事哭泣，走在黑了的校园里，身影在一盏又一盏路灯下渐次暗又渐次亮，若停住脚步在一盏路灯下，昏黄的灯光照得她周身模糊，像是她在发出一层毛茸茸的光，有好看的耳朵，像玉器杯子的把手般圆润，若走到眼前，将目光凝住，会觉得在此刻，在她眼里，全世界就你一个，真诚得让你感动。不过，她还应该会害羞，脸上会飘两朵云霞，淡玫瑰的色彩，而且若说话，又定是欲说还休的模样。温吞吞地吐出几个字，会有泉水叮咚的语调，或者像屋檐下滴落的雨水，刹那间落地后叩出的声音。又或者只是不言语，唯有安谧，像大雨中空寂的街巷，那是大雨倾盆时雨声之外的安谧，全世界唯有雨声，除却雨声就是呼吸的舒缓。又想象她是背了挎包、带了书本，夏天里的一首诗样安静地或坐或立，那本书定是《小王子》《湘行散记》一类的，适合一个人默默地一字一字地读。也会有一枚枫叶的书笺，是上个秋天捡起的一片好看的枫叶，不舍丢弃，放置在最心爱的一本书里，某天打开，捡到那片枫叶时的欣喜会生动重现，仿佛那片好看的枫叶上的脉络复杂地连到了心，清晨、午后、黄昏、黑夜，每一个她都是一首诗……

那几夜我几乎失眠，脑袋里飘满这些场景，课堂上就变得很疲惫，这些李多都有所察觉，几天后的一个午后，我和李多像往常那样在植物园里流连。

这几天，你有什么心事吧？李多突然抛出这句话。

怎么突然这么问啊？

没什么，就觉得你这几天有点异样，总是很累的样子，李多说。

怎么说呢，是有点心事，晚上老是失眠，也想过告诉你，却不知怎么起个头来说，我无奈地说。

呵呵，觉得应该有什么心事的嘛，我们之间有什么不好说的啊，非要搞得自己这么伤神，或许，说出来会好很多，也许，我是可以帮帮你的，是吧？李多诚恳地说。

怕也是，我也不是难言，觉得应该放在心里，搁它一段时间，一个人仔细想透，若一个人可以解决，便不需让你分担什么。况且，这事怕也不在分不分担的范畴里，就没对你说，没承想，它却在心头越积越沉重，现在，心情乱乱地理不清。我摇头叹道。

怕是感情方面的问题吧？李多问。

嗯，我点头道。

想也是。感情方面，忙确实帮不了什么，尽一点力也许是可以的，说出来，真可以让心情舒畅得多，李多道。

好，我便将有关 × 的一切和我对 × 的种种想象告诉了李多。

哦，这事，我觉得如果放在心里，只会更难受，或许可以直接跟 × 说，同意不同意另当别论。但我看，让 × 知道，感情的事情是谁都说不准的。如果她知道了，你们之间有些了解，或许，就不会这么自己一个人纠缠不清了，李多劝道。

那，按你说的，怎么认识她呢？我问。

你自己怎么想的，李多反问道。

我，怕是不敢当面去说，那多多少少显得唐突，不过，我想过写信给她，甚至，偷偷地在脑袋里写过一封，又在脑袋里字斟句酌地修改过几遍。现在，若说，几乎可以一字不差地背出来，却不敢写在纸上，更别说递给她了，我道。

这事，或许我可以递给她，就看你是否愿意去写。

这，我，算了，就写一封信，你去帮我递，我道。

你只管写就是。呵呵，那对我来说，只是好朋友喜欢的女孩子而已，我可没有什么不敢的，为你，我在所不辞，李多道。

那就写吧，说不定，一切都往好的方向发展，至少可以逃离现在这个难受的境地吧，我长长地吐了口气。

那时，一只麻雀轻捷地从地面弹到葱郁的树枝上，叽叽喳喳地同几只麻雀闹成一团，植物园里的阳光细碎地铺了一地，我真就觉得一块石头落了地。那几只麻雀止了音，灵巧地转着脑袋左顾右盼，一只麻雀蓦地扑腾翅膀像麻线团弹向空中，另几只也旋即跟着弹向空中，枝头就反方向地抖落几片薄薄的桃红色花瓣，小片小片的花瓣铺陈一地，我仿佛嗅到了星星点点细碎的芬芳。

一天在阳光淡去的时间里消了它的影子，夜沉沉地来，寝室里响起轻微的鼾声，我借着手电的光在被窝里打起了草稿。虽说是草稿，却也像是最终出现在 × 手里的那封。我小心翼翼地书写着人生中的第一封情书，仿佛抖落在纸上的每一个字都在瞬间放出晶莹剔透的光。时间在沉重的眼皮下叹息般逝去，当整张纸闪烁光时，情书按照预想完成了，不满意多少会有，可希望相较之而言，无疑在增加。我准备重读一遍时，手电的光减弱，我关了灯，这一夜几乎是恍惚地睡，几次三番地醒。

早上起得很早，去到班里，有不少同学大声地背单词。我做贼般拿出信，认真地誊写一遍。大约十分钟，正式的情

书完成了。说情书，其实也就是写下想要认识她，希望和她
做简单的朋友，如此而已。

　　而后李多也到了教室，见我在，且一副睡眠不足的模样，
便明白我是怎么了。我将情书仔细折好、抚平，递给李多。在
递给李多的那一瞬间，这封信真就仿佛是一只风筝，我将它
升起，期望它升高，若高浮在天空，又担心绳索会断掉，而
风筝远走高飞没了踪影，在心里为风筝起了惶恐。此刻，情
书从我手中送出，似风筝脱了绳索，反倒熄了惶恐，平添了
一份安然。仿佛这风筝与我无关，本就该远走高飞，本就属
于天空。

　　等待回信的时间里，时光是赏花的游人，慢了脚步地看，
我却始终像是有一道明晃晃的光在眼前晃，似乎什么都看不
见，进不了视线。

　　李多和我仍在每天午饭后坐在那个有凉亭的植物园里，
说话、沉默都足够悠然。夏季足音渐隆，园里的植物枝叶繁
茂，像络腮胡的浓密显出生命力，绿总是让眼睛安逸的色彩，
活脱脱地仿佛绿毛龟惹儿童的眼，石子路面因在树荫里而升
起许多凉爽的气。风一吹，那些光斑就精灵般在树叶间跳跃，
树叶簇拥着喧闹，夏日的午后遥远地传来蝉声，断断续续，像
雨后屋檐下的水滴。若没有什么心事，若没有课业负担，植
物园的夏日午后也许真就会被诗意般的生动填满。

　　如预想中的那样，我和×成了单纯的好朋友。其实，对
于×，我是没有过多奢望的，觉得那样一个女孩子，是应该

远远地看。她告诉我，她喜欢我信里的那首诗，而她不知道的是那首诗里的意象都暗合了她的影子。

认识 × 之后，知道 × 是一个单纯得近乎露珠的女孩，成绩优异，写一手好文章，喜欢诗，最喜欢的书是《小王子》，喜欢那句"当你感到悲伤时，你会喜欢看落日的"。也知道 × 身边围绕很多男孩，我几乎不算什么。

以后的许多时间里，我总会想起那次和 × 一起看落日黄昏。

那是周六的下午，李多回家了，我一个人在校园的跑道上站着，心很乱，却在期待中与 × 不期而遇，相视一笑，而后并排站着面对漫天云霞和胭脂般的夕阳。

也喜欢看黄昏吧，知道你喜欢《小王子》里的那句话，我说道。

嗯，觉得很温馨，觉得落日就像一块奶油蛋糕，呵呵。× 调皮地眨着眼睛，睫毛上抹满啤酒泡沫般的落日的光，白皙的脸被夕阳涂上了胭脂般的羞赧。

我眼中的夕阳，像垂暮之年里的安详，是那时候翻出的陈年的旧书信，泛着黄，有脆弱的声音，述说着过往的点点滴滴，那些年轻的时光，那些美好的过往，是再也回不来的黄昏，终要入西山，我望着夕阳说。

呵呵，那么悲观啊，不过，我也曾那么想过，有种曲终人散的凄凉，可还是该向着好的方向看吧，就像这个夏天，即使匆忙，也还算得上充实吧，× 望着我，满目真诚。

也是，年轻人应该像夏天那样生机勃勃啊。

对啊，我最喜欢的季节就是夏季，因为所有的季节里，夏季的黄昏是最温馨的，其他季节的黄昏总是过于黯然，我喜欢暖的一切，×说道。

是啊，夏日黄昏，名字都格外动听，不过，我们却还是喜欢迟暮黄昏，我们的身体里或多或少都藏着忧伤的因子。

夕阳只剩下半个轮廓，远处的天空开始变暗，几只飞鸟飞近又飞远，最后了无踪影，蝉音在空气中冻结般消失殆尽。天空的红晕渐渐褪去，像胭脂落在海洋里洇开，颜色越来越淡。当夕阳挣扎着隐退，天空完全暗了下来。

那个黄昏里的×像极了一个童话，高三的负担越来越重，我突然感到所谓的童话和黄昏以及未来都开始滑向虚无，以后的日子我和×也仅是见面时相视一笑而已。也许对我们来说，这是最好的方式。

也是在高三那年，我和李多开始抽烟，来排解累积的压力和苦闷。高三下学期，我们几乎在每个晚自习的最后二十分钟，都会溜出来，在莲花池边抽烟。

我们一起逃去江南吧，李多又问了一句。

还有一个月就要高考了啊，这样做怕是不好吧，我劝道。

觉得复习怕也不会有什么长进，与其不开心地在这里熬时间，还不如出去散心，去看看那些香椿树街一样的江南街巷。

让我想想，这可不是儿戏，明天我给你答案。

也好，江南是个好地方，李多念诗似的加了这一句。

下晚自习前，数学老师又发了一张综合测试卷。我瞥见李多把刚发下来的试卷撕成了纸屑，这让他的同桌一阵诧异。我将试卷折好放进口袋，走在回校外租的房子的路上，空气清冽，有风柔柔地吹，李多吹起了口哨。

或许因为离校李多才会有此刻的轻松，那种孤注一掷的决绝让李多没了什么负担，也许是真的，真的可以抛却一切，找自己想要的全心全意的自由。想到这里，我决定跟李多一起去江南，先不管未来，就走这一遭，或许一切因此而不同，或许我们真的可以有个好的结果。

第三天，我和李多在凌晨五点半踏上火车，我们带了几本书和从家里要来的钱（我对家人说想多买几本资料，而李多早就开始攒钱了）。一点半时，我们就从房东家翻墙出来了，走了将近三个小时才到达火车站。候车厅里站满浑身倦意的旅人，李多对着我长吐一口气，我心里却涌上很多异样的滋味，我们就这么逃出来了，再过一个小时，早自习就开始了，班主任看到两个空位子会有什么样的表情？紧接着是家人，再之后，所有人都不知道我们的踪迹，该会怎么样，无助、担忧、报警、哭泣……

想到这，我的心被一把蛮力狠狠地揪住，我看了看李多，他的表情很坦然、淡定，其实，也许是我想得太多，不是还有那封留给他们的信嘛，他们会知道一切，况且我们都已经这么大了，而这无非只是青春里一次短暂的离开，仅此而已。

12号车厢，98、99号座位，我们没有丝毫的疲惫，也没有因激动而诉诸语言的想法，我转过头望着窗外，火车还没有驶动，车内有匆忙的旅人奔向自己的座位，还有窗外那些依依挥别的手和恋恋的表情。我突然想起×的模样，想她也许现在还在睡梦里，也或许在熹微的晨光里走向教室，她在夕阳里好看的样子此刻浮现在我的眼前。李多掏出雷蒙德·卡佛的《大教堂》，自顾自地读起来。

火车缓缓驶离车站，我感觉自己的心很痛，仿佛此刻的离开意味着此生再也不回来，父母永远都找不到我了，他们在家茶饭不思，愁容满面，一夜当作几年来过，家里的亲戚来了一圈又一圈，叹息着离开。那些亲戚一个接一个离开后，家里陷入死灰般的沉寂，爸和妈坐在暗处默然不语，时间仿佛凝固了，家里再也不会有欢笑了。在青春，我们要伤多少次家人的心才足够，这是我们的青春，也是我们的残忍，当炉灶变冷时，我们还有可以珍惜的温暖的家吗？！

路边的灯游丝般渐次远去，我觉得迈出的这一步太过草率，年轻让我们品尝着激情的骚动，那些苦涩的眼泪难道就必须让爱我们的父母去品尝吗？他们这十几年所给的期许我就如此轻而易举地撕成了碎片？我们要面对的明天究竟会是什么样？所谓的明天我就真的可以将其握在手中吗？

我看了眼手表，火车出站已有五分钟，李多仍在低头看书，全神贯注的模样仿佛置身于空无一人的旷野。车内的噪音淹没了李多翻动书页的声音，我身心俱疲却睡意全无，对面的座位是空的，我觉得自己像是被隔离于世外般的不真实。

　　火车驶出站十分钟左右后，车窗外是城郊的大片农田，外面起了雾，绿色在雾气里变得影影绰绰，我的脑袋昏昏沉沉的，目光呆滞地望着窗外的万顷良田，想象着火车带来的风将雾气撕扯开来。列车员开始讲解旅行需要注意的事项，他讲得断断续续，老是被一个又一个列车售货员的叫卖声打断。我看着走道另一侧的旅客，一副昏昏欲睡的样子，每当售货员的叫卖声传来，他们脸上便抹满厌倦的表情，一个学生模样的年轻人骂了句×××。旅行安全常识讲完，列车员走向下一节车厢时，车厢的喇叭告之下一站将于十分钟左右到达，火车上又响起一阵喧嚣的声响。

　　我竟然在距离高考还有一个多月的时候从学校里逃了出来，李多此刻已经沉入梦乡，我心里突兀地响起了一声：回学校去。我究竟该怎么办？

　　距离下一个城市越来越近了，我拿出纸笔，我决定回学校去，我没有勇气孤注一掷地逃跑。我给李多留了字条，将身上的钱除了自己回学校的路费，都给了李多。做完这一切，在列车缓缓靠站时，我起身从李多腿上跨过去。走向车门时，我又回头看了一眼李多。李多抱着书包，长发垂下来遮住了他的一只眼，脸上有些许憔悴，但更多的是安恬，也许，我永远都不会有李多的坦然和决断，真的抱歉，李多，我没有勇气迈出这一步，希望你能理解我，在外面照顾好自己，我等你的好消息。我在心里这样默念道，看了李多最后一眼，随人流下了车。

　　站台上满是嘈杂的人声，我却觉得这里很安静，静到似乎只有我一个人般荒凉。出了站我买了一袋温吞吞的牛奶，就着书包里的面包吃了。天已经完全大亮，火车站旁边就是长途汽车站，我又回头看了眼火车站，也许此刻李多已经发现了我的离开，也许火车已经呼啸着驶向下一站，也许李多可以找到香椿树街般的江南街巷……而这一切都已经与我无关，我所能做的就是灰头土脸地返回学校，驶入常规单调的高考复习轨道里。

　　在回校的汽车上，我才真正开始感觉到睡意的浓重，最后，我是在售票员的叫声中醒来的，那时，已经到了县城。我下车后赶忙往学校跑，进校门时被保安记了名字。这些都不算什么，快到教室时我就嗅出了异样。刚坐定，同桌就问，你跑哪儿去了，早上你家人都过来了，现在正在老班的办公室呢。我没说什么，心里是一阵难受，放下书包，我就跑了出去，刚走到办公室门口，就听见里面熟悉的哭泣声，那是母亲的哭声，父亲在旁边叹着气，老班坐在那儿勾着头，默不作声，教导主任也坐在旁边。我喊了声报告就进去了，这让他们一阵诧异，显然他们根本不会想到我会这么快就回来。

　　那次，老班说了很多推心置腹的话，父母亲在旁边一直没作声。末了，教导主任说，你还是年纪太小，许多事你还没真正理解，父母的心痛你们什么时候才能真正体会啊。最后，我向他们解释李多的想法，希望他们可以理解李多。

出了办公室，父母什么都没说，摸了摸我的头就回去了，这让我心里更加难受。我希望他们打我也好骂我也好，只是不要这样一言不发，那天的所有课程我几乎都没有听进去，只觉得脑袋里轰隆隆的像跑着一列火车。

晚上，我给李多的父母打电话，向他们解释李多出走的缘由。让我没想到的是他们竟然开明地赞同了李多的做法，还说，学校的事他们会去解释，让我只管好好学习，他们了解自己的孩子。这多少让我的心里好受了些。

这以后我再也没有出来抽过烟，白天在教室里发疯地学习，也因此知道自己原来有那么多东西不会，一道物理题我几乎背熟了它的题干，但就是一筹莫展，像一条狗对着刺猬无处下口，这让我都有拿把刀杀了自己的冲动。晚上回到住所，我在灯下夜战，做一张张数学试卷，背一个个都已经认识我了的英语单词。到了午夜两点，我躺在床上，脑袋里全是李多在外面的情景，以及 × 走在路上的背影，还有那个黄昏里× 好看的笑容。好不容易睡着了，又一个梦接着一个梦地做，梦到的不是我在高考考场上忘了带笔，就是答题卡忘记了涂，或者就是整张试卷我一道题都做不出来。一次又一次被这样的梦惊醒，之后就是坐在床上挨到天亮。

这些日子里我没有一点儿李多的音信，他父母也全然没有他的消息。我唯一能做的就是尽量让自己往学习里钻，不要想李多，也不要想 ×，更不要想高考会怎么样、以后会怎么样。也许，面对眼前，尽量弥补自己犯下的错，让自己对父母的歉疚少一些，是我所能做的全部。

距离高考还有11天，也就是李多离开23天的时候，× 被保送进了全国排名前五的 F 大。那天下午，我看着 × 离开学校的背影，一直到看不见为止，我觉得心在流血。× 走了，甚至没有回头看一下这个待了三年的高中，也许像我一样，× 也是想着赶快逃离这个待了三年的地方。× 走了，走的还有那段与青春有关的记忆，那些匆忙得来不及回头望一下的年轻岁月，以及那些美好的痛苦的迷茫的恋恋不舍的风尘往事。

那个黄昏，我没有去教室，而是向老班请了一个晚自习的假，独自躺在莲花池边抽烟。那晚，天很灰暗，没有一颗星星，还起了风，我在莲花池边冻得瑟瑟发抖，唯一可以温暖我的是手里的烟火。我甚至欲哭无泪，脑袋里大片大片空白，那么多的事情发生，怎么就没有一点留在我此刻的脑海里呢，难道青春真的是一无所有的岁月吗？

整整一包烟，20根烟，我几乎是一口气连着抽完的。那个晚上我的脑袋一直都是昏昏沉沉的，有抽烟太多的缘故，也有这段日子以来脑子里想太多事的缘故。烟抽完后，也临近放学了，我拍去身上的灰尘，也拍去了那段怅然的记忆，提前翻过学校围墙去了住室，什么东西都没带，也全没有要学习的想法。我早早洗漱完毕，早早躺下睡觉，竟然很快就睡着了，而且整夜都睡得很沉。

第二天早上醒得很迟，我几乎是飞奔着跑到教室。刚坐定，下早自习的铃声就响了，然后从 W 那儿转来一封信。信是 ×

写给我的，熟悉的娟秀的小字。

D：

当你看到这封信时，我已经去了上海。爸爸在那里工作，我的暑假提前到来了，我的高中也提前画上了句点。因为走得仓促，没有跟你道别，希望你见谅。

其实，我知道你的很多事情，你和你朋友的逃离，你写的那些诗我都明白，只是，对于现在的我们，就算遇见，也只是在一个错了的时间，我也不能说我们都是对的人。

我知道你的成绩不是很好，从你给我的信里我能看出你的迷茫，那么在这最后的日子里，希望你可以放下心里的包袱，自己努力了就别去想太多结果，我们还有很长的路要走，我们还有很多的明天要面对，所以真心希望你可以安心面对一切。

还有，我会永远记住我们一起看的那个夕阳，我喜欢那天的一切和那天的你。

祝安好！

✕

看完这封信，我的心出奇的平静，也许，这封信才真正意味着一段时光的彻底尘封，难过、迷茫、失落……当我转过头，那个夕阳被永远地抛到了脑后，留给我的是无尽的未来。

我像给 × 的第一封信那样把她的信折好、抚平，放在书包里，然后，开始认真听课、做题，好像一切从来没有发生过。

第三节物理课时，一个熟悉的身影从后门闪进来，李多回来了。

李多变得很瘦很黑，但感觉身体变得结实了，他的衣服很脏，身上的气味也很重，一看就知道很久没有洗澡了，头发疯般地长长，他冲着我笑了一下，然后使个眼色，意思是让我先听课，其余的事情等到中午再说。

午饭后，我们像往常一样来到植物园，李多对我说起他这24天在外面遭遇的一切。

那天，李多是被一个旅客喊醒的，那个旅客问李多，他里面的那个位子有人坐吗，如果没有，他想坐那儿。李多从睡梦中醒来，有点混沌的感觉，说，有啊，这不我同学嘛。而后扭头一看，那个位子是空的，李多说，哦，我同学在这坐，估计上厕所去了吧。那人说，应该不会吧，我在这站了将近一个小时了，那个位子一直都是空着的。李多很诧异，就觉得有些异样，他站起来环顾四周，不见我的影子。他掏口袋时，看到我给他留的字条和几百块钱。看完后，李多示意那个旅客可以坐这个空下来的位子。李多说他看到我的信心里有点吃惊，但更多的是释然，也许，旅行对于两个人来说，只是有了心灵上的慰藉和相互之间的关怀，况且我是李多劝过来的，并不是真心实意地想去。这么一想，李多心里反而觉得安然了，那么，现在就是一个人的旅行了，有多少苦难和风雨就让一个人来面对吧！

火车是在午后到达江南的，也就是苏童的故乡苏州。下车后，李多觉得很渴，准备买瓶水。在火车站旁的一个店面李多拿了瓶康师傅绿茶，一问价钱，八块，足足比平时贵了五块，李多犹豫着放下了，就拿了瓶矿泉水，四块，又比平时贵了三块，李多显得很无奈，但还是狠下心买了一瓶。掏钱时李多才知道不妙，我留给他的那几百块钱一分都没有了，李多从包里取出自己的钱付了账，然后把火车上的一切回忆了一遍，也许是那个旅客。当时，那人坐下后，李多看信以及装钱的动作都被他看在眼里。旅途中，那人和李多聊得很投机，李多放松了警惕。一次方便的时候，李多把那件装钱的外套放在了座位上，李多当时根本没有注意到自己的外套在回来时换了个形状。想到这，李多觉得很颓丧，世道变得让他迷茫。更让李多郁闷的是，他拧开矿泉水大喝一口才发现，矿泉水已经变质，这让他一阵恶心，无奈地把整瓶矿泉水扔了。在人生地不熟的地方，道理是没法讲的。

出了火车站，李多准备找一家旅店。问了好几家，单间都是五十块钱一夜，最后才在一个阴暗潮湿的小巷里找了一家三十块钱一夜的，算是有了住的地方。一路的奔波，李多很疲乏，刚躺下就睡着了。

一觉醒来，天已经很黑了，肚子发出咕噜噜的叫声。李多向房东要了一瓶热水，就着包里的饼干、方便面凑合一顿，然后李多锁了门去楼下洗漱，下楼时他看到一对中学生模样的男女闪进自己隔壁的房间。洗漱完之后李多没了睡意就拿了本书看，是苏童的《少年血》，刚看几页，隔壁就传来那对男女嗯嗯啊啊的声音，这让李多没了看书的心情。更让李多不能忍受的是，那对男女几乎嗯啊了一整夜。

第二天醒来时，已经是中午时分，李多胃里一阵阵抽搐，他拿了点钱锁好房门，下楼时想想又不放心，又开门把包背在身上。没走多远，就看见一家饭店，李多点了一个炒青菜，一口气吃了四碗米饭，最后结账时，李多恨不得把那些吃进去的东西都吐出来，老板说，一个炒青菜八块，一碗米饭两块，一共是十六块，收你十五好了。李多几乎是颤抖着把15块钱交给老板的，回到住处，李多好一阵郁闷，那天对李多来说好的是，那对男女晚上没有来，这让李多有了安稳的睡眠。

第三天，李多准备出去转转，好好看看梦想中的江南。实际的江南要比在画里看到的乌镇一类的江南破败得多，河道很窄，河水也不那么清澈，房子的白墙近乎灰，有些房子年久失修已残破不堪，青石板路面也坑坑洼洼很不平坦，石拱桥一副灰扑扑的样子。不过，好的是江南的韵致还很浓重，骨子里透出的江南风味也够引人，兜兜转转，一路品下去，李多看得近乎痴狂，不知不觉间天就灰了下来，回去的路上差点迷路，最后一路寻问下回到住处，吃完最后两包方便面，倒头便睡。

接下来的几天一直阴雨绵绵，江南的雨过于细密，也过于轻柔，让人有肌肤之亲的感觉，远处的河道在雨里显得很静默，雨水打在水面上几乎没有丝毫声响，只有雨稍大些时，才会在屋顶的青瓦上敲打出一阵连着一阵的器乐声。李多没法出门，就躲在屋里看书睡觉，看书看累了或者睡觉睡晕了就趴在窗口看雨里的江南，然后一遍遍地在心里印证香椿树街的景象，想象着香椿树街的那些少年此刻都活跃在这条街上，又从店主的小卖部里拿了一箱方便面，整天只啃方便面。其间，那对男女来过三次，一直住在李多隔壁，每晚制造混淆不清的嗯嗯啊啊。

李多在那家旅店一共住了十天，刨去房费等各种花销，李多从旅店出来时，身上还剩九十八块五。李多是被迫搬出来的，他如果这样下去，过不了三天，就要打道回府，这根本不是他的初衷。

临走时，旅店老板请他吃了顿饭，虽然只是两碗肉丝面，却是他出来这许多天吃的唯一一顿可口而正式的饭，他甚至觉得此生难再吃到这么好的面了。背上包走出旅店时，老板说了句语重心长的话，年轻人，出来闯闯终究不是坏事！

李多先是找到一家书店，在那里看了一下午书。书店里开着空调，相比外面黏滞燥热的空气，李多觉得很是清新舒爽。李多从书店出来时，已近黄昏时分，夕阳在河道里印出一片灿烂，石拱桥、青石板街、白墙黑瓦、逼仄的潮湿小巷在夕阳里有种暖意的忧伤。晚风很惬意地吹来，一群少年熙攘着从石拱桥上跑过去，河道边人们在清洗一天的疲劳，偶尔可看到一个少年的头突然从水里冒出来，咧开漏风的嘴笑得满脸阳光。

李多一直找到天黑，也没找到便宜的旅店。那家肯定是不能回去的，一来钱不够，二来李多走时就下定决心无论如何是不能回去的。李多放弃了找旅店的想法，经过一个公园时，李多立刻决定晚上就在这个公园里将就一夜。八点多，公园里的保安开始往外撵人，李多随着人流出来，而后又从公园的矮墙翻了进去，睡在一个凉亭里。虽说是夏季，晚上还是很冷，加上纷飞的蚊子，李多几乎一夜没合眼，只是一遍又一遍地回想这许多年的青春，他得到了什么，又失去了什么，人总是要长大，这些迷茫的日子和青春里的痛终究会被岁月的双手轻易抹去，而留下来的一切也是最弥足珍贵的，值得用一生去守护。

天一亮，李多就从公园里出来，他想找一份临时工作。走遍几条街巷，没有招工的店，在近乎绝望的时候，终于找到一家叫"苏记面馆"的饭店，管吃管住，一个月四百元。老板说，我们这要先试用一周，合格了，你可以继续在这干；不合格，我们可以随时辞掉你。李多什么都没想就答应了，一天过后，李多就后悔了开始的草率，他一天要工作十二个小时，从早上八点开始到晚上十点，老板说因为吃饭要耗掉两个小时，所以一直要上到十点钟才可以，其实，吃饭的时间加起来也就三十分钟而已。一天下来，李多感觉身体都不是自己的了，尤其是腰板，因为一直低头刷碗，当李多准备站起来，愣是一分多钟没站起来。晚上睡在床上，稍微动一下就全身酸痛。这之后的几天一直是第一天的延续，几乎一刻也不得闲，好的是李多不用再为吃饭和睡觉发愁了。

第七天早上，老板早早把李多喊起来，说，你这几天表现不好，有些顾客很不满意，我们决定辞了你，你现在可以收拾东西走了。李多想要争辩，老板又说，你也别觉得委屈，事实就是这样，你也不需要费口舌，这是二十块钱，你要的话就拿着，不要的话现在就可以走了。李多张张嘴吐不出一个字，也许，这世界就是这样，不允许你争辩什么，也不要你费什么口舌，你所能做的仅是忍气吞声，世界不需要花言巧语，它扔给你的是你必须无条件接受的现实。

李多从饭店走出来的时候，太阳刚好挣脱地平线。李多迎着太阳升起的方向走，手里攥着老板给的那二十块钱。渐渐地，李多觉得太阳很刺眼，有一种要融化他的力量从太阳的方向生生地打过来，光在他眼前坚硬地晃，他想这些光什么时候变得如此粗粝，仿佛是一张砂纸在打磨他的眼睛。那张二十块的钞票在他手里握出了汗，那天，一切对李多来说都显得很不真实，时间几乎是浑浑噩噩地晃到了晚上。

晚上，李多找个桥洞，抱着包就睡着了。那晚，李多睡得很好，蚊子、冷风、汽车从桥上碾过的声音都没能打扰他的睡梦。

早上醒来，李多有了个大胆的想法，他决定一个人徒步从苏州走回学校。他跑到书店买了一张地图，买了指南针，又买了一顶太阳帽，然后踏上了回家的路途。在路上他才知道指南针几乎派不上用场，这让他很心疼白白花掉的十块钱。

他整整走了五天，白天几乎是一刻不停地走，实在累了就躲在树荫下休息。晚上，如果能找到休息的地方，他就停下来休息；如果找不到，就一直走下去。一路上看了很多风景，也目睹了很多人间冷暖，他说他那时候才真正体会到什么才是"在路上"，如果不去亲身体验，那些浮夸、修饰的词语永远只是停留在纸面上的黑字而已，你也永远都不会真正理解那些诗人孤独的心，这个世界也只是糊弄人的书本里的世界而已。

李多踏入我们县城的那一刻，他说他真的流泪了，不是因为疲惫，也不是因为胆怯和思念，而是他觉得自己这些年的成长是在这一瞬间开始的，那些过往的岁月对他说了声再见，然后就头也不回地走了，他所要面对的该是更加漫长也更加困难的未来，他觉得自己有了面对一切的勇气。

李多几乎是飞奔着跑到学校的，甚至没听见保安的喊声。闪进教室坐下后，他才真正感觉到自己的疲惫，那是一种被完全淘空的感觉。

说完这些，李多沉默很久，眼里满是泪水。植物园里的阳光透过树叶罅隙很柔和地打下来，在李多脸上晃动、涂抹。我看着园里的植物，甚至能听到它们拔节、生长的声音。一转眼，李多就回来了，又一转眼，园里的植物也变得葳蕤了。该长大的终究要长大，而我们念念不忘的青春，是真的一去不复返了。

最后十天里，我们把所有科目在脑袋里重新过了一遍，主要是调整心态，我们没有再逃一节课，这剩下的每节课几乎都是我们高中生涯的最后一课，从此以后我们再也没有机会和这些熟悉而亲切的人共处一室学习生活，我爱你们，可是你们终究要离开。

6月7日很快到了，我和李多不在同一个学校考试。那两天我的心情出奇平静，安安心心做自己会做的题，那些梦中的场景我没有遇到，两天几乎是飞驰着过去的，我的高中，我的同学，我的青春，我无悔的年华，我对你们挥挥手，就这样曲终人散吧。

6月8日的黄昏，我们坐在教学楼的顶上，沉默了许久。面前是硕大的夕阳，温暖而忧伤，那时，天空有一只飞鸟划过，挥动着翅膀朝着夕阳的方向飞去。我对李多说，你看那只飞鸟，我张开双臂，做了一个飞翔的动作，我说，我要像它一样飞。

你说，怎么飞？李多缓缓道。

（原载《萌芽》2012年12月下半月刊）

玫瑰舞鞋

一

那是她人生中第一双玫瑰红色的高跟鞋。

二

赵子涵来到莫镇的第一眼看见的是一片开阔的水域，那是湄河。从目不能及的远方蹒跚而来，徐徐缓缓地流淌，在夏日黄昏里显出静默的安谧。河边有三三两两的妇女在洗蔬菜衣物，间或有孩子从河边喧嚷跑过，也有年迈的老人摇着蒲扇在河边徐行。赵子涵拿起相机拍下这些场景，快门按下的一刻，那个女人的脸在他脑海里闪了一下。

赵子涵坐了六个小时的车来到莫镇。在火车站等候火车到来的时候，他又把之前发生的一切在脑海里细细地回想了一遍。

　　那个女人是一年前在一个类似莫镇的小地方遇见的。那天，赵子涵受邀来这个地方的摄影协会交流，中午主人陪同赵子涵在酒店吃饭，饭后，摄影协会的领导示意赵子涵到镇上的桑拿城去按摩，赵子涵婉言拒绝了。赵子涵的意思是这个地方的风光看起来很不错，他刚来这个地方，想独自出去转转，也许能拍到一些很不错的照片，这样对这个小镇也是有更多好处的。赵子涵就独自一人带着相机出去了。

　　他径自往小镇外去。时值春末夏初，镇外平铺一层凝重的绿，视野里树木全都躲起来，或者在远方淡成一抹暗绿的碎影，遮住视线的延伸。鸟鸣从远处传来，显得很悠远。午后的阳光照下来，各处有一种晃眼的生动，像是世界突然在喧嚣之后沉寂下来，为赵子涵打开了另一扇门。赵子涵的脚步变得很轻快，像是脚下踩着一片云。他看到前方是一片坟茔，一个个坟包在午后铺陈出凛然的壮美。赵子涵径自朝坟茔走过去，这片地因为人迹罕至，草生长得异常繁茂。赵子涵拿起相机按下快门，一个个瘦小的坟墓就跳到底片上，转为黑白的影像。赵子涵注意到在他近旁有一个相比其他坟墓显得小得多的坟，还是个新坟，泥土很潮湿，躲在一片长满杂草的坟中间，孤零零的样子。赵子涵就在那座坟旁坐下来，暖暖的阳光照下来，加上中午的酒醉微醺，赵子涵的睡意探头探脑地爬出来。他也不顾这是一片荒凉的坟茔地，往后一躺就睡了起来。

　　后来，赵子涵被一阵抽泣声惊醒，他以为是梦中的哭泣声。坐起来的时候，就听见一个女人的哭泣声从小坟茔的另一面传来。他吓了一身冷汗，现在天光已经略显暗淡，赵子涵坐在一片坟茔中，理所当然地会想到"女鬼"这个词。他抓紧了手里的相机，小心翼翼地站起身，半蹲着往坟茔的另一面看，看见的是一个穿着淡蓝色长袖衫的女人，低着头嘤嘤地哭泣，头发垂下来，看不见脸。赵子涵觉得冷汗在额头上往外突突地冒，嗓子突然痒起来，像是有无数条虫子在攀爬、蠕动，最后，他终于是没能克制住，咳嗽声就从嗓子眼跳了出来。那个女人的肩头颤了一下，往后一退，坐在了地上，眼睛朝着赵子涵看过来。赵子涵看出了女人眼中的惊惧，他的心反而有点平静了，他竟然朝女人笑起来。女人眼睛里的惊惧丝毫没有消退的迹象，反而更加明晃晃地亮起来。赵子涵举起手里的相机，笑着对女人说，你别怕，我是个摄影师。女人身上绷起来的弦就松了下来，眼神立马黯淡下来。赵子涵看到她眼睛里闪起一片凄惶，紧接着又低下了头，只是听不到哭泣的声音了。

赵子涵思忖半天，终于还是把心里的疑问说了出来了。他问道，这个坟是……

女人抬起头，目光很缥缈，也不看他，只是将眼神定在某处，响着空洞的声音说，这是我的孩子，刚刚一岁半，就掉到水里淹坏了。她的眼睛很红，是哭了太久的缘故，风吹着她额前的头发，越发变得凌乱了。

其实，赵子涵心里多少能感觉到这座坟里埋的是谁，但是他还是忍不住接着问了下去。他说，那孩子的父亲呢？

也许这个女人已经麻木了，她说，死了。

赵子涵知道自己不该再问下去了，从女人的口气里，他知道她是有故事的人。他站在那里，半天后说，我给你拍些照片吧。

女人并不言语，只是坐在那里，风一直簌簌地吹。她的头发扬起来，脸上是被风尘吹起的麻木。

赵子涵端起相机拍下了女人。女人乏力地坐在坟前，黄昏的夕阳照着她，有一种暖意的悲凉从她身上溢出来，坟茔趴在地上，瘦小、潮湿，夕阳在坟茔上涂抹一层金灿。那一刻，赵子涵突然觉得死亡也可以很凄美。

照片洗出来后，夕阳在女人的头顶绕出一个光圈，最后，赵子涵把它叫作"圣母"。也因这张照片，赵子涵拿下了当年青城市的摄影一等奖。后来，赵子涵多次去找这个女人拍照片，渐渐地他们熟络起来，她成了赵子涵的专职模特。这个女人叫莫璐。那段悲伤的时期过去后，莫璐就变得开朗起来，这其中当然有赵子涵的原因，因为他们彼此相爱了。

某天晚上，他们做完爱，莫璐躺在赵子涵怀里向他说起她的过往。她告诉他，孩子的父亲是她爱的第一个男人。他们是高中同学，毕业后都没有考上大学，她就跟着他到外面打工去了，后来她怀孕了，而他，竟然在她怀孕后的第三个月跟着一个富婆跑掉了，从此再也没有回来。她找了一个多月都不见他的踪影，仿佛他突然就从人间蒸发了一般。莫璐挺着肚子回到家乡，她的父亲去世得早，家里只有母亲孤零零的一个人。看到莫璐挺着肚子回家，母亲几乎哭瞎了眼睛。可是又能怎么办呢，日子慢慢过，伤痕却日见清晰深刻。后来莫璐生下一个男孩，她给他取名叫莫博文。可是，生命总是给她悲惨的一面，这个孩子一岁半时，掉到了水里，再也没有了呼吸。说的时候，莫璐的眼泪一直流个不停。赵子涵把她抱得很紧，他说，好了，以后生命会给你好的模样的。他吻着她眼角的泪水，她在他怀里沉沉地睡去。

可是，她最后还是离开了他。因为职业的原因，赵子涵接触的基本都是高挑、漂亮的女模特。她就变得诚惶诚恐的，她觉得他只是暂时落在她肩头休憩的一只鸟，过后，他还是会振翅飞去。即使，他在她的树上筑巢了，巢穴也还是会有朽掉的那一天。像之前的那些夜晚一样，她又开始整夜整夜睡不着，即使赵子涵用尽心思地劝，都无济于事。一天晚上，赵子涵回来得很晚，裹了满身酒气。赵子涵搂着她，嘴往她脸上凑，她一把把赵子涵推倒在地。赵子涵起身给了她一巴掌，说，不想在这个家住就给我滚，你以为老子稀罕你吗？

莫璐蹲在地上，肩头抖出许多哭泣的沉闷声响。而后，她就真的开始收拾衣物，出门的那一刻，她回头看了眼躺在床上的醉醺醺的赵子涵，心里的疼漫上来，她关上门，消失在茫茫夜色中。

赵子涵找了她很久，几乎翻遍了整个城市，可是，她是真的狠下了心，远远地从他的世界走失了。

　　赵子涵独自一人在一个黄昏来到莫镇，那是她消失后的第三个月，他几乎瘦掉了半身的肉，腮上的肉缩得没了影踪。他站在湄河边，看着湄河上的错缘桥，那时，一个穿着玫瑰红的高跟舞鞋的女人款款从桥上走下来。

三

　　路小虎从家里出来时满腔怒火，脸上火辣辣地疼。他对着父亲的身影骂了一句很难听的话，操不死的老东西。

　　事情的起因是这样的，那是一个周末的上午。前一天晚上，路小虎从乌鸦那里借来一本书，那本书已经被翻得几乎烂完了，书的封面是特意粘上去的，封面上是乌鸦歪歪扭扭的字迹，写着“鲁迅全集”四个字。其实，你完全可以想象，如果真的是“鲁迅全集”，会有那么多人借来借去看吗，肯定不会。如你所想，翻开第一页，你会清楚地看到“金瓶梅”三个字，这就是为什么这本书被翻得烂得不成样子的原因。路小虎为借到这本书，请乌鸦吃了一个五毛钱的雪糕，这让路小虎心疼不已，可是，一想到书里让人血脉偾张的段落，他又觉得这五毛钱花得不冤枉。

　　第二天早上，路小虎刚吃过饭，就立马放下碗筷跑进自己屋里。他关上门，小心翼翼地拿出那本神秘的书，开始找那些被折起来的书页。他一丝不苟地看下去，生怕漏掉了哪怕一个细节。他看到西门庆的手伸进去，看到潘金莲在他面前展开一片雪白的光晕，他的下面就起了反应，他把手伸进去。突然，门被打开了，父亲的脸跳进他的视线，他立马把手拿了出来，可是书已经藏不住了。

父亲看着他的表情，觉得路小虎的表情很诡异，就对那本书起了疑心，问道，小虎，你看的什么书？拿过来我看看。

路小虎脑门上的汗水凉凉地往外跑，结结巴巴地说，没什么，就是……是《鲁迅全集》。他拿着书的手下意识地往后缩了下，嗓子里干巴巴的。

《鲁迅全集》？父亲说道，他显然不信路小虎会看什么《鲁迅全集》，他说，你会看《鲁迅全集》，日头都从裆里升起来了，你拿过来我看看。

真的……真的，我不骗你，是……是我们老师让看的，还要写读后感，路小虎把目光从父亲脸上移开，坐在那里一动不动。

我不管什么老师不老师的，你拿过来我看看。父亲说着就把手伸了过来，把书从路小虎手里扯出来。他看着封面上歪歪扭扭的"鲁迅全集"四个字，咧嘴朝着路小虎笑了下。路小虎的心立马提到了嗓子眼，他觉得父亲这个笑很含糊，让人捉摸不透，他只能在心里默默祈祷父亲不要继续往下翻。

可是，可是，父亲的手几乎没有停顿地翻到了下一页，紧接着那个还没有收回的笑就僵硬了。父亲的眉头锁了起来，父亲又急速往后翻，然后看那些被折起来的书页上的内容。看了一会儿，父亲合上了书，瞪着路小虎说，你不是说什么《鲁迅全集》吗?

我……我,路小虎的"我"字还没说完,脸上就挨了一巴掌,路小虎用手摸着火辣辣的脸颊,埋头不说话。

小兔崽子,你什么你,你把头给我抬起来,这会儿装什么装,你把头给我抬起来!父亲说着伸手拽起路小虎的头发,把他低下去的头扯了起来。他接着说,这种书是你看的吗?显然父亲是知道这本书的内容的。你说你才多大啊,小兔崽子就不学好,你脑子是被屎糊住了还是什么!

路小虎梗着头不说话,他知道多说一句,他的脸上肯定就会多挨一巴掌。他不敢看父亲,只盯着他的脚看,父亲的黑皮鞋擦得锃亮,鞋边上闪着一小块光。路小虎心想,老不死的东西,皮鞋擦这么亮又是到哪儿鬼混。他不敢把心里想的说出来,只能在心里暗暗骂。

冷不防又是一巴掌,父亲说,你这会儿怎么蔫了,刚才不是说什么《鲁迅全集》吗?我是谁,我是你老子,你心里想什么我能不知道?肯定又在心里骂你爹吧,今天我还有事,我先不跟你计较,等晚上回来再跟你小兔崽子好好算账。书我先没收了,你给我在家好好反思,哪儿也不能去。

路小虎点了下头。父亲说,你哑巴了,我让你待在家里哪儿也不能去,你不会说话啊?

路小虎摸着生疼的脸说,好。

父亲摔门走了,路小虎坐在屋里听见父亲在门外说,化妆化妆,整天就知道化妆,化给谁看,你说你化给谁看,两个没一个学好的，你说你们就不能给我省点心吗？

路小虎听见姐姐在门外说，我们都不学好，你呢，擦这么亮的皮鞋你是准备干什么呢？

我……我，我不跟你说，我还有事，我先走了。父亲说完就出门去了。

路小虎站起来朝着窗外看，父亲手里拿着那本书。路小虎骂了一声"操"，他听见姐姐鼻子里喷出一声冷笑，似乎还听见姐姐骂了声老流氓什么的。

路小虎站在姐姐身后，抽了下鼻子，姐姐回头白了他一眼，右手抚着胸口说，你是鬼啊，走路连点儿声音都没有，你站我后面是想吓死我是吧。

路小虎又抽鼻子，看着姐姐右手拿着描眉的笔，脸上扑着粉，眼睛下搽得更厚些，路小虎知道姐姐肯定又熬夜了，有了黑眼圈。他把右手伸过去，左手仍然捂着脸，说，姐，给我五块钱。

姐姐描眉的手停下来，扭过头说，钱，钱，你说你除了张口跟我要钱，你还能干什么？整天不学好，爸为什么又打你了？

路小虎用右手挖了下鼻孔，接着又伸了过去，他不准备回答姐姐的问题，就自顾自地说，姐，给我五块钱，我们老师让买资料。

姐姐笑着说，买资料买资料，你能不能换个借口呢，每次都是买资料，你买的资料呢，我怎么从来没看你写过资料呢。

路小虎手还在伸着，说，姐，这次我不骗你，这次真的是买资料，谁骗你谁是王八蛋。

姐姐说，算了算了，我也不跟你废话了，就当你买资料吧，我还有正事呢。说着，姐姐从口袋里掏出钱包，从里面拿了张五块的递给路小虎，说，这是姐最后一次给你钱，你别又出去胡乱花。

路小虎接过钱就往外跑。跑到门口，回头说，还是姐姐好。他又加了句，姐，你这化妆又是准备去找谁啊？

姐姐说，要你管，你又往哪跑？

路小虎咧着嘴笑，说，姐，你别以为我什么都不知道，哈哈。路小虎说完就一溜烟跑掉了，也没听清姐姐最后又说了什么。

他径直往乌鸦家跑去。

四

铁牛揽着路璐的腰，说，璐璐，我们一会儿去哪儿吃？说着把嘴凑过去朝着路璐的脸亲了一口，嘿嘿笑起来。

路璐皱起眉头，拍掉她腰间的铁牛的手，说，热不热啊，大街上你也不怕别人笑话，以后不准在大街上随随便便地亲我，路璐说着用手在铁牛亲的地方抹了一下。

铁牛还是嘿嘿地笑，说，那好，到我家里去亲，要么到石灰厂后面的树林里去亲，说着又要牵路璐的手。

路璐把手背过去，用手帕擦了下额头上的汗说，烦人不烦人呢，你天天除了知道亲跟吃，你说你还知道什么，你就不能找点正经事情做吗？这个鬼天气，真是热死人。

铁牛还是厚着脸皮笑，并不理会路璐的话，依然自顾自地说，那我们去吃冷饮吧，往前再走五百米就到了，我们去吃冷饮，说着就去拉路璐的手。

这下路璐就顺从地被铁牛拉着朝冷饮店去了，只是心里还是不舒服，就说，这么远就这么走过去啊！

铁牛说，我们打车去，铁牛就站在路边朝着带顶棚的人力车挥了下手，喊道，过来。

然后，铁牛就揽着路璐的腰坐在了人力车里。阳光擦着路璐的脚尖跑过去，路不是很平坦，阳光就在她脚上一跳一跳的，汗水随着她的脖颈往下淌。她朝着人力车夫说，骑快点骑快点，骑快点就有风了。铁牛就也朝人力车夫喊道，让你骑快点，你快点骑。说完，铁牛贴着路璐的肩膀开始往她耳边吹气。路璐回头瞪他，他就对着路璐咧嘴笑。

刚走了大约三百米，路璐就在车里叫起来，停，停，快停。人力车夫刹住了车，铁牛望着路璐问，怎么了，停下来干什么，不去吃冷饮了？路璐说，不是不是，有家鞋店在打折，高跟鞋，我只有两双高跟鞋，我们先去买高跟鞋吧，好不好？路璐噘着嘴对铁牛说。铁牛说，好，反正你高兴就好。他拉着路璐下车，然后径直走了。人力车夫喊道，钱，钱还没给呢。

铁牛说，什么钱，你又没给我们拉到冷饮店，要什么钱。说完就拉着路璐往鞋店去了。

　　路璐一眼就看见了那双玫瑰红的高跟舞鞋，它被放在角落里，显得很孤独的样子，独自幽幽地放着妖艳的光。那是一双布面的高跟舞鞋，路璐蹲下来去摸，缎面的质感从指肚透上来，路璐甚至觉得有一种凉从指肚往上仿佛水般地流，漫过她在夏日里不安的燥热。她示意铁牛搬个椅子过来，然后坐下来，把那双夺目的高跟舞鞋穿上。她站起身，走了两步，简直是特意为她定做的一般，每一处都恰到好处地包裹住她的脚。她觉得这双鞋就是为了等待她的脚，再也不可能有比自己更合适的人来穿它了。

　　她买下了这双玫瑰红的高跟舞鞋，脚上穿的那双塑料凉鞋直接被她丢在了鞋店里。路璐是挽着铁牛的胳膊从鞋店里出来的，脸几乎被笑容抹满了，铁牛也很满意的样子。他说，你眼光真好，这双鞋再也不会找到另一个人穿得比你好看。路璐朝着铁牛笑起来，说，那是，肯定没有。铁牛说，嗯，那我们现在去吃冷饮吧，吃完冷饮我们去舞厅跳舞。路璐说，好，走吧。

　　吃完冷饮，他们在舞厅里疯了一下午，最后，路璐累得坐在角落里喝着啤酒。她说，铁牛，我不跳了，我先回去了。铁牛说，怎么了，那我送你回去吧。路璐说，不用，要是被老东西看见了就不好了，你在这继续玩吧，我先回家了，回家后估计老东西又要说我了。

　　路璐穿着那双高跟舞鞋消失在一片喧哗声中。

五

路小虎跑到乌鸦家时，乌鸦还在睡觉。路小虎去脸盆里洗了下手，手也不擦直接把还在滴水的手悬在乌鸦眼睛上方，啪，一滴水落在了乌鸦的眼皮上，乌鸦的眼睛就睁开了一道缝，啪，又一滴水直接落在了乌鸦的眼睛里。乌鸦从床上坐起来，对着路小虎的肩膀捅了一拳，骂道，我操你妈，疼死我了。路小虎说，你他妈的真是属猪的，你看现在都啥时候了，你还睡，你是想直接睡死过去啊！乌鸦打着哈欠，说，好不容易熬到周末了能睡个懒觉，你怎么就不困呢？路小虎说，睡觉有什么意思，快起来，我们去打街机，去迟了就没有位子了。

路小虎和乌鸦来到游戏机房时，里面已经有不少人，路小虎掏出姐姐给的五块钱，买了两块钱的牌子，分了一半给乌鸦。然后对老板娘说，老板娘，再拿两个雪糕。路小虎就和乌鸦舔着雪糕坐在"拳皇98"机子前，乌鸦的技术好些，所以乌鸦赢得多，但是为了多玩，一般第二局的时候乌鸦就让着路小虎，这样他们每次都能打满三局。最后一局路小虎被乌鸦打死后，狠狠地朝着机子砸了一拳，骂道，操他妈的乌鸦。乌鸦咧着嘴说，操也没用，你就是打不过我，每次不都是你输？妈的，我饿了，咱们去吃饭吧。

他们从游戏机房出来的时候已经是下午一点了。乌鸦说，我饿得眼前全是金星，浑身都没劲。路小虎说，靠，谁让你早上不吃饭，起那么迟。乌鸦说，我就算起早了也吃不到饭，我爸妈平时早上都不做饭的，我都是自己到饭店买饭吃。路小虎坏笑着对乌鸦说，你懒，你爸妈也懒，你爸妈真随你。乌鸦想了一会儿才意识到路小虎是在骂他，就说，操，我爸妈是上班好不好。先别说这个了，咱们找个地方吃饭吧。路小虎说，你身上有钱吗，我身上就剩两块了。乌鸦说，没有，你催得急，我就忘了带钱了，那先买两个面包垫垫吧。路小虎就跑到附近杂货店里买了两个面包。他们坐在路边三下五除二就把面包吃完了。乌鸦说，跟没吃东西一样。路小虎说，能怎么办呢，你就忍着吧，晚上回家吃，先想想我们下午干什么。乌鸦想了一会儿，对路小虎说，要不这样，咱们去你爸的厂里偷点废铁卖吧，正好今天是周末，厂里也没什么人。路小虎说，这样恐怕不好吧，万一被抓住了，后果就严重了。乌鸦说，我就知道你胆小，你看铁牛哥以前偷了多少废铁啊，哪次被逮到过？对了，说到铁牛哥，我前几天还看见他在石灰厂后面的小树林里搂着你姐亲呢，吧唧吧唧的。说完，乌鸦冲着路小虎坏笑。路小虎说，操你妈，我跟铁牛说，看他不打扁你。乌鸦笑着说，别介，我不是开玩笑嘛，去不去？路小虎犹豫一下，站起身来说，走。

　　去了厂里，果然很静，平时机器的隆隆声全都仿佛死掉了一般。他们从西面的矮墙翻进去，刚从墙上跳下来，就听见厂房里传来一阵咯咯咯的笑声，那是一个妇女的声音，很尖锐。紧接着路小虎就听见一个很熟悉的声音，那是他父亲的声音，他们弓着背凑到窗户前朝里看，那时，路小虎的父亲的手正好往那个阿姨的屁股上摸了一把，那个阿姨却不发怒，只是笑着说，都这么老了还不正经，接着那个阿姨和父亲都笑了起来。乌鸦对路小虎说，你爹好牛。路小虎推了他一把说，老家伙这下他要是不还我书，我就告诉我妈。乌鸦问，什么书？路小虎说，没什么，我们赶快去偷吧，别等一会儿有人来了。

他们一共偷了三次，收破烂的老板知道他们是从厂里偷出来的废铁，就把价格压得很低，他们也没办法，就把铁卖给了他。从收破烂的地方出来，他们每人兜里揣了二十块钱。路小虎说，刚才玩街机是我请的，雪糕是我请的，面包也是我请的，下面就该你请了吧。乌鸦说，我靠，那你呢，你那二十块钱准备干什么啊？路小虎说，我早就看中了一把刀，要二十块钱，我一直都没钱，正好现在有钱了去买。乌鸦说，好了，算便宜你了这次，但是以后你还要陪我来偷废铁怎么样？路小虎说，我没想到这么好偷，你放心，下次我肯定还陪你来。

他们先是去买了那把刀。走在路上，路小虎一直手揣在兜里摸那把刀，心里裹满激动。然后他们去饭店里痛痛快快地吃了一顿，一人还喝了一瓶冰镇啤酒，出来的时候已经是下午六点多了，他们径直朝游戏机房去了。乌鸦买了一兜牌子，一直打到晚上九点多。从游戏机房出来时，路小虎的脑袋昏昏沉沉的，他跟乌鸦说了声再见吧，就转身回家了。

走在回家路上的时候，路小虎看见路灯下有一对男女拉拉扯扯的，他就激动地躲在暗处看。他觉得那个女人的身影很熟悉，就小心翼翼地走近看。果然，他气不打一处来，就从兜里摸出那把刀，朝着那个男人刺过去。

六

看着那个人从夕阳的方向走过来，赵子涵几乎是一眼就看到了她脚上的玫瑰红的高跟舞鞋，错缘桥在夕阳里笼了一层温煦的光彩，那个穿着高跟舞鞋的女人融在了错缘桥和夕阳的氛围里，伴着桥下的流水，就有一种莫名的哀伤。他端起相机对着那个女人按下了快门。

你干什么？女人问道，说着下意识地用手挡了一下脸。

没什么，就是觉得你从桥上走来的时候，在夕阳里有一种异乎寻常的美，就忍不住拍了。赵子涵对着那个女人笑着说道。

女人的眼睛在他身上上上下下地打量，然后问道，你是个摄影师？

赵子涵说，对，我叫赵子涵，你呢？

女人几乎惊叫起来，喊道，你就是那个赵子涵，你拍的那个什么，让我想想，我想想，对，那个"圣母"，你就是拍"圣母"的赵子涵吗？我好喜欢你拍的照片啊。女人将手放在胸前，像是要安抚激动的心似的，她顿了下，接着说道，我叫路璐，第一个路是马路的路，第二个璐是前面加个王的璐。

赵子涵也有点惊讶，这么个小镇上竟然有人看过他拍的照片，想到"圣母"那张照片，他又想起了莫璐，心里不免有点哀伤。他说道，是我，谢谢你。

路璐朝着赵子涵走过来，说，真没想到，你会来我们这个小镇，我一直都喜欢摄影，我也很想当摄影师的模特，只是没有机会。说到这里，她的头低了下去，然后又抬起了头，眼睛里闪起光，说，你刚才说我在夕阳里很美是吧？她说这句话时并没有多少害羞的成分。

赵子涵说，是啊，你从桥上突然走来的时候，夕阳照着你，我就感觉这座桥是为你建的！还有你脚上的玫瑰红的高跟舞鞋，简直恰到好处地融在这个场景里，如果你有兴趣的话，我很愿意为你拍照。

路璐将双手举在胸前，掌心相对，脸上布满难以置信的表情，说，我不是在做梦吧？

赵子涵笑着说，如果你愿意，也可以把它当作梦，至少这不会是个噩梦。

路璐想起来什么似的，说，你……你还没吃饭吧，要不我请你吃我们莫镇的特色小吃吧。我真不敢想象这是事实，我竟然成了赵子涵的模特，赵子涵竟然要给我拍照。

赵子涵也不推托，说，你一说，我还真觉得自己饿了呢，我就恭敬不如从命了。

席间，路璐几乎一刻不停地问赵子涵各种各样的问题，显然，她处在极度兴奋之中。吃完饭，她把憋了很久的一个问题扔给了赵子涵，她说，你有女朋友或者老婆吗？赵子涵显得很惊讶，他几乎是在瞬间想到了莫璐，仿佛伤口上的疤被揭开了一样，他的心里又浮起一层疼痛。他说，准确说的话，没有吧，她已经离开我了，我都找不到她。说完，他朝着远处的路灯看了眼，眼神里蒙着一层灰扑扑的东西。路璐看着赵子涵说，其实，我也没有男朋友。这时，路璐的手机响起来，是铁牛打过来的。她对赵子涵说，我去接个电话啊。她走到一个有点远的路灯下，确认赵子涵听不到她说话后接了电话。

璐璐，你到家了吗？铁牛在那边问道。

没呢，你打电话干什么，烦不烦人，我到家没到家用不着你来关心。路璐语气生硬地说。

哎，你这是什么话，我是你男朋友，我不关心你谁关心你。铁牛有点着急了。

我男朋友？谁跟你说你是我男朋友啊，我又什么时候说过我是你女朋友啊，我找男朋友也不会找你这种天天不务正业的，你说你除了打架还会干什么！路璐说着说着就觉得心里冒出一团火，她甚至想自己以前怎么会跟这种人混在一起呢，简直瞎了眼。

我操，你……你这是怎么了，下午不是还好好的吗，怎么一转眼就变了个人似的，你跟我说实话，到底怎么了？铁牛在那边显然耐不住性子了，说话时牙齿咬得很紧，像是要跑到路璐面前把她吃掉一样。

我没怎么，就是觉得自己以前简直瞎了眼。其实，告诉你也没什么，我爸给我介绍了个对象，人家至少有正经工作，不像你简直一无是处，整天浪费生命，虚度光阴。路璐对铁牛扯了谎，从牙缝里挤出一丝清晰的嘲笑，她就是要让铁牛听见。

你……铁牛还没说完，就听见那边响起了"嘟嘟"的挂断声。铁牛把手机狠狠地摔在地上，零件绷得到处都是。他骂了句，操他妈。然后，拿起一件衣服就出门了。

赵子涵站在一棵树的阴影下，等着路璐把电话打完，他看着路璐满脸不悦地从另一盏路灯下走过来。他问道，怎么了？路璐说，没什么，一个无赖，天天来烦我。说到这，路璐满脸柔情地盯着赵子涵看。赵子涵看着路璐的目光很异样，就稍转了下身将头扭向了一边。路璐轻声喊道，子涵。听到这，赵子涵觉得头皮一阵发麻，他并不吱声，假装没听见。路璐朝前走一步，一把把赵子涵抱住，将头枕在赵子涵肩上。赵子涵把路璐的手从腰间拿下去，说，路璐，别这样。路璐说，子涵，从你告诉我你就是拍"圣母"的赵子涵后，我觉得我就爱上你了，我想当你的模特，我想嫁给你。赵子涵说，别这样，真的，别这样。路璐又去拉赵子涵。

这时，一个熟悉的声音喊道，姐，你让开。紧接着，赵子涵就看见一个男孩把路璐推到了一边，男孩的右手朝着赵子涵挥过来。路灯光一照，赵子涵看到男孩手里拿了一把刀，刀反射的光在赵子涵的眼前晃了下，然后，赵子涵就觉得自己的肚子里凉了一下，像是被人塞了一把薄荷，凉气突突往外冒。男孩把刀从赵子涵的肚子里抽出来，声音颤抖地对着赵子涵说，让你伤害我姐姐。赵子涵听到路璐惊叫一声，自己的脑袋一沉，就倒了下去。

路小虎对姐姐说，姐，你没事吧？

路璐还在愣着，半天才缓过神来，她惊叫了一声，一巴掌扇到路小虎脸上，骂道，你个小杂种。紧接着蹲在地上哭起来。

路小虎被打得愣了一下，突然觉得很茫然，他站着看了一会儿，也不知道该说什么该干什么，就握着刀头也不回地跑了。

七

铁牛拿了衣服就出门了，径直朝他家附近的饭店走去。他要了一瓶二锅头，几乎是一口气喝完的，喝完后脚底下就飘了。他从饭店里出来，边走边骂，狗娘养的婊子，什么东西，说老子一无是处，你就是个婊子，路璐，你以为自己是个什么好东西，你根本就是个婊子，还装。

这时，他听见背后有人朝他呵斥道，你骂谁呢？

铁牛扭头去看，那人离他有十米左右，因为站在暗处，铁牛就看不清楚他是谁，很显然，那个人也喝醉了，他的声音也是像短了舌头一样。

那人又吼道，你刚才骂谁呢？你是不是说路璐，你是不是骂我们家路璐？

铁牛听出来了，是路璐她爸。铁牛的火气顿时冒了出来，他边骂边朝那人走过去，老子骂的就是你的那个婊子女儿，她就是一婊子。

路璐她爸显然被铁牛激怒了，说，你再敢骂一句，说着把拳头抡了过去。

铁牛往旁边一闪，就躲开了。好好，你给你女儿找个有工作的，我算什么，我既然拿你女儿没办法，我就让你尝尝我的拳头。说着，一拳朝路璐她爸的脸上砸去。

很显然，路璐她爸根本就不是铁牛的对手，只三拳，路璐她爸就被铁牛放倒了，牙也被打掉了两颗。铁牛看路璐她爸躺在了地上，抬脚往他肚子上踹，一脚接着一脚，他感觉自己像是在踢一个软绵绵的麻袋，直到他觉得自己的双腿像灌满了铅一样沉重时才停止。路璐她爸躺在地上气若游丝地呻吟着。铁牛说，以后别让老子碰到你，以后碰到一次老子打你一次。说完，铁牛拖着沉重的脚步回家了。

八

路小虎握着刀往家里走，借着路灯光看到另外一条路上躺了一个人。他想，谁大晚上不回家躺在大路上呢？想到这，不知怎么，他突然觉得自己的心情变得很轻松，步子也快了许多。他把刀往口袋里一揣，张嘴吹起了口哨，而后消失在小巷的黑暗中。

（原载《萌芽》2010年5月下半月刊）

马小淘的黄昏

马小淘从那天起成了一个惧怕黄昏的孩子。

其实，那天的一切原本是该向着好的方向行进的，那天的前夜，马小淘饱饱地吃了最喜欢的糍粑，四方的一块块码在碟子里，还热热地腾着气，油黄黄的不腻味，咬在嘴里内里绵软外皮生脆，含着似乎要柔弱地动，马小淘吃了好几碟，直吃到肚子胀得难受才住嘴，而后美美地睡了觉，夜里做了个很诗情画意的梦。

那天，马小淘早早起了床，吃过早餐背了书包道了再见往学校奔。说奔，是因为他心里藏了个梦，走得较平日也就快了许多。路上，他经过护城河时没有像往日那样在河边耗些时光，这也是从去年冬天以来马小淘最忌讳提到的事。说到护城河，他想起了去年冬天河上发生的那件事，想起来他的脊背还会腾地冒出些悚然的凉气。

下了很大的雪，足有十几厘米厚，护城河结了厚厚的冰。也是在黄昏，放学后，马小淘和同学在护城河边驻了足，河面上竟然结起那么厚的冰，马小淘一只脚踩在冰面上，一只手被同学拉着，用那只踏在冰面上的脚狠命地跺。冰面纹丝不动，马小淘的脚却重重地麻起来，马小淘心里就飘起许多激动。

马小淘说：你们长这么大，谁在这么大的河上这么厚的冰上走过？李阳阳说：我走过。我爸去年带我到溜冰场去过，可是，我什么都不会，还摔了好几跤。另几个同学随声附和道：我去过，我也去过。马小淘脸上涌出很多不屑，说：我说的是河上，这么大的河，溜冰场谁没去过，那根本算不上什么。同学们这时都摇起了头，目光硬硬地看着小淘，等着他说出下面的决定。马小淘转头看了一周，咳了一声，说：你们谁敢下这河，来一次真的溜冰？谁都不说话，等着马小淘做些什么。马小淘挺了挺胸，说：没人敢吗？都是胆小鬼吧！李阳阳说：不是。谁说我是胆小鬼，就是我从来没下过河，万一掉下去，怎么办？再说，也不知道这冰能不能站我们这么多人。马小淘瞪着李阳阳，说：还说不是胆小鬼，还是不敢，怕死不是好汉，我下给你们看看。李阳阳他们来不及劝，马小淘就扔了书包走到了冰上，他觉得是个男生就该不怕蛇、蟑螂、癞蛤蟆之类的东西，也不该怕去尝试新的东西，即使怕也不能表现得像女孩子那样大惊小怪，今天马小淘就是要这样，一方面难得有这么厚的冰，一方面要表现得比那些胆小鬼有勇气。刚开始，马小淘的步伐确实有些战战兢兢，可脚觉出了冰层的厚度后，胆怯就消失得无影无踪，他扭过头，朝岸上的同学大声喊道：看吧，一点问题都没有。说着，马小淘跳起来，又重重落到冰面上，冰在脚下甚至连一丝微小的呻吟都没有，马小淘就咧开嘴冲李阳阳他们笑。同学们早已耐不住来自冰上的诱惑，纷纷扔了书包，腾腾腾走上冰面。马小淘觉得心里满满地装了许多仿佛可乐般的勇气的液体，哗啦啦地在心房里摇来晃去。

马小淘在冰面上快速滑行，冰面上留下细微的长长的痕迹，他觉得自己开始像一只飞鸟那样飞在天空，他伸开双臂，双臂仿佛长满羽毛的翅膀，风从双臂流过，羽毛就簌簌抖起来。马小淘觉得自己的骨头开始变轻，骨头被削薄了壁，装满了空气，身体似乎开始变成鸟的那种流线型，风全都躲避着马小淘的身体流过去，或者变成自下而上的浮力将鸟一样的马小淘托起来。马小淘的步伐越发轻盈，马小淘看着其他人，没有一个滑得像他那么娴熟，他们全都笨拙如同企鹅。马小淘开始向更远的地方滑去，他觉得自己要像飞鸟一样飞向更高远的天空。

冬日的黄昏变得暖融融的，护城河上飞着鸟一样的马小淘，河边堆了花花绿绿的书包，像一簇簇五颜六色的花开在白画布上，马小淘他们则像蹦跳的玻璃球滚动在大理石上。李阳阳看着马小淘越滑越远，想着刚才马小淘脸上满布的不屑的气息，还有那句胆小鬼的讽刺，李阳阳决定和马小淘开个玩笑。李阳阳停下滑动的脚步，向那些陶醉在滑行里的同学喊道：你们过来，我有事说。一些人听到了，往李阳阳身边聚拢来；另外一些，看到那些停下了的，也渐渐聚拢到李阳阳身边，只有马小淘继续着越滑越远的航程，沉浸在冰上的自己这只飞鸟和冰下的那些游鱼比翼双飞的幻想中。李阳阳站在中间，低头小声地说：你们看马小淘那个得意模样，刚才还说我们都是胆小鬼，好像就他自己有勇气似的，我们不也敢下嘛，就是看不了他的那个得意模样，你们看他现在滑那么远，心里肯定在想只有他自己能滑那么远，也正好趁他滑那么远，我们先走，留他自己在这得意去吧，你们看怎么样？有人说：这样不好吧，现在天也有点黑了，留他自己在这，出事了怎么办。也有人说：好，我看行，我们现在就走吧！更多的是沉默，像刚才等着马小淘说话那样等着李阳阳说话，他们可不想以后马小淘说他们使坏不讲义气，他们也不想担下主要责任。李阳阳看着大家都在望着自己，开始在心里责怪自己想得太简单，不该这么冒冒失失地把想法说出来，可既然说出口了，他觉得也没有收回去的可能了，就硬下心说：放心吧，冰这么厚，马小淘肯定没事的。再说，他既然说我们是胆小鬼，我们走了，他就算害怕也不好意思跟我们说。再说，天这么晚了，马上就要黑了，你们还不回家不怕家人骂你们吗？要是有人愿意跟马小淘待在这，我也没什么意见，愿意走的跟我一起回家。谁愿意回家？李阳阳说完转着看了一圈，本来王文强是站在要陪马小淘一边的，可看到除自己之外的其他人都选择回家，他回头看了眼身影已经几乎融进夜色里的马小淘，便跟着李阳阳他们背起书包悄悄回家了，留下马小淘自己陶醉在飞翔般的滑行里。

　　夜色已经很浓了，马小淘这只飞鸟飞了很远，几乎和夜色融在了一起，没有了光后，雪开始变得很黯然，甚至显出很沉重的黏滞，冰面在他脚下泛起黑色重金属般的光。他还沉浸在飞翔的喜悦里，丝毫没有察觉出周围的异样。他侧脸看了眼城墙，墙上亮起很昏沉的灯光，很像阴天里的月光，明亮却透着些许森森然的气息。他想自己竟然滑了这么远，平时看起来很大的城墙上的灯，此刻看起来却几近熄灭。城墙上的灯光照不到墙体，因而墙体越发显得黑；又由于城墙很高，这种黑就显得大而无边，有一种铺天盖地的感觉。就是在这时，他才从飞翔的快感里醒来，觉出了身后的异样，这种突然意识到的寂静让他很无措，更多的是恐惧，他开始回头向来时的路滑去。他滑到一半时，隐约看见前方有一个很高大的银白色的身影，那个身影看起来很不实在，像一团雾气被聚集在一起，因为像雾气，所以觉得那个身影是在飘着走，没有那种脚落地的踏实和质感。远远地看，那个身影好像穿着一件罩头的衣服，周身有一层银白的光，马小淘的周围是没有这样的光源的。那个身影看起来是背对着马小淘的，因而看不清他的脸，但马小淘觉得那个身影离自己越来越近，这种越来越近的速度是超过马小淘滑行的速度的，也就是说，那个高大的银白色的身影此刻是在背对着向马小淘飘来。马小淘开始后悔这次冰上飞翔，那个身影渐近地向马小淘飘动，马小淘的心突然变得晦暗，有一种死灰的感觉。身影离马小淘越来越近，它的光显得很迷幻，透着幽暗与潮湿。光由远及近地投来，马小淘甚至感到了一种异于冬天的寒冷，这种寒冷仿佛心脏中央一丝冷风，由内而外地凉遍通体。那个身影此刻几乎是近在咫尺了，那确乎是一个飘忽的幻影，幽幽地放出冷寂的光，马小淘倒吸了口冷气，那个银白色的身影看起来果真是由一团雾气构成的存在，以一团雾气勾勒出人的轮廓，他穿着套头的罩衫，以一种不急不缓的速度飘向马小淘。马小淘的手心握出了汗，脚下的冰面似乎也因为胆怯而战栗起来。马小淘心里突然升起一种听天由命的感觉，这样想时，恐惧就抵消了些许，马小淘想，莫非这就是书本里和电视上所说的幽灵，此刻活生生地飘在眼前？

　　冬日的夜总显得过于寂寞，远近闻不到一点人声见不到一点人影，城墙上的灯像是被谁拧亮了些，在城墙上晕开更大的面积。城墙的轮廓在冬夜里显出窒息的旷大，远远望去有一种扑面而来的压力，马小淘甚至觉得这城墙的莫须有的压力都沉沉地胁迫着自己，那扇老式城门给了马小淘吞噬的错觉，马小淘觉得今晚所有的一切都是为了在他的心房里点一盏恐惧之灯。而城墙上暖的光也有了深深的寒意，照出他苍白的不安，马小淘闭上眼，呼吸着寒冷的冬夜空气。就在这时，马小淘觉得有一个东西生硬地穿过自己的身体，在未抵他的身体之前，马小淘感觉到了那个身影所放出的幽幽的光，生冷地照在马小淘的脸上，马小淘觉得自己脸上的每个毛孔都正在饱经风霜的侵蚀，在穿过的一刹那马小淘心里感觉到了很深的凄凉与绝望，这种凄凉是丢掉了所有阳光的悲伤，先从马小淘的心房里萌生出来，把马小淘的身体作为攀附的虬枝扶摇直上，将这种冷的光所开出的花朵绽在马小淘的每一寸皮肤每一根动脉的奔流上。马小淘觉得自己变得很虚，不是那种饥饿的空，而是那种灵魂被抽出的无处依傍。马小淘睁开眼，发觉那个身影竟消失了，可后背还是觉出了深髓的寒。马小淘下意识地转过头，这一看几乎让马小淘昏厥过去，那个如雾般的人的轮廓竟然没有面目，在罩衫里是暗暗的空虚，整个银白色的雾气仿佛是被某种外力聚拢在一起，而这雾气所包裹的空虚像一双眼望进马小淘的灵魂里，马小淘有一种想哭的冲动，他的心真的就发出了悲怆的呜咽。就在这时，那个身影瞬间消失了，真的就像一团薄薄的雾气在太阳升起后瞬间消散殆尽，周围黯淡下来，因恐惧和冷彻心扉的寒，马小淘的脚变得绵软无力，像那团雾气有了飘的感觉。马小淘飘浮着走向岸边，这一段短短的路马小淘觉得是用此生的全部光阴在走，目光可触及，却总也到达不了。

夜是真的黑了下来，河岸上的路灯蜿蜒着蛇一般延伸很远，指引着家的方向，灯光一如黄昏那般安谧。回头看看城墙，包围了很大一片人的寂寞的围城。到了岸边，马小淘借着路灯的指引寻家的方向，这条走过无数遍的路在今晚变得无比陌生，灯光一抹的远方尽头真的有家吗？马小淘突然觉得自己迷失了那么久远的时光，甚至永远都找不到归路，想到这，马小淘的眼泪雨帘一样不停地滴落，远处响起了妈妈的呼喊声。马小淘循着声音的来处奔过去，路灯洒下的光在马小淘的脚下忽明忽暗，妈妈的身影被路灯扯到了近处。马小淘的身体整个地埋在了妈妈的影子里，妈妈抱着马小淘，哭泣声裹着泪水藏在了妈妈的怀里，这夜马小淘睡得很沉，像失眠了一个世纪后的第一个睡眠。

在家休息一周后马小淘在下午去了学校。他刚坐定，李阳阳带着笑跑到马小淘面前。他摆出一张让李阳阳的笑瞬间僵硬的脸，李阳阳尴尬地站着。项薇薇看到李阳阳的尴尬表情时，对着马小淘露了个笑脸。

项薇薇是那种家境很好的独生女，小丫头刚九岁就活脱脱的一个美人坯子，小脸粉红，艳若桃花，最吸引人的当数那双丹凤眼，眼神顾盼如流水，在流水里又融了光，看人时眼波粼粼地曳，又在眉睫处透着点凄然，越发地惹人爱怜，真是含着怕化了的人儿。又有着一副好嗓子，极脆亮，玉碎似的绕耳。舞也好，曼妙而得体，风摆杨柳般的模样，校合唱队她是领唱，校舞蹈队她是领舞，还代表学校到外国去交流过，处处都仿佛是要个第一的。班里的男孩子都想跟项薇薇亲近地玩，李阳阳甚至在公共场合宣布他以后要娶项薇薇，独独马小淘对项薇薇不以为意，甚至可以称之为冷漠。项薇薇却觉得马小淘是一类人，其他的男孩子是一类人，就像王子和庶民的差别，马小淘是独个儿的，充满王子的骄傲。

项薇薇今天穿了新买的白流苏裙子，她坐在马小淘的后排，别人都看着她，马小淘却没瞥过她一眼，项薇薇觉得有一把刀的光在她心里晃，心里就屡屡地疼，她跟马小淘说话，马小淘爱答不理的。项薇薇走到马小淘面前说，你看我的裙子好看吗？这是新买的。马小淘点下头，不言语。项薇薇说，这儿有流苏，我就喜欢这样的裙子。你呢？马小淘又点头，依旧不言语。项薇薇有些生气了，说，你为什么不扭头看我的裙子呢，我要你扭头看我的裙子，说着就伸手去拉马小淘。马小淘一把推开她的手，说，谁要看，烦人你。由于用力太大，项薇薇被马小淘推倒了。项薇薇坐在地上哭了起来，马小淘有些慌了神，可撑着不去管她。项薇薇就更大声地哭，马小淘觉得自己心里像被塞了一把火，烧得脑袋一片空白，他突然鬼使神差地起身拿了瓶墨水，拧开盖子一股脑全倒在了项薇薇的裙子上。项薇薇的白裙子瞬间面目全非，项薇薇的哭声就又往上扯了个撕心裂肺的高音。

马小淘低头站在老师面前，觉得自己像那个恍惚的幽灵，脑袋里很空，老师的声音在他耳朵里全是蜜蜂的嗡嗡，他一个字都听不清，甚至老师的脸也像隔了很厚的雾气。办公室里很多人影进进出出，他觉得这些人都是护城河上的幽灵，不真切，一切都仿若梦境。最后，老师说，明天让你家长来。马小淘点下头，拖着脚步出去了。

那时已经放学了，黄昏里，马小淘背着书包，踢着脚下的石子，脑袋依旧昏昏沉沉。他很快走到护城河边，许多阴暗的记忆像是巨大的蝴蝶扑腾在他的脑袋里。过了护城河后，路的尽头就是家了，可他觉得这个黄昏突然变得很悲凉，那些以前很美好的黄昏景象似乎从此逃遁开去，他想，自己也许一会儿就能到家，也许永远都到不了家。

　　而永远又是多远呢？

（原载《萌芽》2010年1月下半月刊）

青鸟·飞鱼

上

关于小冉的记忆与一条飞鱼有关。

那天清晨，李小冉趴在我的耳边神秘地说，我昨晚看见飞鱼了，在月光下，"嗖"一声腾起来又落到了水里，月亮把它的背擦亮了。说完，李小冉睁大有着夸张的长睫毛的眼望着我，像是要把我的整个身影映在她好看的瞳孔里。当然，她是想让我相信她说的全部都是事实，而没有虚假的成分。

那时，李小冉还没有成为我的女朋友，我拉着她的手、揽着她的腰是在"飞鱼"这件事后不久。

我和李小冉是邻居，不是那种从小一起长大的青梅竹马的邻居。她是在一个夏日午后从别处搬来的。我以前的邻居在外面打工挣了钱，就在市里买了房子，从我们这个小县城搬了出去，房子就空了下来，门一直锁着显得死气沉沉，直到她家到来的那个夏日午后。

那时，我正坐在桌子前啃一块没有熟透的西瓜，一边啃一边向我妈抱怨她没有眼光买了这么一个半生不熟的瓜。我妈听烦了，说，难吃就别啃了，还往嘴里塞。那时，我就不说话了，我不说话的原因其实是我听到了外面的车子声，紧接着，邻家的铁门被推开的声音也在夏天的烈日里跌跌撞撞地跑过来。我觉得很奇怪，邻居家怎么突然有人来了，就立马起身朝门口跑，边跑边把剩下的西瓜啃完。

李小冉那时正好从车上下来，她穿了天蓝色的T恤，洗得发白的牛仔裤和塑料凉鞋，头发剪得像男孩子一样短短的，显得很清爽。我那时穿着短裤光着膀子看着她，手里的瓜皮还没有扔。她看到了我，就停在那里冲我笑了下，而后闪进了院子里。我那时就注意到她长得有些夸张的睫毛了，阳光在眼睛下印出长长睫毛的暗影。

如你所想，那个下午班主任就把她领到了我们班，而且很奇怪地被安排在最后一排和我同桌，要知道她可是最后三排唯一的女生啊。后来渐渐和她熟悉，从她口中我知道了她是信阳人，家里现在就她和母亲相依为命，父亲在她八岁的时候跟着一个外地来的女人跑了，再也没有回来。说到父亲的时候，她用的词是"那个王八蛋"，眼睛里有一层灰扑扑的光。她告诉我她为什么辗转来到我们县城，则是成为我女朋友之后的事情了。

那天，我拉着她的手坐在学校的植物园里。看着她说，小冉，你到现在都还没跟我说你为什么来到我们县城呢。李小冉的长睫毛扑腾了两下，说，说出来怕吓着你，说完，她自己咯咯咯笑起来。我说，你说吧，就你的事，我可不相信能有吓到我的。她就说起了她来到我们县城的缘由。

她在以前的学校是有一个男朋友的，她告诉我，她现在想起那个男生坐在那里一动不动的样子就觉得恶心。她那时跟那个男生在一起，因为那个男生有很好的画画天赋，这一直是她梦寐以求却不得的东西。那个男生第一次给她写的情书，情书里夹了一张她的侧面素描。看到那封情书和那张素描，她就决定做他的女朋友了。在她成为他女朋友后不久，她又收到另一个男生的情书，而那个男生是她极其厌烦的一个人，仗着自己的舅舅是县教育局局长，成天在班里为难老师。她收到那封情书，立马跑到办公室把信交给了班主任，后来班主任也假惺惺地批评了那个男生。那个男生怒气冲冲地从办公室回来，就站在她身边望着她，嘴里大声地骂，你他妈当婊子还立牌坊。她男朋友坐在那里一动也不动，她就觉得心里很凉。那个男生接着说，怎么了，怎么不说话啊，你不是立牌坊嘛，你爸就是因为你妈立牌坊才跑的吧？说完，班里响起一片杂乱的笑声，他是笑得最响亮的。她抬起头直直地看着他，眼泪在眼眶里转。他开始有点悻悻了，可是，立马又朝她嚷道，看什么看，我说得不对吗，你爸就是因为你妈立牌坊才跑的，你们全家人都他妈立牌坊。她的眼泪终于下来了，她站起身，抓起桌子上的玻璃杯朝他的头上砸过去，他蹲在地上捂着头哭声震天地吼起来，血从手指间往外渗。她转过身去看她男朋友，他仍一动不动地坐在那里，头埋得很深。她看着他，眼泪就止不住了，哭着转身从教室后门跑了。最后的结果是她被学校开除了，连同自己家也从那个县城消失了。

后来，她又仿佛一朵从未存在过的烟云般从我们县城消失了。

李小冉盯着我看了那么一会儿，直到我露出完全信任的眼神时，她才把目光从我脸上移开。她接着说，就是我们家后面的那个池塘，当时我正趴在窗台上看池塘对面树林里的萤火虫，那条"飞鱼"突然"嗖——"一声飞了起来。因为有月光，周围就不是很暗，那条"飞鱼"的鳞片被月光擦得很亮很亮，它飞了有两米多高，而后就钻进水里不见了。我不敢相信一条鱼能跳那么高，她说的时候还用手比画着示意那条鱼飞的高度。

我手托着下巴，看着她绘声绘色地讲述那条鱼的样子，不禁笑了起来。她狐疑地看着我，说，怎么了，你笑什么，你还是不信我说的？我依然托着下巴对着她摇摇头。她瞪大眼睛看着我，说，那是……我脸上有什么吗？她说着在脸上抹了一把。我看着她说，没有什么，就是觉得你讲得很有意思。她明白了似的点了下头，然后说，那你相信我说的吗？你相信我真的看到一条"飞鱼"吗？我朝她很诚恳地点下头，说，相信，肯定相信，只要是你说的我都相信。她就咧开嘴冲着我笑起来，眼睛弯出好看的弧度，说，那晚上你陪我一起等那条鱼好不好，我觉得不亲眼看到那条鱼，你还是不会真的相信我。我问她，那条鱼你是什么时候看见的？她说，八点十分，我记得很清楚，那时候我看了钟的。我就冲着她打了一个响指，说，好，那我们一起等。她的眼睛就笑成一道美妙的缝，鼻子也皱了起来

我们是在第三个晚上又看到那条"飞鱼"的。我知道她母亲因为忙而很疲惫，睡得很早，那段时间，我就在她母亲睡后从我家的后窗翻出去，然后小心翼翼地从她的窗口翻进去。每次我都在兜里揣两个苹果，一个给她一个给自己，而后一边啃着苹果一边等待她口中的那条神秘的"飞鱼"。那时候仍然是夏季，虽然会有从池塘里引起来的清凉和树林里吹过来的风，天依然显得很闷热。因为那几天贯穿了十五，月亮一直亮亮地贴在天空。她穿着一件薄薄的睡衣，在月光映照下显出美妙的身体曲线，月光从缎面睡衣上往下流淌，仿佛她的身上倒挂了一条河流。我看着她啃着苹果的侧面，鼻尖上凝出一朵光晕，睫毛扑闪扑闪的，像蝴蝶的一对翅膀。她觉察到我在看她，就转过头来冲着我笑，笑容像瓷娃娃一样容易破碎。

前两天晚上，我都是在十点回去的，"飞鱼"一直没有出现，但因为和她在一起，并不觉得无聊，只是她渐渐有点泄气了。她说，第三个晚上，你再等一晚上，如果它还不出现的话，就算是我说瞎话了，好吧，你再来一晚上。我笑着说，没事啊，看不到"飞鱼"，能陪着你也不错啊。她没有说话，只是将头偏过去，看着池塘对面的树林，像是在想心事的样子。第三

天晚上，她已经是一副无精打采的模样，为了让她打起精神来，我摆出满心期待的样子，眼睛一刻不移地盯着池塘。

那条"飞鱼"就是那时候出现的，我和李小冉是一起看到的。她说，飞鱼，飞鱼。如果不是她母亲已经休息了，她肯定会大声喊起来的。那条鱼细长细长的，腾空而起的时候像极了一条蛇，只是从它的鳞片上知道它确实是一条鱼。它飞在半空中身子弯起来，像一柄被扯起的弓，它腾起落下的时候，月光在它身上开出的光晕的花就在它身上来回地流动。它腾空一跃的时间很短，转眼间，它就落到了水里，而水面几乎没有水花，只有一圈涟漪安静地荡漾开去。我和李小冉激动地抱在了一起，当最后一圈涟漪也消失殆尽的时候，我清晰地听到了自己和李小冉的心跳，她凉意弥漫的身体贴着我的身体，心跳一波一波潮水般彼此涌动。我在她耳边说，小冉，我喜欢你。她只轻轻地嗯了一声，而后将我抱得更紧。

那之后，小冉就和我在一起了。每天晚上，我都去找她，我们一起聊天，聊小时候好玩儿的事，聊班里的同学，有时候，我们也会抱在一起静静地听彼此的心跳，或者亲吻。我会准时在十点钟的时候回家休息。

而一切都在那个夜晚后结束了。

那天晚上，我吻她的时候，门开了，我们立马松开了手，可是，一切还是被小冉的母亲看在了眼里。小冉母亲站在那里，望着慌乱的我们，我能感觉到她浑身不住地战栗。她站了一会儿，什么都没说，而后轻轻地关上门，我听到外间的床响了一下，她又睡了。小冉望着我，嘴唇动了动，却没有说什么。我拉住她的手，说，好好休息，别想太多，我先回去了，而后又紧握了下她的手。让我没想到是，那竟然是我最后一次牵她的手。我第二天早上醒来的时候，就觉得气氛很异样，而后我就看到窗台上放着一个苹果，而她则跟着母亲从我们县城消失了，没有留下只言片语。

从那之后，我始终没有她的一点儿音信，直到许多年后去莫镇旅游的那天，我才又见到了她。

中

关于青鸟的记忆与一次死亡有关。

我是独自一人来到莫镇的，那是在我丈夫去世后的第三个月。来到莫镇的时候已经是下午一点多了，汽车是在上午十点出发的，路很不好，车子跑起来异常颠簸，半路上汽车慢吞吞地停了下来，司机很不好意思地朝着我们喊道，实在抱歉，车子坏掉了，我去看看附近有没有修车的铺子，可能要耽误大家一些时间。说完司机就下车了，他走之前把车门锁上，而后身影渐渐消失了，只留下满车旅客的责骂声。渐渐，大家没有了叫骂的心情，整个车厢陷入一种劫后余生倦怠的静。

我头靠着车窗往外看，车子停在一座山脚下。正午的阳光擦着山脊凸起的地方跑，在背阴处抹满幽深的暗影，山上有零星的几棵松树，全都小而瘦，一副营养不良的样子，这座山很奇怪的是没有蝉鸣，连鸟叫都闻所未闻。一想到鸟，我就开始难过起来，鸟是跟我丈夫联系在一起的。

　　我跟我丈夫是大学校友，我们相识是在一个老乡会上。那天，许多来自信阳的人聚在一起，我几乎是一眼就看到了他。他坐在人群里，话不是很多，可是，当他张口说话的时候，周围就静下来，大家都不约而同地把视线投向他，仔细地听他说出的每一句话。他说话的时候眼睛盯着一处，眼神让人觉得很真诚，有一种含而不露的说服力。吃饭的时候，他端起酒杯，对我说，其他人都是熟悉的面孔，就你我不认识，我先自我介绍一下吧，然后敬你一杯。他介绍完后，我才知道他就是我们学校著名的青年作家路也。后来他告诉我，他也是一眼就看到了我，所以那天他才会立起身来敬我酒，而那天整个吃饭的过程中，他只敬了我一人。

　　他追求我是从一篇小说开始的，小说的名字叫《青鸟·飞鱼》，那是一篇以我的名字为主人公的小说。直到现在我还能清楚地背出小说的许多段落，我最喜欢的第一段是这样写的：关于小冉的记忆与一条飞鱼有关。那之后，他几乎每周都会写一篇小说给我，他写给我的小说到第十篇的时候，我们在一起了。我把自己的第一次给他的时候，他抱着我说，我会娶你，我想一辈子给你写小说。我们毕业后的第二年就结婚了，度蜜月的地方就是莫镇。

　　我丈夫一直都很喜欢鸟。有一天，他下班回来的时候提了一只鸟笼，里面是一只怯生生的黄鹂。他脚刚跨进门就对我说道，老婆，我给你买了一只会唱歌的鸟，以后它给你唱歌，我给你写小说。我从厨房里走出来，看到了他手里提着的鸟笼，那只黄鹂扭过头看了我一下，而后就转过头站在那里一动不动。丈夫接着说，看给它起个什么名字吧。我想了下，说，你给我写的第一篇小说不是叫《青鸟·飞鱼》嘛，我看就叫它青鸟吧。丈夫呵呵地笑着说，好，就叫青鸟，这名字好。从那之后青鸟就在我们家安家落户了，每天早晨，我在它悦耳的鸣叫声中醒来，而后起床给丈夫做早饭，走的时候给他留一张写着海子诗的信。

而这一切都结束在一个黄昏。

那天，我下班后，做了饭等他，却一直不见他回来。青鸟待在笼子里不停地叫，叫声并不像往常那样平稳、流畅，而是显得烦躁、喑哑，我开始担心起来，焦灼的气息像烧皮纸一样在屋里一层一层地灌满。时间凝滞般走到一个小时的时候，电话响了。

警察说，你是路也的家属吧，请你立即赶到××来，路也出车祸了。

去的路上，我觉得心里有一块很沉的东西一直不停地往下坠，那时候脑子里很空，耳朵里灌满了青鸟烦躁不安的叫声。当我看到路也满身是血地躺在那里的时候，那块很沉的东西终于落了地。那个醉酒的肇事农民蹲在路边勾着头一声不吭，破旧的摩托车扔在一边，车轮像一把刀，肇事农民卖剩下的菜七零八落地散了一地，周围的人都开始晃，而后，我眼前的天就黑了下来。

丈夫走后第六天，青鸟就死掉了。它一直不吃不喝，待在鸟笼里一动不动，我看着心疼，就把笼子打开放它出去。它就一直站在阳台上不飞走，那天早上，我起床看它的时候，它已经没有了气息。

想到这里时，车里起了喧哗声，我侧过头去看，司机满身汗水地回来了，乘客们冷寂下来的责骂声又仿佛沸水一样响起来，司机也不说话，冲着大家充满歉意地笑。过了大约十分钟，司机把门打开，说，真对不起大家，害大家多等了。一个乘客说，一句对不起就完了？也太轻巧了吧？不行，我们要退钱。其他乘客立马响应她的号召，七嘴八舌地嚷，对，要退钱，要退钱。司机面露难色，说，这个恐怕不好办，谁能料到这次车就出毛病了呢？以前从来没有过。那个乘客又说，不退钱，不退钱我们就在外面跟其他人说，看以后谁还坐你的车。司机站在那里涨红了脸，过了一会儿，司机摇着头说，好吧，退就退吧，一个人退五块钱。那个乘客对这个数目似乎不满意，但看大家没有再去责难司机的意思，就把要出口的话咽了下去。

车子到莫镇已经是下午一点多了，头上的阳光烙铁一样烧，我甚至都能闻到皮毛燃烧的气味。我站在一棵榕树下，透过烈日的炎炎气息望着这个熟悉而又陌生的地方。还是这个莫镇，还是这条湄河，还是这座错缘桥，好像一切都没有变，一切都还是从前的样子，而事实却是，一切都变了，一切都不再是从前的样子了。路也从我的世界消失后，世界就再也不是完整的了，再也不可能回到从前熟悉的样子了。想到这里，我的心狠狠地被揪了起来。

后来我是被一阵熟悉的鸟叫声吸引过去的。一个脏兮兮的小男孩站在一棵榕树的树荫下等待游客去买他的鸟，听到那只鸟的叫声，我就知道那是一只像青鸟一样的黄鹂。我走到那棵榕树下，鸟笼前摆了一个手写的牌子，写着：卖鸟。字写得歪歪扭扭，显然是孩童稚气的笔迹。我问他，你这鸟多少钱？小男孩浑身一激灵，充满希望地看着我说，五十块钱，你买吧，它会唱歌，你买吧。我想，他一定是等了很久都没有人来买他的鸟，突然有人来问，他是无论如何都要卖出去的。我看着他笑，并不说话。他又说道，四十也行，只要你买就好。他看着我，一副要哭出来的样子。我说，五十就五十吧，我买了。他显然没有想到我真的答应买他的鸟，而且还是用高价格买下它，他愣在那里半天不动。我说，你不想卖吗，我说我买啊。小男孩立马笑起来，连声说道，好好好，这就给你。我笑着伸出手在他脑袋上摸了一下，他吸了下挂起来的鼻涕冲我笑了起来。

我打开钱包准备付钱的时候，侧后方传来了喊我的声音。那人喊道，李小冉，是你吗？我侧过头去看声音的来处，顿时愣在那里。

下

关于审讯的记忆与一个男孩有关。

接到电话的时候我正坐在值班室里看一篇名叫《青鸟·飞鱼》的小说，作者是本市著名的青年作家，可是天妒英才，路也在前不久的一起交通事故中丧生了。这时，电话响了，是一个男人的声音，他的呼吸声疲惫而短促。他说，警察同志，我在××，刚才一个小男孩抢了我朋友的钱包，我去追，横穿马路时被一辆车撞了，这个小男孩现在被我抓住了，你们快过来。

挂了电话我就开车往事发地赶。到了那个地方的时候，打电话的男人一脸痛苦地躺在一个女人的怀里，手死死地抓住那个哭泣的小男孩。小男孩的手里抓着一个鸟笼，里面的鸟不停地叫着。撞了人的司机面有难色地站在那里，见我来了，司机立马对我说，责任不在我啊，我好好地开着车，这个男人就横穿马路跑出来了。我对他说，情况我已经大致了解了，你帮下忙先把这位先生送到医院去，这个小男孩我先带回去。司机立马爽快地答应了，转身把那个受伤的男人抱上了车，那个女人也紧跟着上了车。临上车前，她不安地看了眼蹲在地上的那个哭泣的小男孩。

小男孩坐在我面前的时候浑身不住地颤抖，头低着，哭泣让他的肩头一颤一颤地抖。

叫什么名字，我问。

小男孩依然低着头不说话，只是听到我的声音的时候，身体抖出一个胆怯的激灵。

问你话呢，哑巴了，抢别人东西时的胆量跟勇气呢？我用笔帽在桌子上磕了一下，试图用声响来吓他。

果然，他身体又抖出一个惶恐的激灵，嗫嚅着说，我……我……

我什么我，说你叫什么名字。

我……我叫马路遥，他吞吞吐吐地说出了自己的名字。

家住哪里？我又问。

莫镇草木庙村。这次他是抬起头说的，只是眼睛不敢看我，只盯着桌子的一角看。

父母名字？我接着问。

母亲没了，父亲在牢里。他说这些的时候却突然变得很淡然，我觉得很奇怪。

说详细些，我边记边说。

他就开始了他的叙述。母亲在他三岁的时候得癌症去世了，父亲在前不久发生了一起交通事故，他卖完菜后喝醉了酒，回家途中撞死了一个人，没钱赔偿就被抓了进去，现在家里就剩他和奶奶。奶奶昨天病了，也没钱治，他就把自己心爱的鸟拿出来卖，说着就浑身冷似的开始抖起来。

卖鸟就卖鸟，为什么抢别人钱包呢？我问的时候心里很难受。

叔叔，那个受伤的叔叔不会死吧？死了我被抓进去，奶奶的病怎么办啊。说着，他又哭起来。

你放心，他只是骨折了，不会死的。你先说你为什么抢别人的钱包。我继续问。

那个要买我鸟的女人掏钱时，那个被撞的男人喊了她，他们好像是很多年没见的老朋友，那个女人就手拿着钱包站在那里和他说话。我看到那个女人的钱包里装了很多钱，想都没多想就抓过她的钱包跑了，我也没想到那个男人会被撞。他说着，很委屈地哭了起来。

我竟然不知道该说什么了，顿了一会儿，我说，那你就没想到你肯定跑不过那个男人，你肯定会被抓住？

我就想有钱了就能给奶奶看病，他望着我说。

你渴吗，我给你倒杯水？我竟然在审讯的时候说出了这句话。

嗯，他看着我点头说，脸上紧张的表情缓和了一点。

我起身给他倒水的时候，那个女人从门外进来了，我又转身给他拿了一袋方便面，说，你先在这待着，我出去下。

他说，谢谢叔叔，就低下头啃那包方便面，看起来他真是饿了。

那个女人往里间看了眼男孩，我给她搬了张椅子。她坐下的时候，我问道，他被撞得咋样？她说，没什么大碍，就是腿和胳膊骨折了，休养些日子就好了。那就好，没什么大碍就好，那个男孩挺可怜的，我叹着气说。她说，看来你也知道他的情况了，我来就是为他，你没来事发地点之前他跟我大致说了家里的情况，只是我那个朋友不相信他，觉得他在撒谎，就一直抓着他没放。那既然都知道了，你看这件事怎么办，他还只是个孩子，可以的话，你们私下解决，我们就不插手了，我说道。我的意思是这件事情就算了，只是……只是他的父亲……说到这时，她的眼睛竟然湿润了，眼泪在眼眶里转。我劝道，撞你朋友这件事，他也没有想到，既然人没什么大碍，就……她说，你不知道，而后她止住哽咽继续说，我把他领走吧，他奶奶还有病等着治呢。说完，她起身朝里间喊了一声。小男孩一直在侧耳听着这边的对话，突然听到人喊他，他的手一哆嗦，杯子掉到地上，水洒了一地，他惊恐地望着我。我冲他笑笑说，没事，水多的是，你出来吧。他站起身朝外间踱过来，手揪着衣服的一角不停地来回绕。我说，这位阿姨说没事了，你可以回家了，阿姨还要去看你奶奶呢。他不敢相信自己的耳朵，睁大眼睛望着我问，真的没事了？那个女人朝他笑着点点头，而后把手朝他伸过去。小男孩紧绷的身体一下子松弛下来，他的眼睛里闪着光，只是他还是愣在那里不敢去接阿姨伸过来的手。那个女人就朝前走了一步，摸着他的头说，放心吧，没事了，走，带阿姨去看你奶奶。然后，她对着我说，麻烦你了，她摸着小男孩的脑袋说，对叔叔说再见。小男就朝着我笑起来。她拉着小男孩的手朝门外走去。

嗯，回去把你奶奶的病治好，我突然想起来什么，喊道，你们等下，我把身上的三百二十块钱掏出来递给小男孩，说，给你奶奶买点儿好吃的。

小男孩又哭了起来，突然扑通一声跪在地上。

我把他拉起来，摸着他的脑袋说，快回家去吧。他们刚往前走了两步，我想起来我还没问她的名字呢，就朝她喊道，喂，你的名字是?

她转过头笑着对我说，李小冉。

李小冉，这么巧。我默念道。

（原载《北方文学》2012年第2期）

芒果的滋味

你就叫我芒果吧。

教室里太闷了，吊扇转了整整一天，此刻带着响声在头顶喘息。生物老师在过道里张牙舞爪地讲试卷，弓着背，像是要把话狠狠地朝我们耳朵里箭一样射进去。大多数人还是挺直了背，用一种大战来临前的端正态度听她讲。当然例外也不少，我就是这其中的一个，烟瘾上来了，虫子似的在我嗓子间蠕动。

老师，我想上厕所。我站起来对生物老师说道。

她显然没有听清楚，愣怔怔地望着我。我把话重复了一遍，老师，我想上厕所。

她看了我一会儿，没有作声，自顾自地又讲开了。我还在站着，有几个人望着我笑，我觉得有点尴尬，坐也不是，站也不是。想了会儿，我就揣着烟大摇大摆地从她面前走过去，径自出了门，教室里静了下来。我刚走几步，身后的门就"嘭"一声关上了。后来，他们告诉我，生物老师还用拖把把门从里面顶上了。

夏天就是这样，你不在教室里待上一段时间就不知道外面的空气有多清爽。毛孔大张着嘴贪婪地呼吸，我从三楼走下去，整栋楼沉闷得死一般，这样的时候出来，抽烟是不能在教学楼这边的，政教处每晚都有值班的人神出鬼没地抓人。如果是平时，我肯定就找个地方赶快抽完，而后回教室继续装死。生物老师今天也不知道是哪根筋搭错了，竟然不让我出去。不过细想下，最近几个星期每个她的晚自习我都会上厕所，想到这，今天也是可以理解的了。我看下表，距离下晚自习还有将近一个小时，到操场上晃会儿吧。

到了一楼，往西走，路过一、二、三班，再上鹅卵石铺成的那一段路，再往南走，进去就是操场了。我顺着跑道慢悠悠地走了一圈，而后在草坪上坐下来，松软的草坪熨帖地包围着我。我心满意足地躺倒，从口袋里摸出烟，手挡着风，点着，而后深深地吸了口，再慢吞吞地吐出去，烟在鼻腔里绕一圈，脑壳麻酥酥地痒一阵。

她就是这时候出现的。

给我一根吧，突然一个声音冲我说道。

我浑身一个激灵，立马坐起来，声音里带着慌张，问道，你……你是谁？

她"咯咯咯"地笑起来，弯着腰，捂着嘴，肩膀一跳一跳的。

你是谁，怎么走路没一点声音？

喏，她把右手提着的东西朝前递近，说，你看。

我借着那边的路灯看了一会儿，她右手里提着的是凉鞋，她是光着脚的，难怪。

怎么不穿鞋，不怕操场上有玻璃渣子？我的声音恢复了常态，甚至我对自己刚才略微的慌张有点不好意思起来。

她把右手里的鞋往旁边一扔，左手里的一个大袋子也一扔，而后在我面前坐下来。给我一根烟，她接着刚才的话说道，我请你吃零食。

这时，我才看清楚，她左手提的是满满一大袋子零食。买零食时怎么没想着买烟，我把烟递过去的时候问道。

她接过烟，脑袋凑过来，我伸手过去给她点燃了烟，火机点亮的那一瞬间，我盯着她看，她很漂亮，尤其是眼睛，月牙一样向下弯出一段优美的弧，长长的睫毛在眼皮上投下深深的暗影，我的手禁不住抖了一下。

她深深地吸了一口，而后咳嗽起来，看得出来，她是第一次抽烟，我能想象得出，此刻那双弯月似的眼睛里肯定呛出了泪。

没想过，她说道。

什么没想过，我问出口就意识到她说的是烟，就又说道，哦。

抽第二口的时候还是咳嗽，手捂着嘴，一下一下地咳，咳得很认真。

第一次抽烟吧，第一次抽烟都这样，我第一次也是，呛得我眼泪都出来了，不过，女孩子还是不要学抽烟的好。

女孩子，女孩子抽烟怎么了，就许男生抽烟吗？

我不是这个意思，只是觉得……只是觉得，其实，也没什么，你知道我说的不是你那个意思。

"咯咯咯"，她笑起来，看得出来，她是一个很喜欢笑的女孩子，她说，跟你开玩笑的，呵呵，对了，请你吃东西。她把袋子解开，往我面前推了下，示意我随便拿。见我没动，就自己从袋子里拿了个东西给我，喏，递到我面前。

我伸手接了过来，是水果，我手朝上抬了下，是一个芒果，鼻子凑上去，深深地呼吸了下，我最喜欢它的气味。

呵呵，我也是，我最喜欢的水果就是芒果，喏，这一袋子都是芒果，我真是疯了，一下子买了这么多芒果。

烟抽完了，她问道，烟还有吗，再给我一根。

没有了，我骗她说，最后一根就是你刚才抽的那根。

真不巧，我刚摸出点门道，就没了，真不巧。她见我拿着芒果没反应，就说，你怎么不吃啊，我也吃，这么多芒果，能吃很久的，呵呵。

我就剥了起来，她从兜里掏出一袋纸巾，抽出来一张递给我，说，喏。

我吃了四个，她吃了三个。她说，唉，吃不动了，肚子都饱了，她提了提袋子，还剩有一半多，你吃。

我朝她挥着手说，不行了不行了，我也吃不动了。

呵呵，她又笑起来，你一会儿去上第二个晚自习不？

你呢？我反问道。

我不想去了，我想出去转转，翻墙出去，要不要一起？

行啊，我心里当然是想跟她一起的，说实话，给她点火的那一瞬间，火照着她，我是心动了的。

好。她把鞋拿过来，很快地穿上，站了起来。

我来提，我接过她手里剩下的芒果，说，从植物园那边翻墙，那边隐蔽，而且有别人垒的垫脚的砖头。

我很敏捷地上了墙，她把手递给我，我顿了一下，然后把她往上拽，刚把她拽上来，我正准备跳，她已经先我跳下去了，然后站在那里朝我笑。

往南走了几步，是路口，我们站在路口边，我问，咱们干吗去？

喝酒，去不去？

我愣了一下，说，你会喝酒？我没想到她竟然让我陪她去喝酒。

小看我，到时候看谁把谁喝倒。

好吧，那咱们找一家饭店，喝酒去。

找什么饭店啊，就提一件，我们不是还有很多芒果嘛，就着芒果喝，呵呵，她笑着说。

我晕，亏你想得出来，喝啤酒就芒果，也就你能想得出来我估计，我摇着头对她说。

呵呵，她说，你不觉得很好玩吗？说不定很过瘾呢！

呃，好吧，你请我吃芒果，我请你喝啤酒，喏，你先拿着，我去买啤酒。我把那袋子芒果递给她，朝小卖部走去。

我提着一件灌装啤酒从小卖部走出来，说，那接着咱们去哪儿？

秀水公园。

秀水公园？现在都什么时候了啊，早关门了啊，我们去肯定又得翻墙，而且黑咕隆咚的。换个地方吧。

黑咕隆咚才好玩啊，你不觉得吗，人多的地方太吵了，闹得人心烦。

那边几乎没人，而且黑咕隆咚的，你就不怕我……我朝她坏笑了下。

嘻，她鄙夷似的看着我说，要是怕你我就不跟你出来了。哎，走吧走吧，就去秀水公园，她扯着我的胳膊说。

好吧，我就舍君子命陪你去。

嘻，君子君子，她念道。

秀水公园里静得很沉，像是所有的声音都被一块石头压住了透不出来。灯也没有几盏，整个公园黑成密实实的一团，你会觉得这种黑是任再大的亮光都敲打不开的。她朝我身边靠近了点，她有点抖，我知道她肯定是有点害怕了。

咱们去别的地方吧，这里实在太黑了，我说道。

她应该意识到了我是因为担心她害怕才这么说的，就说，这里很好啊，你不觉得吗？

呃，好吧，我是觉得很好的，呵呵。

我们找了一块靠近灯光的平整的草地坐下来。我开了一罐啤酒递给她，然后自己也开了一罐。

啊！她叫了一声，同时眉头紧紧地皱成一团。

怎么了？

怎么这么难喝，我还以为跟饮料似的。

哈哈哈，我禁不住大声笑起来，你不是说你很能喝吗，原来你是第一次喝啊！不能喝你就别喝了，这个不是吃芒果，不能勉强的，一会儿你喝醉了，走都走不了。

第一次喝不代表不能喝啊，就算走不了，不是还有你嘛。说着她仰起头，灌了起来，她竟然一口气把那一整罐喝完了。

你喝慢点，这样很容易醉的，哎，你喝慢点，没人跟你抢。

她确实没酒量，一罐下肚，说话的口气就变了，短了舌头了。

不能喝还逞强，你看看你，舌头都捋不直了。

她伸胳膊去拿啤酒，我拽着她的手，说，你不能喝了，你已经醉了，你吃芒果吧，我递了一个芒果给她。

我不吃芒果，我就要喝酒，说着，她上来夺我手里的啤酒，她用劲很大，誓死力争的样子，我拗不过她，啤酒被她抢了过去。

这时候天空竟然起了雷，夏季的夜晚就是这样，雨说来就来，根本不给你反应的时间。我提着芒果和啤酒去拉她，说，下雨了，赶紧去那边的亭子。

她身体往后退，说，不，我不去。

下雨了，小心生病。

我不去，我想淋雨，你去亭子吧。

算了，我陪你淋雨吧。

我左手提着芒果，右手提着啤酒，我们就那么站在雨里。雨很大，却很安静，脆生生地落在身上，远近的树木发出轻盈的雨声。我望着她，她仰着脸，雨水顺着她垂下来的头发河流似的往下淌。她蹲下去，脑袋埋在臂弯里，肩膀一颤一颤的，起先我以为她是冷，后来，她的哭声压制不住了，她开始放声大哭起来。

我放下东西，蹲在她身边问，你怎么了？

她并不作声，只是放声大哭，雨水混合着泪水，她的声音撕裂一般，嗓子很快就哑掉了。我站在旁边局促得不知道该怎么办。后来，雨小了，不多会儿就停息了。她依然在哭，没有了雨声，她的哭声比石头都沉都冷。

不知道过了多久，她的声音小了下去，只是眼泪还是不停，汪满了，掉下来一颗，又汪，又掉，比刚才更让人痛心。

几点了？她突然问道。

我看了下表，已经快十二点了，十一点五十，我说。

快七个小时了，她自言自语道。

什么快七个小时了？

我们等下去哪儿，她没有回答我的问题。

学校现在肯定回不去了，寝室十点半就关门了。

她没有说话。

我们不能在这待着啊，你浑身都淋湿了，容易生病，找个旅店吧，我说。

嗯，好，她的嗓子几乎完全哑掉了。

我们出了公园，我胳膊夹着剩下的啤酒，右手提着芒果，左手牵着她的袖口，离公园一百米左右的地方有一家叫"秀水缘"的旅店，红灼灼的灯刺目地闪着。

旅店很小，一个穿着单薄睡衣顶着乱蓬蓬头发的中年妇女坐在那里昂着头看墙上的电视，眯着眼一副很疲惫的样子。见我们进来，立马来了精神，嚷道，住店啊，先登记下吧，身份证。我们没带身份证，我说。那不行啊，最近查得很严，住店什么的都要登记的，她说。我正要开口，她又接着说，你能记住身份证号吧，身份证号也行的。她把登记表往我面前推，说，标间五十。不不，要单间。单间六十，有热水有空调有宽带。我看到上面的那个人叫梁胜春，我就按着他的格式填了表，而后她在我后面填了表，她写的名字是芒果。老板娘把门卡给我，我就扯着她上了楼。

我去卫生间拿了毛巾递给她，她擦了擦头发上脸上的水。我烧了热水，端给她，她手握着杯子，眼泪又下来了，一颗一颗往杯子里掉。

心事藏在心里很难受，说出来也许会好很多，如果你信任我的话。

七个多小时了，我跟我男朋友分手七个多小时了，我们在一起快两年了，七百二十三天，还差一个星期就是两年了。我跟他在一起后，白痴似的每天都写日记，每天都算着天数。

他追了我半年，知道我喜欢吃芒果，就每天给我送一个芒果。其实刚开始我对他根本没感觉，我也不接受，他还是天天来，后来我接受了他的芒果，只是对他，我还是没有感觉。有一天他给了我一个笔记本，那是他的日记，记录着每天我穿的什么衣服做了什么事情，他在什么地方碰到我，记了好多，全是关于我的，看着看着就把我看哭了，也就是从那时候起我们在一起了。他还是像以前一样每天给我一个芒果，把他能给我的好全都给了我，跟他在一起的两年，是我最开心的两年，我一直以为我们能这样一直下去，以后我能嫁给他，可是，我没想到他还是变了。一个月前我就察觉到了异样，可是我信他说的每一句话，我固执地认为他永远都不会骗我。晚上我们一起吃饭的时候，他让我等着，他去买芒果，手机就放在桌上，来了一条短信，我就拿过来看了，看到短信，我的心里咯噔一下，好像什么东西从里面丢掉了。后来，我忍着眼泪吃完了那顿饭，接过他递来的芒果转身我眼泪就忍不住了。晚自习的时候，我给他发了短信，一切都结束了。

她端着杯子不再言语，水已经冷掉了，我不知道该说什么，该做什么，只是沉默。后来，她睡着了，我坐在对面看着她，她的泪痕还在，眼睫毛长长地投下暗影。我想，爱情，爱情。

早上六点的时候，我叫醒她，说，我们该去学校了，你别太难过了，什么都会过去的。她茫然地点了点头，还是昨晚失魂落魄的样子，看得我心疼。梳洗完毕，我们就往学校走，我在前，她在后，始终低着头。

到学校门口的时候，我把那袋子芒果递给她，说，还不知道你的名字呢，我能再见你吗？

哦，你就叫我芒果吧，我是高三十一班的，你去找我，就说找芒果，我们班人都知道我喜欢吃芒果，都叫我芒果。芒果留给你吧，我以后再也不想吃芒果了，说完她冲我疲惫地笑了下，然后转身走了。

可是，后来发生的一切，我每每想起来，就觉得毛骨悚然。

我先去了寝室，把啤酒和芒果放在床上，而后往教室去。同桌凑上来说，你昨晚跑哪儿去了，老班说了，让你来了之后去办公室找他。老班训了我将近半个小时，那几句话翻来覆去变着花样说，我脑子里全是芒果，想着中午放学了去找她，后来，老班说，你以后知道该怎么做了吧？我说，我知道错了，以后再也不会这样了。嗯，那你写两千字的检查明天交上来，认识一定要深刻。我说，好，然后转身跑了。

中午没放学我就提前跑了出来，跑到十一班门口正好铃声响起。我对着中间窗口的一个人说，我找芒果。那个人满脸疑惑，说，什么芒果？就是你们班一个女生，很喜欢吃芒果，她说我来找她说找芒果就行。那人一副莫名其妙的表情，说，什么芒果，我们班没有叫芒果的啊，你听错了吧。怎么会，她明明说的是十一班。那谢谢你啊，我对那人说了声谢谢然后走了。

也许是我听错了，下午再到别的班看看吧，然后我就回了寝室，往床上一看，芒果没了，只剩下那些罐装啤酒。我问室友，谁拿了我放在床上的芒果了？什么芒果，我们来的时候就只有这些啤酒，我们还说等你来了再喝呢。我觉得有点不对劲了。我突然想起了什么，转身往操场上跑，在我们昨晚坐的那个地方，我找遍了周围没有看到一颗芒果核，只有一根烟头孤零零地躺着。我觉得有点冷，或许被当成垃圾捡走了，我想。我出了校门就往秀水公园走，远远看到两只易拉罐躺在那里，我昨天喝了两罐还是一罐来着？出了公园门，我看到了那家叫"秀水缘"的旅店，还是那个老板娘，我对老板娘说，你还记得我吧？老板娘端详了一阵，说，哦，记得记得，你不就是昨晚浑身淋湿的那个人吗？我说，对对，我就是昨晚带一个女孩子来你这住店的那个。老板娘愣了一下，看着我说，什么一个女孩子，昨晚明明就只有你一个人嘛。我说，不可能，我记得很清楚，你看，我们还登记了呢，我上面的是梁胜春，下面就是跟我一起来的那个女孩子，叫芒果，不信你看看登记表。老板娘把登记表看了一遍，你上面是叫梁胜春，我说嘛，明明只有你一个人，哪来的女孩子！老板娘把登记表往我面前推，用手指给我看。

那一排清晰的字迹，上面是梁胜春，然后是我，紧接着下面竟然是一片空白，我的脑袋嗡一声炸掉了。

从那之后，我再也没有吃过芒果，再也没有尝过芒果的滋味。

（原载《萌芽》2011年6月下半月刊）

今日落大雨

一

今日落大雨。

这是莫子聪第一次见暖暖时，天气预报员说的。

暖暖手里握着快要融化的草莓冰激凌，淡紫色的奶油从冰激凌的顶端往下滑，凉气就在冰激凌上升起来，裹住整个盛夏的热，暖暖有一颗草莓冰激凌甜软的心。暖暖记不清这是夏天到来后她吃的第几个草莓冰激凌了，好像在夏季的指针"咔嚓"一下跳过来的时候，暖暖的手里就握着草莓冰激凌。糯软的甜蜜凉凉地漫过暖暖的嘴唇，像是有一枚甜蜜的吻在唇上滑过，而后整个嘴唇就都满怀着期待。

二

莫子聪当然记得第一次见暖暖吃冰激凌时的样子，莫子聪当然也记得他们第一次见面时那场瓢泼的大雨。

那天同样是这样的雨天，雨是突然而来的暴雨，像是天突然缺了个口，倾盆的大雨就可劲地往下落。那时，莫子聪正在操场上打篮球，天气突然变了色，黑压压的乌云迅疾占领了操场上空的天，操场边的香樟在风里抖动着浑身的枝叶。人群纷纷向可以避雨的地方跑去，莫子聪和崔浩也赶紧跑到篮球架旁拿起放在那里的手机，然后缩着脑袋往学校超市跑去。他和崔浩每次打完球都会习惯性地去超市买一根草莓冰激凌，而今天该莫子聪买了。莫子聪去冰柜拿冰激凌的时候，崔浩正站在超市门口接电话，等莫子聪给完钱等着售货员找零的时候，崔浩朝着莫子聪挥了下手，说道，有点急事，我先走了。莫子聪的"哎"还没喊出口，崔浩的身影就消失在茫茫雨中。

他们往超市跑的时候，雨还只是淅淅沥沥刚起势，等莫子聪买完冰激凌站在超市门口时，雨已经砸得超市门上的雨棚震天响。香樟被大雨淋得枝叶都耷拉下来，它们的身影像是隔着一个世界般遥远，透过茫茫雨丝望过去，空落落的学校广场不见一个人影，近处的水道被湍急的水流埋没，整个世界的声音都被雨滴砸雨棚的声音掩盖下去。莫子聪手里握着两根草莓冰激凌愣了神。

暖暖就是那个时候打着雨伞从食堂往超市走来的，因为是倾盆大雨中唯一的人影，莫子聪就盯着她的身影看。暖暖撑着一把鲜红色的伞，这让她在雨中仿佛一颗遗落的樱桃，让莫子聪想起《四月物语》里女主角那把雨中的红伞。

走进雨棚，暖暖把伞收起来，脚上的球鞋已经被雨水濡湿。暖暖抬头看到一个男生正站在超市门口望着她，暖暖注意到他手里的两根草莓冰激凌，突然觉得很亲切，她就朝着那个男生笑了下。莫子聪看她收起了伞，他注意到她的长睫毛像雨刷一样扑闪，然后，她就向莫子聪笑了下，嘴角弯起好看的弧度。

暖暖从莫子聪身边走过去，莫子聪闻到她身上亲切而又熟悉的香味，他们用的是同一款香水，莫子聪想，莫子聪扭过头继续看她。

草莓冰激凌没了吗？暖暖朝着售货员问道。

售货员朝着暖暖走过来，边走边说，不会这么快就没了吧？

莫子聪知道自己打开冰柜找的时候确实就剩下两根了，他就对暖暖说，嗯，就剩两根了，说着，他举起手里的冰激凌向暖暖示意。

哦，食堂里没了，我才跑到超市来买的，说着她无奈地望了下莫子聪。

雨越下越大，络绎不绝的雨丝已经熙熙攘攘地把天地间塞满。路面上激起大朵的水花，它们相互推挤着。

暖暖失望地朝超市门口走过来，弯腰拿起立在门口的伞，伞尖在地上留下一摊水。暖暖正准备打开伞的时候，莫子聪举起右手里的那根冰激凌朝暖暖递过去，说，这根给你。

暖暖愣了下，然后就伸手去接莫子聪递过来的冰激凌，

眼睛弯弯地笑起来，说，谢谢你啊！她撑开手里的伞，然后
把手臂举高，示意莫子聪钻到伞下来。

　　莫子聪伸出右手拿过暖暖手里的伞，接的时候莫子聪的
手指触到了暖暖的手，一股凉意从指肚透过来，莫子聪朝着
暖暖略显尴尬地笑起来。

　　伞在雨中隔出一个空荡荡的凉意弥漫的世界，暖暖在伞
下一口一口地咬着草莓冰激凌，莫子聪闻着她身上淡淡的香
味。

　　她说她叫暖暖。他说他叫莫子聪。

三

　　冰激凌干杯，暖暖学着《不能说的秘密》里桂纶镁的样
子对莫子聪说，而后闭上一只眼，用睁开的那一只斜睨着莫
子聪。

　　莫子聪把自己的胳膊从暖暖的胳膊里绕出来，笑着说，
交杯冰激凌，干杯。

　　可是，如果没有遇见你，我还会继续习惯性地吃着草莓
冰激凌吗?

四

　　暖暖记不清这是第多少次孤身一人跑到食堂或者超市去

买草莓冰激凌了，而后，她拿着顶端已经开始融化的冰激凌往学校植物园里走，打开MP3里唯一的《好久不见》，听着歌一口一口把冰激凌细细吃完。歌曲循环到第二次播放结尾的时候，暖暖就把整个冰激凌吃完了，然后，关掉音乐，走出植物园，开始下午的生活。

刚开始的时候，她每次吃冰激凌都是一边吃一边不停地掉眼泪。不久前，她身边还有一个人陪着她一边聊天一边吃冰激凌，冰激凌吃起来也是甜蜜糯软，而那一切现在都消失无影了，只剩她一个人在这掉眼泪，也只留给她这熟悉又陌生的场景。

那个时候，夏日的阳光从树枝罅隙里漏下来，风一吹，光斑就在地上蹦跳起来，有时候还会跳到暖暖的脚上，热就在暖暖的脚面上晕开了。暖暖接过路也递过来的冰激凌，迫不及待地揭掉盖子，舌尖探进去，凉意仿佛电流一样顺着她的舌尖往上爬。路也就用左手握住暖暖空下来的右手，边吃边笑着看暖暖把整个冰激凌一口一口吞进肚子里。夏季里的燥热就被冰激凌慢慢地敲开了外壳。

暖暖想：爱一个人就会慢慢变得和他有一样的习惯，真是奇妙。

路也是暖暖的高中同学。那时候他们互相之间就有了好感，不需要开口，一个眼神就足以说明一切。他们为着同一所大学而努力，暖暖的成绩相对好些，她就在学习中尽最大能力帮助路也，最后的高考他们如愿进入了同一所大学。升入大学，他们的闲暇时间更多，每天中午一根草莓冰激凌则成了他们的习惯。也因为彼此皆优秀，很多人在知道他们是情侣的情况下，却还是向他或她表达爱意，当然，他们是最登对的，谁也不能把他们分开。

是的，谁也不能把他们分开，除了死亡。暖暖在路也死后每次想到这句话就心如刀绞。那天，如果自己能任性点让路也陪她，是不是一切都会不同，暖暖闷在被子里哭的时候就一遍又一遍地假设。假设。假设。

那天是周末，路也作为文学社社长带领社团出去活动。因为头天晚上暖暖洗完头多吹了会儿风，早上起来就觉得脑袋昏沉沉的发热，拿体温计一测，三十八点五摄氏度，路也准备不去参加活动了，留下来陪暖暖，可是暖暖不同意。

暖暖说，你是社长，你不去这活动还怎么进行啊，我没什么事，去打一针吃点药很快就好了，你不用担心我啦，我这么大了会照顾自己的。

傻丫头，会照顾自己还让自己生病了，那好，我走了，你快去医院。说完，路也抱了下暖暖，笑着向她挥了挥手，走了。

让暖暖怎么也想不到的是，这竟然是路也最后一次对她说话，最后一次抱她，那一挥手竟然是永别。

也许，对于最爱的人，甚至在不知道死亡即将来临时，最后一个字也会是"你"，而不是"我"。

路也他们在郊外的灌河旁野炊，夏日里的灌河显得很安谧，水流得很慢，甚至察觉不到它深处暗藏的涌动，它平静得像是一个沉默不语的小男孩。不知道是谁提议在这炎炎夏日里应该跳进灌河里好好爽快一下，这个提议一说出来，就得到很多人的积极响应，但是，大家只是口头上说说，没有人有要下水的意思。

路也站起来说，没有人下水吗？

我们都不会游泳啊，一个社员应和道。

是啊，我们都不会游泳啊！

呵呵，想也是，那会游泳的跟我来，说着路也扯掉了上衣，光着膀子朝灌河走去。他一跳进灌河里，果然就有人跟着他跳了下来。整个文学社四十多人，竟然只有两个人会游泳，路也想想都觉得教育真是可笑。

凉爽的河水像蛹一样包裹住他，路也朝着灌河中央游去。那个人看着路也朝中央游，也跟着他朝更深处游去。他只会狗刨，所以身后就扑腾起很大的水花，岸上的人都笑了起来。路也看着他游泳时的滑稽模样，也忍不住笑了起来。可是，慢慢地路也和大家的笑声就弱下去了。那个人沉了下去，起先大家都以为他是在潜泳，可是，一会儿他扑腾着浮上来时，他喊道：救命！路也就一个猛子扎过去，岸上的社员们全都站了起来，挤在岸边，却只能干着急。路也朝着他游过去，扯着他努力往岸边拽，可是他完全慌了神，不停地对着路也挥拳扑腾，路也拽得很费力。突然，路也的后脑勺被他挥拳的手击中了，路也脑袋一蒙，就沉了下去。他却扑扑腾腾地朝岸边去了。大家先把他拽上了岸，大家不知道路也怎么了，愣怔怔地站在那里等路也游上来，等溺水的那个人把腹腔里的水吐完醒过来的时候，路也已经永远长眠于灌河了。

暖暖见到路也的尸体时已经是黄昏时分，路也安静地躺在那里，脸变得乌青，耳朵、鼻孔、嘴巴塞满了淤泥。黄昏的风吹过来，暖暖觉得很冷，路也临走时的那个笑明晃晃地亮在他眼前，暖暖伸手去握路也的手，他的手僵硬地空在那里，像隔着一个世纪那样冰冷，暖暖的眼泪止不住地往下流。

如果我发烧能到四十摄氏度，如果那天我能任性地让他留下来，如果他们社没有组织那个活动，如果多一个人会游泳，如果……每次暖暖躺在被窝里哭着想这些的时候，就把自己的嘴唇咬得出血，可是，这许许多多个如果，却不能换回她爱的路也。

从那之后，她就很少再笑，总是一个人在校园里独来独往，很多人向她表白心意，她都视而不见。她忘不了路也，任谁也不能走进她心里，而路也成了她心上抹不去的一道疤痕，永远像火苗一样烧灼着她的疼痛。

直到后来她遇见了莫子聪。

五

如果没有遇见暖暖呢？莫子聪想，他是否还像以前一样一直坚持每天吃草莓冰激凌呢？即使后来吃草莓冰激凌慢慢变成了习惯，可是，谁能说习惯不会在某天早上死去呢，谁又能把爱坚持到永远不枯萎呢?

暖暖能,遇见了暖暖,什么都会永远下去。莫子聪想。

莫子聪和冉冉相爱了三年,从他们上高中的那一刻起,从他们走进高中校园看见彼此的第一眼起。爱情也许就是第一眼的感觉,就像李健在《传奇》里唱的:"只是因为在人群中多看了你一眼,再也没能忘掉你容颜。"不管向左走还是向右走,不偏不倚,在那个时候,遇见彼此;不快一秒不慢一秒,转身的一瞬间,彼此就在伸手可牵到对方的地方。看见就会觉得安心,会不自主地喊对方的名字,不是因为什么,只是嘴唇轻轻地吐出那几个字,喊出来得到对方的应答就会安心,觉得知足,而感觉对了,世界也就对了。

莫子聪和冉冉的爱情一直平平淡淡,彼此觉得知足、安心。莫子聪一直觉得爱情就是细水长流,等到所有的风景都苍老、枯萎,彼此的手还不松不紧暖暖地握着,就是把全世界加起来,也抵不过一个人在身边,即使不见面,即使那么远,却仍又那么近。

当然,莫子聪会每天早上起很早骑车去给冉冉买她喜欢吃的那家店的蛋挞,那是他一次买遍了城里所有的蛋挞,一一让冉冉尝过后,知道了冉冉最喜欢的那家店。莫子聪也会每晚临睡前打电话给冉冉,给她唱一首歌,而且歌从来没有重复过,最后跟她说晚安,等着她的电话挂掉的声音响起。莫子聪习惯了每年夏天的中午陪着冉冉吃一根草莓冰激凌,风雨无阻。

　　莫子聪也会在冉冉生日前一个月开始准备，高一时冉冉十四岁生日的时候，他花了一个月的时间给冉冉画了十四幅画，每幅画都写上一首给冉冉的诗；高二时他把冉冉喜欢的周杰伦的所有专辑收集起来，依据每张专辑的风格给冉冉写一个类似风格的小说。

　　可是，高三的生日还没来得及过，一切就突然走上了永不回来的末路。

　　莫子聪和冉冉本来说好高三结束后就结伴去巴黎留学，他们的父母都知道他们在交往，因为觉得门当户对，两个孩子都足够优秀，就豁达地看待他们之间的爱情。可是，因为风云突变的股市行情，莫子聪的父亲一夜之间破产，从公司楼顶纵身一跃，永远告别了这个世界。冉冉的父亲从莫父的葬礼上回来，开始阻挠冉冉和莫子聪在一起，很快给冉冉办理了出国手续。冉冉在出国的前夜，偷偷从家里逃出来，找到莫子聪，想要跟他私奔。可是，莫子聪看着一夜间白了头的母亲，对冉冉说，我们不可能在一起了，我希望你能找到更好的，我们到此为止吧。

　　那晚，莫子聪闷在被子里哭，母亲听见了就说，想哭你就大声哭吧，别闷在肚子里。莫子聪就大声哭起来，直到筋疲力尽晕了过去。

　　冉冉走了。莫子聪家里一贫如洗，家里除了日渐苍老的母亲，就靠他一个人支撑。有时候他会恨父亲，可是，眼泪流过后，一切还是要继续下去，除了自己没有谁会同情你！

那一年莫子聪没有考上大学，复读的时候莫子聪几乎是没日没夜地学习，偶尔会想起父亲在的时候、冉冉在的时候，但也仅是一闪念，他知道肩上所担当的究竟是什么。慢慢地他的成绩赶了上来，三模他已经超出重点线六十多分。高考结束，他如愿考上理想的大学，接到录取通知书那天，一个人跑到学校操场躺了一夜，他想起了冉冉，就按冉冉留下的电话打过去，可是，是空号。

直到一年后的一天，莫子聪才知道冉冉醉酒驾车时出了车祸，永远地离开了这个世界。那天晚上，他在学校的湖边坐了一夜，从那之后，他就把断了一年的每天中午吃草莓冰激凌的习惯继续了下去。

如果没有遇见暖暖呢，生活该会是什么样呢？莫子聪现在还是会问。

那时，他想，也许，末路的尽头会永远是末路吧。

六

暖暖觉得也许生活真的会一直这样下去，不接受别人的爱，也不想牵起另一只手，就这样一直一个人走下去，苍老、枯萎、凋零都无所谓，死亡都来了，什么还是有所谓的呢？

他们从雨中穿过去，整个世界静下来，那一刻，莫子聪知道生活也许从此变得不同以往，如果命运眷顾，丢失的东西也许该回来了。

　　他们互相留了手机号。暖暖回到寝室时，收到莫子聪发来的信息，觉得一切都恍如梦境，这一年以来她第一次把自己的号给一个陌生的男生，那么让她这么做的原因是什么呢？是时间让她淡忘了许多？是他让她觉得安心的样子？是第一次见面微妙的感觉？还是只是他和她有同样的吃草莓冰激凌的习惯？那天晚上，暖暖第一次因为路也之外的另一个男生失眠。

　　但是第二天，暖暖就强迫自己恢复了以往的生活，她不知道自己是什么时候睡着的。她做了一个梦，梦见路也哭着握着她的手，说，他想陪她走完一辈子，他们永远不要分开。早上醒的时候，暖暖的枕头上湿漉漉的一片，一辈子，她的眼泪就止不住了，一辈子该是多长呢？

　　莫子聪给她发信息，暖暖能不回的尽量不回。莫子聪请她吃饭，暖暖尽可能推托，实在推托不了，也只是在饭桌上沉默不语地对着莫子聪，她怕自己一说话，就会掉进一场痛苦的爱情里，她害怕。莫子聪打系里的篮球赛，告诉暖暖让她来看，比赛都结束了，暖暖的身影也一直没有出现在观赛的人群里，那些因他而来的女生的欢呼声听起来显得遥远而生硬，他因为注意力不集中被教练按在了替补席上。

　　其实，暖暖也不是不知道莫子聪是真心爱她，暖暖也不是不知道自己心里对莫子聪有好感，但是，每次她想起莫子聪的时候，路也对她的种种好就阳光一样亮起来，在她心里照出一波一波的疼。

那天，莫子聪打比赛的时候，暖暖是去了的，她本来想不去，但是漫无目的地在校园里转的时候，恍恍惚惚踢着路上的石子，当一阵欢呼声清晰传来的时候，暖暖抬起头，篮球场就近在眼前了。人群把场上的人全遮挡住了，她不想往人群里凑，就在路边的秋千上坐下来，远远听着篮球撞击地面的"啪啪"声、人群的欢呼声。比赛结束，她从人群中一眼就看到了莫子聪失望的背影，越走越远，渐渐消失。

也许一直这样下去，生活平平淡淡，没有爱情，也没有期待，甚至一切都淡如开水，我会走到哪里呢？

后来，暖暖打开通讯录，搜索到 M，一个一个翻下去，莫子聪，她写：明天中午我想跟你一起吃草莓冰激凌。然后按"发送"，她期待着明天的到来。

梦里，她许久以来第一次笑。

七

莫子聪躺在宿舍的床上看书的时候，突然收到了暖暖的短信。他一骨碌爬起来，拿手机的手有点颤抖，他小心翼翼地按下"查看"，暖暖写道：我在学校医院里，你能过来吗？

莫子聪慌了神，他从上铺跳下来，穿上衣服就往学校医院赶。一路上，他的心乱糟糟地跳，他不知道暖暖究竟怎么了，那时候，他甚至忘了打电话问下暖暖，一心想着快点见到暖暖。经过学校超市，他跑进去买了一根草莓冰激凌。问了护士，他找到了暖暖的病房，暖暖的腿已经被打上厚厚的石膏。面色苍白的暖暖躺在床上，看着他笑，他的眼泪立马就忍不住了，但是，怕暖暖看见，他把头扭过去，等心情慢慢平复后，才朝暖暖走过去。

暖暖示意他坐下，他就搬了椅子坐在暖暖旁边。莫子聪这时候才想起手里还握着给暖暖买的草莓冰激凌，就抬起手朝暖暖递过去，冰激凌已经化得面目全非了。暖暖就苍白地朝他笑起来。

我再去给你买一个，莫子聪站起来说。

不，不用了。暖暖伸手拉住了莫子聪的胳膊。

没事，超市近，我一会儿就能来，莫子聪还是要往外走。

不用了，我现在不是很想吃冰激凌，我就是想跟你说说话。暖暖把莫子聪往下拉。

莫子聪又坐了下来，望着暖暖笑。

昨天不是还好好的嘛，怎么突然就……莫子聪把枕头垫在暖暖的背后，扶她坐起身来，问道。

昨晚，暖暖在寝室卫生间里洗澡，伸手去拿洗发水，一不小心滑倒了，腿狠狠地磕到了地面上，剧烈的疼痛从膝盖传上来，暖暖疼得眼泪都掉了出来。她在地上坐了半天，准备起身站起来时，腿刚一动，更剧烈的钻心的疼痛就又漫上来。暖暖知道，自己的腿骨折了，在寝室同学的帮助下她到了校医院，折腾了半天，腿打上了石膏。医生说，是半月板裂开了缝隙，估计最少要三个月才能正常走路。最后，校医院的灯都熄灭了，只剩走廊里的灯白惨惨地亮着，从门缝里挤进来的光在地面上难以为继，只是短短一小截。空落落的病房里四张床，却只躺了暖暖一个人，暖暖一点睡意都没有，转着头在病房里四处望着，越看越觉得荒凉，像是全世界突然就只剩她一个人。她想起了死去的路也，紧接着莫子聪的样子在她脑海里幻灯片似的一遍一遍来回晃，她从来没有像今天晚上这样想念莫子聪，心里是一片干涸的眼泪。想到这，眼泪就真的顺着眼角不停地往下流了。

暖暖摸出手机，打开通讯录，搜索到 M，一个一个翻下去，莫子聪，暖暖写道：我在学校医院里，你能过来吗？信息写完后，她转念一想，也许，莫子聪已经睡着了，她就按了"返回"，信息存在了"草稿箱"。

第二天等暖暖睁开眼的时候，阳光已经照得世界一片亮堂。暖暖的手里握着手机，她打开"信息"，按到"草稿箱"，看着"发送"键犹豫起来，其实，那一刻，她知道按下去之后的意义，它意味着跟过去告别，然后开始新的生活。她盯着手机发愣，她不知道自己是否还有勇气去面对感情，她知道爱，可是，她不相信爱。

最后，她闭上眼，对着空气喃喃说，再见了。然后，她按下了"发送"。几乎是同时，一条短信来了，莫子聪像是提前感应到了一样发来了信息。

暖暖吃着莫子聪买来的草莓冰激凌，看着莫子聪这一个月来明显瘦了下去，脸上满是疲惫，她伸手去拉莫子聪的手，莫子聪没反应过来，愣了一下，然后更紧地握住暖暖的手，朝着暖暖笑起来。

医生说，下周就可以把石膏去掉了，再过不久，你就能像以前一样走路了。莫子聪用纸替暖暖把在嘴角的奶油擦掉。

谢谢你，暖暖不知道该说什么，就把莫子聪的手抓得更紧，心里是暖暖的潮水来回涌动。

暖暖当然记得莫子聪每天给她打饭，一口一口地喂她吃。暖暖当然记得在医院里待了一周后，莫子聪用自行车驮着她到寝室，而后每天驮着她去教室。暖暖当然记得她还在医院的那一周，每天莫子聪都趴在病床边守着她，半夜也总是被暖暖疼痛的喊叫惊醒，然后几乎整夜不睡。暖暖当然记得莫子聪给她买了拐杖，每天搀扶着她在校园里散步。暖暖当然记得医生说有这么贴心的男朋友，真是修得的福分啊，那时，暖暖只是笑着不说话。暖暖当然更记得莫子聪每天都给她买一根草莓冰激凌，然后笑着看她一口一口吃完。

那些日子，暖暖像是变了一个人，不再像以前一样沉闷地独自难过。看到莫子聪，她要把最好看的笑容留给他，她也不再觉得世界上就她独自一个人了。

有时候，自己坐在那里沉默不语时，就会突然笑出声，莫子聪就看着她说，傻丫头，想什么呢，这么开心。没什么，笑还不好吗？她眼睛弯弯地对着莫子聪笑。

只是，她一直都没对莫子聪说关于感情的任何话语，莫子聪也不问，就是知心知意地照顾她，逗她开心，唱歌给她听，希望她能一直无忧无虑。

直到一天黄昏，莫子聪给暖暖唱起陈奕迅的《好久不见》。唱完，莫子聪抬头看暖暖，发现她满脸都是泪水，他拉过她的手，说，怎么了？

暖暖就第一次向莫子聪讲起路也，讲起那些恍如烟云的伤感的日子，暖暖一字一句地讲。最后，暖暖依偎在莫子聪怀里泣不成声，莫子聪紧紧地抱着她，像整个世界的心跳此刻都在他怀里一样。那一刻，莫子聪多么想要，真心想要创造一个温暖光亮的世界给她，他站在这个世界里，站在她身边，守护她。

他对暖暖说，我们会在一起，永远都在一起。他把她抱得很紧，像从此再也不能，再也不能把她抱得更紧一样。

八

莫子聪撑开雨伞，然后牵起暖暖的手，彼此的体温一点一点蔓延开，他们撑着伞朝学校超市走去，雨伞隔出一个喧嚣宁静的世界。

今日落大雨。

（原载《萌芽》2010年10月下半月刊）

你到不了的夏天

这个夏天安静地在那里，我来的时候它已开始，我走的时候它还未结束。

车子缓缓停下的时候，漫长的行程累积的疲倦一刻间爬得满身都是，从最小的骨头缝隙间往外蹦，我突然觉得身体开始从深处坍塌。

走下车门，我脑海里忽然闪过一个陌生女孩子的样子，那时，我仅是想，也许这只是一个幻觉，彻头彻尾的幻觉。

去画室报到后，我一个人泡在网吧里查住宿的地方，终于找到一个离画室不远价格还算合理的地方。驱车赶往那里，松松散散的疲惫开始从我身上片片抖落，对这即将到来的一个月我开始有了更多美好的期待。

房子看起来很陈旧，但是种着一蓬蓬的植物，让整栋楼感觉有一种弥漫的凉意，我对它的好感油然而生。房东是一个年近半百的女人，头发烫成松散的云朵状，我敲门的时候她在午休，整个脸上布满刚睡醒的倦意。当我告知我是那个打电话给她要租房的人时，她转身去屋里拿那叮叮当当的一串钥匙。跟在她身后走上三楼，我想，她的气质是跟整栋楼一体的，有一种温暖的凉意。

还没到三楼，就听见伴着吉他的一个女孩子低声的哼唱。房东走到那间传出声音的门前，按了门铃，就听屋里答道：等下，就来。一个长相清秀的女孩子打开了房门，看到是房东，就吐着舌头朝她笑，又抬眼看我，调皮的样子就收敛了一些。房东说，对面住人了，晚上练习不要那么大声啊，小心吵到别人。女孩子朝着房东笑说，知道了。瞥见了我身后背着的画夹，就说，呀，来了个艺术家，你好啊，艺术家。我说，你好啊，音乐家。她朝着我做了个鬼脸，又吐了下舌头。这时，屋里走出来一个女孩子，猛一看会觉得她们俩是孪生姐妹，穿着打扮是一个调子。后来，慢慢认识后，才知道仅仅是穿着风格相似而已，她们各自有各自的样子。

房东说，好了，你们接着练习吧，我带他去看看房间。吐舌头的那个女孩子说，好，你们忙，然后又想起什么似的，扭头说，艺术家，我朋友今天生日，我们买了不少菜，你晚上过来一起吃吧。说的时候她用手指了后出来的那个女孩子，示意是她过生日。看着她真诚的样子，我没有推托，说，好啊，只是太突然了，我也没有准备什么礼物。吐舌头的女孩子说，呵呵，这个就算了，主要是我们两个吃太冷清了，你来也热闹些，就算这是你送给她的礼物吧。后出来的那个女孩子说，是啊，你晚上一定要过来。我就朝着她们笑，那时，黄昏已经弥散开了。

　　房东转身把我的房间门打开，房间很干净，是我想象中的样子，窗户附近盘绕着墨绿的爬山虎，让整个房间有了盎然的生动。房东说，平时多注意卫生，这是房间的钥匙，注意别丢了，看你蛮累的，先休息吧，我回去了，有什么事跟我说。我这时才想起来问房东的姓名，她说，我姓方，你喊我方姨就行。

　　把门关上，我一头倒在床上，安逸像水流一样细密地包裹住我，我想，如果整个夏天就是一场永无尽头的酣眠该有多好！想到这里，我猛地从床上站起来，对，晚上还要去她们那边，她的生日，我无论什么还是要送点的，怎么真的好空着手去呢。送她什么就成了蛮头疼的问题，这时我瞥见了放在床侧的画夹，对，就循着刚才短暂的会面，给她画张画吧。想到这里，我把各种颜料摆开，搜寻她在脑海里留下的一丝一微的痕迹。或许是那个吐舌头的女孩子在我脑海里的印象过深，最后画出来的她也在调皮地吐着舌头，她站在院门前，身后是一蓬蓬植物繁茂的夏天。画完，整体看起来很不错，但是因为时间仓促，还有不少细节上的遗憾，但愿她能喜欢。

　　我去洗手间的时候，从洗手间的窗户看出去，整个城市已经沦陷进柔媚的霓虹灯中。这就是城市，把最妩媚的一面在夜色里露给你看，走近它，你像是依循着诱人的身体曲线在领略它，在最小的范围里透露最大的迷惑。这时，响起了门铃声，门外的声音说道，艺术家，你过来吧，我们开始做饭了。

我开了门，吐舌头的女孩子站在门外，对我说，我们就不当你是外人了，我们要做饭了，你也来帮把手吧，说的时候她还是不经意地吐了下舌头，接着说道，我先回去了，菜还等着择呢，门留着，你快点过来。

我稍作收拾，把画带上，推开她们虚掩着的门，就闻到一股刺鼻的辣椒味。听到关门声，吐舌头的女孩子说，快帮我择菜。我就把画靠在墙边，找个凳子坐在她面前，低头择起了菜，我说，还不知道你们的名字呢。叫我樊娜或者娜娜都行，她说，叫她项薇薇或者薇薇也都行。这时，正在炒菜的薇薇扭头朝着我笑了下。我说，我叫康明，你们还是叫我康明吧。

一切完毕，摆上桌的是两荤两素一个汤，娜娜提议我们去天台吃。霓虹照得天台一片妩媚，我和娜娜从外面的小卖部搬了一箱子啤酒。酒过三巡，话就慢慢多起来，我知道了她们因为热爱音乐而从大学里退了学，现在在一个酒吧驻唱，也因此跟家里闹翻了，就在外面合租了房子，过着练歌、唱歌、晨昏颠倒的日子。说这些的时候，她们显得很兴奋，从她们的眼里可以很清楚地看到那种被称之为梦想的东西。后来，酒越喝越多，话题就沉重起来。这个世界总不是完美的，因为一些东西，我们必须要舍弃一些东西，或许多年之后，会因为这些舍弃而后悔，但它已经成为青春的一部分，镶进青春的骨肉里，许多年过去，无论疼痛与否，想起它，总还是明晃晃地亮在那里，成为曾经存在过的青春的印记。

我们都有些醉了，后来薇薇说着说着就哭起来，我想也许是酒让她有了再次提起那个人的勇气来，娜娜红着眼睛搂着她，薇薇就靠着娜娜的肩头闷声哭。我坐在旁边，一口一口地往嘴里灌啤酒，城市的喧嚣就变得灰暗起来。

后来，我才知道薇薇的男朋友是她的高中同学，一起考上了同一所大学。他们三个是一同从学校退学的，说好了驻唱攒够了钱就结婚，可是，后来在酒吧里他结识了一个富婆，两个月前跟这个富婆漂洋过海去了澳大利亚，从此再无音信。

许多事情你无法说，许多事情你一直都无能为力，而这些，你能做的也仅是交给时间，让一切慢慢变淡消失，生活的全部并不是只有感情。

我白天去画室跟着老师学画画，娜娜和薇薇那段时间没有去酒吧。薇薇一进那间酒吧就想起她和男朋友在酒吧里的点点滴滴，因此她们那一个月没有出去工作。白天的时候就在屋里练歌，晚上的时候，我回来了，我们就买些凉菜和啤酒在天台上喝酒、唱歌、聊天。

娜娜喜欢穿着短裙和那件 Hellokitty 的浅蓝色吊带，长发松散地披下来，显得楚楚动人。我们说话的时候，薇薇抱着吉他在旁边伴奏似的轻轻拨动琴弦，那时，薇薇还一直沉浸在失恋的悲伤之中，话不是很多，更多的时候只是一个人坐着听我们讲话，我们会适时将她拉进谈话的氛围里，可是，这种努力的效果并不是很好，她仍然像一个沉默的木偶般不言不语。

我们谈的更多的是各自小时候的种种乐事，像是我们不愿醒来的一个梦，藏在它的里面，把岁月的流逝当成童年的苍老，从最轻微的一枚心跳里拾捡最纯洁的圣杯，无数童年的马车、城堡、鹅卵石……

娜娜说，小时候有一次，她把爸爸最喜欢的一直没舍得喝得红酒打破了，妈妈心疼地说，看你爸爸回来不揍你才怪。她坐在那儿愣了好久，最后，她背着妈妈把那瓶酒的碎片拾捡起来，然后点了一根熏香，向着碎片鞠躬，说，不要让爸爸打我，不要让爸爸打我。她说到这里，我忍不住笑了，我问她，然后呢？她红着脸说，最后就没打我啊。我问，什么情况？她说，拜完后，我就装作没事似的跑出去玩了，没过多久就从滑梯上摔了下来，磕破了膝盖，爸爸回家后，心疼得不得了，就那么躲过了爸爸的责骂。

娜娜又说，高中时有一个朋友也是学画画的，她说那个朋友长相、性格、气质都很像我，现在已经完全失去了联系。直到后来我才知道，这个朋友是她的初恋，他们在一起两年多，最后因为报考了不同的大学，感情抵不过距离，慢慢就形同陌路了。

她告诉我，有一次她到街上吃饭，被一个正在发传单的人拦住了，问她要联系方式。我说，那是因为你漂亮，如果是我，我可能也会这么做。她像第一次见面时那样吐着舌头对我笑。

不在天台吃饭，我们就去逛街，吃路边摊上的小吃。

路边摊总是会有很多人，大部分都是这个城市最底层的人，匆忙地劳累了一天，花很少的钱吃简单、廉价的食物，大口喝苦涩的啤酒，光着膀子，大声说笑，骂嚷嚷地划拳，仿佛他们是这个世界上最幸福的人。

我们会叫一碟花生米、一碟辣味十足的螺蛳、一大盘热腾腾的烤黑鱼，每人一瓶啤酒，慢悠悠闲散地吃。渐渐，薇薇的情绪相比之前好了很多，不再只是安静地一个人想问题，开始和我们笑呵呵地聊天，高兴的时候还会给我们唱她写的歌。

雨从季节的深处淋过
带走尘埃的灰暗时光
你从春天的脚步声中醒来
在黄昏里哭泣丢掉的爱情
多少旧日子，多少旧日子
在它里面消失，在它里面埋葬
好好哭一场，好好哭一场
从它开始结束，从它结束开始
…………

唱完，我们都沉默了。

我们喝完最后一点啤酒，走回住处的路上，我觉得整个城市真安静，像是沉睡的婴儿一般。

有一次，那是一个雨天，是我来到此处下的第一场雨。娜娜纠正我说，是这个城市入夏以来的第一场雨。那天，娜娜跟我说，你给薇薇画了画，这个雨天，你就别去上课了，不如你给我也好好画个吧。

我还没把"好"说出口，娜娜已经搬凳子坐在我面前，摆出认真的表情，说，你开始画吧。

薇薇说，好，你给她画，我弹吉他给你们听，说着，薇薇就抱着吉他坐在我旁边弹了起来，她弹的是《雨中印记》，雨水像是缓缓从薇薇指尖流出来。

黄昏里，夕阳从窗口漫进来，爬山虎从窗前攀爬过去，耳边是薇薇指尖流出来的静谧的雨声。我把娜娜的样子画成浅蓝色，是她喜欢的颜色，当然还有她吐舌头的样子，她坐在雨中，整个人仿佛成了一场安静的雨。

画完，我取名《你到不了的夏天》，当时脑海就莫名其妙闪出了这个名字，离开那段日子很久之后，我才明白，这样的一个夏天是真的永远都到不了了。

那天傍晚，我们举着伞去了城市的一处废弃的建筑工地，离我们的住处大约有一里多路。因为资金短缺，工程无力维持，就草草收了场，留下的是一片荒芜。没膝的杂草像这个夏天一样充满生气，因为是雨后，空气里弥漫了阴凉的泥土气味，风吹过来，掀动娜娜的裙摆，像一只蝴蝶振翅欲飞，空气里是饱满的夏日气息。

我们在那里待了很久，回去的路上一直沉默，我的心情出奇的坏，因为我一直没有勇气告诉她们，这是我在这里的最后一天了。

你从哪个地方来终究还是要回到哪个地方去。

别了，娜娜，薇薇，以及整个夏天。

我明天就要回去了。

她们转身准备关门的时候，我对她们说出了这句话。娜娜关门的动作停在了那里，娜娜拉着我和薇薇说，我们去买些吃的，到天台上喝酒吧。薇薇去买菜，我和娜娜去买酒，娜娜还买了烟。去的路上，娜娜第一次牵起我的手，她的手很凉，像是不属于夏天的一双手，她把我的手握得很紧。

我们在天台上喝完了整整一箱啤酒，后来，薇薇弹起吉他，我们一起大声吼薇薇写的歌，到最后，我们抱成一团哭了起来。

我想起这个夏天的每一天，现在，我说起它，像是在说别人的事和以后的事，它混沌、朦胧、失真，像是梦境一样漫过我的头顶，有时候，我会想，是不是现实已经改变，而我依然在梦中。

那晚，我抱着娜娜说了很多话，说我喜欢的她的样子，第一次见她时，她吐舌头的样子，她安静地讲童年时的样子，她说到梦想时眼睛里闪光的样子，给她画画时她融入夕阳里的样子……我甚至都忘记了我到底说了什么，这些样子甚至都是我编造出来的场景。但是，我唯一清晰记住的是娜娜吻我的感觉，带有整个夏天的味道的吻，一枚琥珀色的夏天的吻。

　　有时候晚上下雨，雨点打在屋顶上，我醒过来。我想念那个曾经住在我对面的女孩，想念那个丢失了的夏天。我听见风声，还有车辆驶过。我希望重回那个夏天。但那不会发生。我知道，不会的。

　　而那个夏天，我再也到不了。

　　　　　　　　　　（原载《萌芽》2010年9月下半月刊）

影子爱人

　　拉开窗帘，雪仍旧在下，午夜的街道雪成了唯一的事物，它把整条街都下空了。路灯渐次排开去，静默的清辉照着纷飞的雪，仿佛漫天下着金色的羽毛，一落地，挣脱了灯光的牢笼一般，雪变回本色。屋里暖气太足了，刚才做爱时炽热的火焰仍旧在我身体里燃烧，我把脸贴在玻璃上，雪的沁凉透过玻璃在接触面颊那一块上慢慢地蔵，脸上的每一根绒毛体会着雪，渐渐，整个身体通过这块近似无限透明的玻璃，将关于雪的记忆，在我脑海里播放开来。

　　遇见他，就是在一个雪天。

　　我从东城的一家饭馆吃完饭出来，雪已经铺满了。我穿过行人渐少的街道，朝着出租房走，脚踩在已经堆积起来的雪上，好像另有隐秘的脚步发出"咯吱咯吱"的声音在追随着我。我就把脚步放慢一些，每一步都踩得用力了些，这声响就和着纷扬的雪，更加动听地在我耳朵里回响。

　　转过一个街角，风突然大起来，针尖上一点火似的在我脸上烧起来。我把围巾掖紧，低着头加快了脚步。走了十几步，一家叫"苦艾"的酒馆在午夜里洒着蓝色的灯光，照着纷扬的雪，雪也下得更加忧郁了。昏黄的路灯，酒馆蓝色的灯，以及更多的艳丽的霓虹灯，在这个沉寂的冬夜，把这条街道烘成了梦幻的色彩，让我想到刚出烤箱的面包上那一层层薄薄的奶油。还能依稀听到酒馆里面传出的音乐声，我已经走过了它，但是什么却让我的脚步停下了，为何不进去喝一杯呢，这寒冷的冬夜，酒无疑是好的安慰，或者是前往出租屋的路还有些遥远，这遥远挽留了我的脚步，又或者是它此刻播放着的熟悉的音乐，管他呢，我已经转身钻进了"苦艾"酒馆。

人并不多，大多是成对成群的，Leonard Cohen 的歌声流水一样弥漫在各个角落，我像往常一样要了一杯干马提尼配橄榄。酒馆里的暖气和酒精的暖意慢慢地把身体里的寒冷打扫干净，思绪也随着音乐放松下来。

我开始注意起这间酒馆，不多几个人，每个人都被音乐声包裹着，因此说话都是轻声细语的，这正合适冬夜雪天里，一座温暖的酒馆，几句无关痛痒的话，一小杯缓缓润喉的酒，把慵懒用时间的火来慢慢煨，煲出身体里最舒适的闲散的香味。调酒师在柜台里多少显得百无聊赖，也许一整天的忙碌，已经让他把疲惫积攒到了临界点，此刻，难得的闲散正好可以用无聊慢慢打发，他低着头很舒服地坐在那里，我想，假如没有客人，他甚至连眼皮都懒得抬一下。这间温暖又慵懒的酒馆，仿佛每个人的情绪都刚刚好。

请允许我把我的爱情同任何人的爱情一样，划归到庸常的行列，像烂俗剧本里写的那样，仅仅是因为多注意了一下，或者仅仅是一张似曾相识的面容，又或者仅仅是一句熟悉的话，我们因此像空悬的烟遇到了火，闲置的吻遇到了甜蜜的嘴唇，含苞的花遇到了吹开它的风，请允许这突如其来又命中注定的爱。

他一个人坐在那里，杯子已经空掉，指头上的烟结了很长一段烟灰，他一样显得很慵懒，这音乐和这暖气，足以让冬夜里任何人把自己的弦调松。这张陌生的脸过于熟悉。我闭上眼或者在梦中，这张脸的轮廓就时常在我的脑海中闪现，我看着"这张脸"，目光的手指在他的眉睫、眼睛、鼻梁、嘴巴上一一滑过。如果我的记忆不能记住它，我希望我的指头一定不要忘记它，不要忘记那里的起伏与贴切，仿佛是我指头上的群山，这指头上的记忆如此熟悉，它的气息包含了太多往事。我的父亲，那个风筝一样的人，时常在我记忆的天空里，注视着我，即使随着岁月的流逝，过多的尘埃、渣滓已经掩盖了它，我的父亲，当我想起他，我的指头就依旧在他的面颊上游走、停留、感知，他仿佛从未离开过我，这么多年，我走过的许多山水，不过是父亲面颊上的山水。

我看到了他，所有关于父亲的记忆像蝴蝶，一瞬间，纷纷破茧，扇动着往事的翅膀，纷飞、交错、碰撞，它们潮水一样，漫灌进我记忆的沼泽地，令我深陷其中。

六岁以前，我以为我是没有爸爸妈妈的，最初的记忆里只有外婆一个人，是外婆用奶粉和米糊，将我养大的。

我和外婆住在乡下，我会开口说话时，第一个喊出的便是"外婆"，我也依稀记得外婆听到我喊出的这第一个词时，扭过头去擦眼泪的动作，而后她抱着我走到门口，嘴里说：囡囡会说话了，囡囡会说话了。

我们有一间旧瓦房和一间土坯的小厨房。瓦房里有一张很旧很沉的木床，外婆说这是她和外公的婚床。外婆用手比画着说，小囡囡的年龄如果是一根手指头的话，这个床的年龄啊，就有多少根指头呢（外婆把十个指头都伸出来，算算还是不够），外婆的十个手指头都不够了，你就是从这么一丁点大（外婆用手比画了差不多一个热水瓶的大小），长到现在这么高了。外婆眼神里空茫茫的，她还有什么话要说似的，可是外婆把话咬在嘴里，什么都没说出口，只是摸了摸我的脑袋。

我们喂了四只芦花鸡，一只公鸡三只母鸡，芦花公鸡很漂亮，看起来很威风。每次吃食，它都是先让母鸡们吃，我很喜欢它，而外婆更喜欢那三只母鸡，每次母鸡下完蛋，"咯嗒咯嗒"到处嚷的时候，我就飞快跑到鸡窝前，去收那枚还留着母鸡体温的鸡蛋，然后交给外婆，放到悬在房梁上的那个竹筐里。有了这三只母鸡，我每天都有一个鸡蛋吃，另外两个鸡蛋攒下来拿到集市上换钱。

我长到五岁的时候，外婆用做活和攒鸡蛋挣的钱，给我买了两只小羊。外婆说，小囡，这是你收鸡蛋攒下来的钱，以后这两只小羊就是你的了。我别提有多高兴了，两只小羊浑身的毛白得像天上的云，摸上去，又光滑又温暖，头上的角还没有长出来，一对开阔的大耳朵，呼扇呼扇抖动着，脑袋中间有一圈小小的旋涡，两只灰蓝色的眼睛像两颗大大的玻璃弹珠。走路的时候，它总是走几步跳一下，好像路上遍布小坑似的；跑起来没个方向，东闯西闯，忽然一下子就蹦到你面前，吓你好大一跳，耳朵朝着你呼扇，好像是它跟你玩的一个恶作剧，吓着你了，它们就显出很得意的样子。你要是佯装着生它的气，它就会侧着脑袋看你，在你身边绕小小的圈子，直到你扑哧一下笑出声来，它们才又忽然蹦几下跳开去，自个去玩自个的了。

自从有了这两只小羊，我就算是有了自己的工作，相比以前，也没那么孤单了。每天，我都跟着外婆早早起床，再也不像之前那样想着多赖一会儿床。外婆说，我有我的活，小羊是你自个的，你不喂它，饿瘦了也是你的。外婆又说隔夜被露水打湿的青草特别肥，小羊吃了长得特别快，起晚了，日头出来把露水晒没了，小羊就不爱吃了。我就麻溜从床上翻身起来，我才不想让我的小羊饿瘦一丁点呢。我就想，我要跟外婆比赛，把我的两只小羊喂得比外婆的四只芦花鸡还好！

夏天了，外婆拿剪子把两只羊剪了个溜光，露出红红的脊背和肚皮，甭提多难看了，我有点生外婆的气。外婆告诉我，大夏天的，你会穿着厚衣服啊？羊毛可以换些钱，羊也能过

个凉快的夏天。我觉得外婆说得也对，就朝着两只看起来丑
得像鼻涕一样的羊笑起来。夏天傍晚的时候，我会提前给羊
圈润润地浇一遍水，细细地铺上我摘来的宽大的树叶子，给
小羊们一个阴凉的家。到了秋天，草已经开始枯萎，为了给
羊们攒下更多的过冬草料，我有时候甚至比外婆起来得都早，
外婆还没起床呢，我就悄悄摸下床，挎着筐去割草了。等外
婆把饭做好，我已经割了满满两大筐，一部分给羊吃，另一
部分摊在太阳下晒干，归整起来留着冬天用。冬天，羊毛已
经长长了，它们穿上了厚厚的雪白的棉袄，为了让它们有一
个更温暖的冬天，我把羊圈里铺上在阳光下晒得满是暖意的
金黄的稻草。

　　时间流水一样过去，两只小羊在我悉心照料下，长成了
肥壮的大羊，没有了小时候的那种可爱，平添了长大后的成
熟、肃穆与慵懒。

　　偶尔，我也会想到"爸爸""妈妈"这两个词，我总会想
他们应该是什么样子呢，外婆不在家的时候，我对着镜子看
自己的脸，再对照着外婆的脸，想从我们的脸上找出他们的
样子，每每，总是徒劳无功。许多次，我想问外婆，别人都
有爸爸妈妈，我的爸爸妈妈呢，想了想，我还是把话咽下去，
既然外婆不说，我就不应该问，如果外婆想让我知道，她一
定会说给我听，外婆有她自己的道理。

　　我以为日子总会是这样过的，我围绕着两只羊转，外婆
围绕着她的芦花鸡转，我们围绕着这个家的生活琐碎转，日

复一日地这么过下去，我一天天长大，外婆一天天老去，生活就应该是这个样子的。

我长到了六岁，一天，外婆去打水，脚下一滑，摔倒在了井沿边，被邻居抬到家里，再也没有起来。外婆躺在床上，我攥着她的手，外婆手上往日的温情慢慢被"死亡"这个东西消耗掉，我越是去抓紧它，它就越是迅疾地熄灭掉，外婆已没有力气再对我说任何话了，甚至连看我一眼都要积攒下她一生里所有的精力似的。我只能越发攥紧外婆的手，越发徒劳地攥紧，甚至直到这个时候，我还没有想到"死亡"会降临到外婆身上，它从未在我的世界里出现过，它如此陌生，它的冰冷、残酷、决绝等，从未有芽孢在我心里萌动过，直到外婆嘴里长长地吐出最后一口叹息般的气时，我知道，外婆真的离开我了，她到了与我隔着一面无形的墙的另一个世界去了，仿佛我们这个世界的人全都死去了，而外婆自个活在她那个世界似的。我再也没有外婆了，想到这，我才开始流下眼泪。

外婆下葬的那一天，人群里多了一个陌生人，我一眼就注意到了他。外婆下葬后，人群都已散去，我回到了家，他也回家了。他抱起我，眼睛里都是泪水，他说，囡囡，我是爸爸。我从未见过他，从未认得过这张脸，可是当他说他是爸爸，我就相信了。我伸手抹去他脸上的泪水，泪水却越抹越多。我说，不哭，想了想，我又小声地说，爸爸。

我的手在他的眉毛、眼睛、鼻子、嘴巴上一一滑过，这就是爸爸，这就是我无数次面对着镜子，透过自己的脸，想象的父亲的形象。我的手指一遍又一遍地这样滑过，我说不清自己这样做的理由，或许我是害怕，害怕刚出现的父亲是一个梦，一会儿就又要消失了，假如我没有这样感知他，他立马就会不存在，由我的手指，我把父亲印在了心上。

父亲把外婆的四只芦花鸡和我的两只羊都卖掉了，我很难过，却只把眼泪流到心里。料理完家里的事情，我跟父亲去了外地。后来，我经常梦见外婆，梦见鸡和羊，梦见那个家，白天积攒下来的眼泪和难过，晚上打湿了枕头。

与父亲生活在一块后，我才知道，外婆在的时候，父亲每个月都会给外婆寄钱，外婆却几乎一分钱也没舍得花过，她要留给她的小囡囡。而关于母亲，父亲从未向我提起，就像之前外婆一样，他不说，我也就不问，他们不说总有他们不说的理由。

我十八岁时，父亲对我说起了母亲，他们是大学同学，在一次社团活动上相识，并相恋，大学还没毕业，母亲就怀上了我，因为这，他们双双被学校开除。生下我没多久，父亲醉酒驾车出了车祸，母亲在车祸中丧生。父亲说是自己亲手杀死了母亲，这让他再也没脸去面对外婆，将我送到外婆那里后，他就再也没有出现过。除了每月按时寄钱，直到外婆去世，他都没有再见外婆一面，或者外婆早已原谅了他，但在他心里，他始终无法原谅自己。

我大学毕业后，父亲把他这些年积攒的一切都留给了我，而后消失了，他甚至没有留下只言片语。有时候，我也不知道该怎样去理解这样一个父亲，他是爱我的，他也是爱母亲的，这两个他生命中最重要的人，他始终觉得是自己亲手杀死了我的母亲，让我一生都得不到那个称之为"母爱"的东西。他让我失去了母亲，让外婆失去了女儿，而他自己失去了妻子、挚爱，这些都成了他生命中的"原罪"。或许，当他面对我们，他生命中有的，就是无限痛悔的回忆，以及永不可释怀的罪过。

而我呢，在这个世界上，唯有这一个亲人，他如此爱我，我却从未去想他所谓的忏悔与过错。人之复杂，与世事之无常，让我不能对这样一个父亲怀有哪怕一丁点的恨，他的苦痛只能独自饮尝，即使我愿意与之分担，他也绝不会同意，反倒以他更深沉的爱去呵护我。

他消失后，我的生活似乎依旧，只是静下来的时候，我总是会想起他，随着时间流逝，他的样子愈加遥远、模糊，但好在，我的指尖依然记着他，他的轮廓，他面颊上的起伏，甚至他身上特有的气息，都在我的手指上保存完好，当我想起他，就能感受到他。

就是在这个雪天，在这个酒馆，我遇到了我的爱人。击中我的，毫无疑问，正是他面颊上与我父亲有着惊人相似的起伏。我端着酒杯朝着他走去，他有片刻惊讶，但随之平静下来，在这个雪花纷飞的冬夜，这个闲散与慵懒的酒馆，爱情的酒酿尤其适合发酵。

　　我们聊天、喝酒，并在空白间隙里彼此望到对方的眼睛里，这如此熟悉的感觉，如此熟悉的气息，缓之又缓的时光河流，干净，清澈，并且流声悠扬。

　　爱情里，我从来不相信所谓的日久生情，我相信的是一击即中的爱情，不需要多，哪怕只是一个眼神。而所谓的日久生情，我更愿意看作习惯，换作另外一个人，一样相处一段时间，也可能会有同样的习惯，这样的爱情无疑是乏力的，它没有爱情该有的纯粹，没有爱情像锻铁一样的力度。如果心上有一柄锤，这爱情无疑一下子就让整颗心稀巴烂，让我为之倾倒，为之失魂落魄，为之轻飘欲仙。时间从来都不是衡量爱情的尺子，爱情永远先于相处，时间只是衡量爱情长短的坐标，它可以通向一天，也可以通向一生，在我看来，一天与一生的爱情是相同的，它们在爱情的天平上，可以有着相同的重量。

　　当晚，我们就上了床，无疑，他是爱我的，从他的眼睛里，我能洞悉这一切。他望向我时，瞳孔急速扩大，这是爱与疼痛，在我看来，好的爱情一定是带有疼痛感的，爱情就是承受，一切的纠结与自虐。

　　接下来的一年，我们逛街、旅游、喝酒、做爱，等等，所有关于爱情的最美好的东西，我们都舍命一样去做。

　　随着时间流逝，爱情的保鲜期过去，我们平静下来。我开始更深入地了解他，当我更加清晰地认知他，他与父亲的形象却渐行渐远，他的轮廓在我手指上成为另一种感觉，他在我的眼里越来越熟悉，却在我的指尖越来越陌生，我仍旧是爱他的，父亲的影子却在我的生活里愈加频繁地出现，他如此巨大，像天上的一团云，投射下更加巨大的影子，我的父亲，这个消失的发光体，始终在我的前方，兀自发亮，引领，照耀。

我知道是时候了！

窗外一辆形单影只的汽车的声响把我从记忆里拉回来，我转过头，看着躺在床上的爱人，外面昏黄的路灯光，借着雪光的反照，在他脸上投下温柔的暗影。在酒精作用下，他打着轻微的鼾声，睡眠中，他如此平静，那张熟悉的脸却渐渐陌生。我想我要走了，想到这，我的眼泪顺着脸颊淌下来，我不应该跟他告别，任何一句关于离别的伤感的话，都是多余的，就这样走。

嗯，就这样走。

后来，我读到巴西作家罗萨著名的短篇小说《河的第三条岸》，小说里本分的父亲某天忽然异想天开，为自己打造一条结实的小船，挥手告别家人，走向离家不远的一条大河。不是远行也不是逃离，而是独自一人驾舟在河流上漂荡，只需儿子送来食物，别无他求。家人想尽办法让他重返故土，但他依然故我。最终，已经白发染鬓的儿子对他隔岸发誓：只要他回来，一定继承父亲未竟的事业。父亲兴高采烈地向岸边靠近，可是儿子实在无法忍受仿佛来自天外的父亲形象，在恐惧中落荒而逃，父亲从此再也没有出现。

　　我仿佛看到了我的父亲，或许我的身体里一样有着父亲遗传的消失因子，父亲的生命里一样有一条隐秘的河流，它的源头来自母亲，其去未知。父亲驾着他的那条隐形的小船，驶离我的生活，却把命运的绳索埋在我的身体里。父亲离开了我，我一样离开了爱人，也许父亲明天就又出现，而我，也一样重新回到爱人身边，也或许，这些永远都不会发生。

　　而唯有那条隐秘的河流，始终清澈、永恒、悠远……

（原载《萌芽》2014年8月下半月刊）

站台

　　火车刹车的声音扯起来的时候，青葱正躺在凉席上剥一个皱巴巴的橘子。

　　时值盛夏，阳光把一切都晒得卷起了角儿，燕子也从外面回到了屋里，躲在屋脊的巢里，伸出弹簧般的脑袋左右张望。青葱站在门口，食指抠着卷起的墙皮，捏起一块在手指间捻成细细的粉，没有一丝风，灰白的粉末垂直着落下来，飘到阳光里的那一瞬间，似乎放慢了脚步，在白惨惨的日光里游弋起来。青葱靠在门边站着，院子里的桃树、石榴树分边而立，地面上晃动着阳光细碎的金子，没有风，金子一动也不动。青葱盯着看了一会儿，眼睛变得白茫茫起来，闭上眼，火红的光点在眼球上来回闪现、滚动，青葱眨眨眼睛，挤出两粒细小的泪珠。

　　视线越过院墙，越过那些绿墨般的树影，越过树枝间颗粒粗大的刺耳的蝉鸣，青葱似乎听到了火车在铁轨上走出的"咔嗒"声，绿皮火车拖着蜿蜒的身躯，一路呼啸着，穿行在山间，穿行在水边，穿行在茂密的丛林里……虽然距离火车午后一点半在小镇上靠站还有将近两个小时，但靠在门边站着的青葱，却好像已经隐约听到火车刹车的声响了，这声响就像一双青春期的手，把青葱的心绪撩拨得荒草一片。青葱狠狠地抠下一大块墙皮，把胳膊抡圆了，朝着院墙外扔出去，墙皮却在桃树顶上打了个岔，桃树枝弯曲一下，而后把墙皮软软地弹了回来，墙皮有气无力地掉下来，摔成几块，这让青葱觉得整个夏天都无聊透顶。

站台对于小镇来说，一直都像一个笑话般的错误。

小镇那么小，碗口大的地方，几条路也都是筷子般长短，就像《桃花源记》里面所写：阡陌相交，鸡犬相闻。小镇小到就是这么一个地方，几十户人家，不是远亲，就是近邻。一家子炊烟飘起来，满镇子都是余味；一家子唱戏、打闹，满镇子都有所闻。种田的居多，学堂，杂货，各式店铺，麻雀似的小镇，细算算，行业却也周全，能想到的、能用到的，小镇上多半能满足日常所需。

小镇没有风景，要说风景，就是任何地方小镇的样子，倒像一个村落，三三两两的人聚集起来，扯闲天。人们的生活过于清闲，半包烟、一碗清茶，就能挨过去大半天；看到家里的炊烟起来了，估摸着时辰，就是饭点了；拍拍身上的烟灰，抖落掉一上午的琐碎，就能去挨一个下午了。把生活过慢，成了小镇人的禀赋。没有人去想着外面的大世界，仿佛外面的那个世界过于大了，像是在天边，任凭你怎么走怎么追赶，天边都还是在那儿，远不了多少，却也近不了多少。把自己的一天一天这么瞧过去，半生也就埋在小镇了，日子也就得这么过，还不就是个日子嘛！

而站台偏偏就落在了小镇，像是谁无意中落在小镇的一个玩具，这玩具种子一样生根、发芽了，仿佛一夜之间，就满世界地开花了。小镇的人睁大了眼，又揉了揉眼，站台在那儿呢，小镇的人第一次隐隐地感觉到了"外面的世界"。

站台没有售票处，如果乘车，先上车了再补票。起先小站还分两个列车员，零零星星的仿佛误闯入小镇的人，也好有个接应。后来列车员走了一个，听说是回家养病了，却再也没见回来。再后来，唯一的列车员恐怕是太寂寞了，索性也消失了。那趟唯一在小镇停靠的绿皮火车，却还是会在站台停靠一分钟，少有人下车，更少有人上车，仿佛火车只是满世界跑得疲倦了，在小镇的站台上打个盹，休整一下，而后再远行。

渐渐，站台褪去了初建时的光彩，时间剥蚀掉它的油漆、釉光、新奇，留给它越来越喑哑、灰暗的身影。人们很少再谈起站台，偶尔谈起，仿佛它从小镇存在的那一刻就与小镇同在了，仿佛它来自古代，是小镇与生俱来的一双脚，即使小镇的人们也几乎没有借助这双脚远行过。

这个夏天对于小刀来说，却是绿色、疯狂的。假期还没开始，小刀的心就已经随同绿皮火车开始了远行，葱绿的密林、连绵的山脉、闪着波光一路蜿蜒的河流，以及金字招牌一样闪耀在远方的那座城市——上海。这些都成了小刀这个夏天里梦中的图景，当然，还有绿皮火车，小刀人生中将第一次踏上它，钻进它狭长的身体，成为那些远行的人中的一员，这些如此疯狂，想到这，小刀的手就激动得颤抖起来。他一天又一天地盼望着假期的到来，墙上的日历早就被小刀撕到了出发的那一天，而后便是每天数一数撕下来的剩余的张数，小刀已经听到日期渐近的脚步声了。

青葱几乎是和小刀同时知道小刀要去上海的消息的。小刀从父亲那里得知这个消息后，第一个想到的就是跑去告诉青葱。青葱从小刀嘴里听到远行、上海、绿皮火车时，心一下子被抓了起来，但是这种喜悦如此短暂，当青葱从激动中回过神来，他知道，这种种新奇与自己毫无关系，他无法从小刀那里得到哪怕一丁点的远方的迷人诱惑。是的，诱惑完完全全是小刀一个人的，悲伤也许可以分担，快乐却不能分享。小刀可以收藏这份诱惑，而后等待这诱惑孵化，变成伸手可及的现实，他青葱却得不到一丝，非但得不到，小刀去了远方后，留给青葱的将是蝉蜕般，一个空壳的漫长、无聊的夏天。

青葱脸上的神色只闪了一下光，就阴郁起来。小刀依旧眉飞色舞地讲述着，青葱的目光却早已越过小刀，茫然投向了即将到来的，冗长、乏味的假期。小刀挥舞着手臂，指着站台的方向，顺着站台的方向，用指头牵引着想象中的绿皮火车，驶向遥远、陌生、灿烂的上海。青葱打断了小刀的想象，说，饭该熟了，等下我妈要叫我的，我先回去了。而后，转身走了。小刀满肚子的话，没有人说了，激动却还堵在嗓子眼，他看着青葱低着头的背影，觉得青葱有点莫名其妙，他摇摇头，却还是在笑，也回家了。

出发的日期终于到了，小刀换上新衣服，跟着父母上车了。车里闷热、焦灼，人群拥挤，但丝毫没有影响到小刀的心情，他依旧像一片密林一样充满着绿意。铁皮外壳，皮质的座椅，近似无限透明的窗玻璃，慵懒的满面灰暗倦意的乘客，等等，这些都足以让小刀觉得疯狂，他嗓子眼里埋着的尖叫被压抑着，几乎快要夺口而出，他紧紧地抓着身上的绿书包，手心里满是汗水。坐到窗前时，小刀想起了青葱，他早已告诉过青葱他出发的日期，他认为青葱一定会来为他送行的，他愿意一股脑儿把他的喜悦都送给青葱，就像青葱跟着他一同有了这趟远行一样。小刀的目光在空荡荡的站台上扫视着，陈旧的站台，在烈日下有了神奇的光芒，那些剥落的墙皮，残缺的油漆，锈蚀的栏杆，此刻都染上了日光神秘的色彩，如此夺目。小刀的目光依旧来回扫视着，空荡荡的站台甚至连一丝风都没有，一个熟悉的影子也不见。火车出发了，缓慢而沉静。小刀望着缓缓远去的站台，青葱始终没有出现，火车拐了一个弯，站台就完全看不见了。小刀趴在桌子上，望着窗外远去的小镇，他有一点点难过，鼻子酸了一下，但是很快，远方的风景扫除了这些，小刀决定什么也不想，好好地享受这段旅程。

橘子是小刀和青葱一块买的，那还是在小刀得知要去上海之前。他俩是同学，上学放学天天一块，夏天到来后，他们就老爱往站台那边跑，镇上就属那地儿开阔，有风，也就凉快些。他们去水果店买了一大袋子橘子，靠着站台的栏杆，剥得满地都是橘子皮。吃到最后还剩几个，小刀说他吃够了，剩下的青葱你拿回去吧。橘子被青葱提回了家，想起来的时候，他就剥一个吃，过了一段时间，橘子皮慢慢变得灰下来。

　　自从那天小刀告诉了青葱自己要去上海的消息，青葱和小刀就没见过几次面。青葱再没主动去找过小刀，他也没有恨小刀什么的，就是想起来小刀要去上海了，而他就将一个人度过这个炎热的假期，一比起来，心里难免会失落，这让他宁愿躲着小刀。小刀呢，主动找了青葱几次，也感觉到青葱有刻意躲着他的意思，慢慢他也就不再去找青葱了，只想着出发的日期快点到来，他好去那座魂牵梦萦的城市。青葱当然记得小刀出发的日期，他虽然表面上没有做什么，却一道道在心房上画着痕迹，小刀出发的日期终于到来了。

　　那块墙皮被桃树枝拦了下来，摔得四分五裂的，这让青葱觉得接下来的整个假期，无疑会像这块墙皮一样，变得零散、琐碎，了无生趣。他从门后把凉席拖出来，铺在堂屋的地上，拧开吊扇，燕子在屋脊上扑腾了一下，却没有飞走，它早已适应这随时会旋转起来的吊扇了。青葱一歪躺倒在凉席上，他望着头顶越转越快的吊扇，刚才被扇叶遮挡住的燕巢，这会儿又能看见了，燕子暗红色的下颚显出怪异的美丽。两只燕子扭动着弹簧脖子，左右张望，时而侧着脑袋用滴溜溜的眼珠朝着青葱看。烦躁、克制、焦灼，这些在青葱脑子里搅成一团糨糊，燕子提防着青葱，但过了不大一会儿，它们适应了这屋子里的环境，就缩回了脑袋，消失在了青葱的视线里。

两只燕子的身影消失后，青葱就彻底茫然了。他依旧在脑子里回想着那两只燕子，它们暗红色的透着怪异美丽的下颚，青葱总觉得这种暗红色他在哪里见过，可是这一闪念，他却怎么也想不起来，到底是见过的暗红色里的哪一种。

火车等下就要靠站了，青葱想，小刀肯定早已经到了站台上，等待火车进站。临走前的那几天，小刀没有来找过青葱，这让青葱有一种无所适从的失望，好像小刀背叛了他，背叛了他们之间的友谊，但说到底，无非是青葱过于冷漠的回应，让小刀失去再来找青葱的想法。青葱躺在凉席上，想着空荡荡的站台上，等待火车进站的小刀一家，不知道小刀会不会想让青葱来送他，但想起他们之间的友谊，青葱觉得小刀一定还是希望的。但青葱不能去，他想自己一定会忍不住跟着小刀跳上火车，这一幕想起来都让青葱觉出自己的滑稽，他克制着自己一定不能去送小刀，否则留给他这个夏天的，将会是更多的难过。

吊扇绕着一个圆心不停地旋转着，满世界的蝉鸣把青葱叫得越发烦躁，他盯着扇叶看，仿佛有了催眠术，他的意识慢慢朝下沉去。突然，他脑子里冒出了一个火花，暗红色，他想起来了，那是站台上满地的橘子皮的颜色。他一骨碌爬起来，

去抽屉里找，就剩一个橘子了，橘子缩了一圈，表皮已经失
去了水分，皱巴巴的发硬。青葱躺在凉席上剥这最后一个橘子，
这时，火车刹车的声音扯了起来。

　　小刀走了，这个夏天仿佛提前结束了。天气越来越热，
吊扇已经失去了它的价值，只能送给青葱一阵又一阵的热风。
青葱整天无所事事，天气再热，他也不往站台去，除了吃饭、
睡觉，青葱想不出来还能做什么，真不知道这之前他的夏天
都是怎么过的，好像这是他长这么大，突然面对的唯一一个
夏天。他的想象力根本不足以描绘小刀去到上海之后的种种
情形，而且想象小刀在上海的种种，让他很累，每天更多的
时间他都是躺在吊扇下的凉席上，或者就是靠门站着，手不
自觉地去抠墙皮，墙皮被他抠下的越来越多，妈妈叨唠了他
很多次，但他总是控制不住。

　　对于小镇，少了小刀一家，只不过像湖心的一阵涟漪，
荡漾开去，而后复归平静，而对于青葱，却是一天一天拿分
秒熬过来的。总之，这个灰暗的、漫长的、索然无味的夏天，
还是一天一天地过去了。

　　小刀回来了。这天上午青葱还在凉席上睡觉，小刀的声
音从院子外传进来，青葱以为自己在做梦，就仍旧眯着眼睡。
一只手推了他一把，又推了他一把，小刀说，青葱青葱，快
起来，这都啥时候啦！青葱睁开眼，眯缝着，真是小刀，青
葱一骨碌爬了起来，睁开半只眼，双手摇着小刀的肩膀，说，
真是你啊，真是你啊，我还以为是做梦呢！小刀嘿嘿笑着，捶

了青葱一拳头，说，你试试，疼不疼？青葱也还了小刀一拳头，说，真舍得下狠劲。啥时候回来的？小刀说，刚到家，过来跟你说一声，喏，小刀用下巴示意了下，说，这是给你带的东西，下午到站台去，还有一样好东西要给你看。我先回去了，下午别忘了。青葱还没回过神来，小刀就走了。下午到站台去，青葱想不出来小刀葫芦里卖的什么药！

下午，青葱换上小刀送给他的回力牌球鞋，他在镜子里左看看右瞧瞧，仿佛脚上穿的不是一双鞋，是天上的一朵云，让青葱有了腾云驾雾的感觉。远远地，就看见小刀在站台上等着，青葱注意到，小刀穿了一双和送给他的一模一样的回力牌球鞋，小刀双手背在身后。

咋才来，我都等了半天了，小刀说，把背后的手又藏紧了点。饭吃得迟了，青葱说。小刀哦了一声，就没说话，他在等着青葱说。可是，经过这漫长的一个夏天，青葱突然就没了话，他低着头，把脚尖在地上转。半晌，青葱才说，谢谢你的鞋啊！小刀把自己的脚朝前伸伸，说，客气个鬼啊，瞧，我们俩一样。青葱嘿嘿笑了两声，又不说话了。又半晌，他才抬起头，问，小刀，你背后藏个啥？小刀这才来了兴致，说，你猜猜看。青葱说，猜不出来。小刀说，就猜猜，你猜猜看啊！青葱没接他的话。小刀说，这就没意思了，你猜猜吧！青葱心里就莫名有点火，想起这难挨的一个夏天，他一个人在这里痛苦，而小刀呢，一个人跑到上海去快活，一回来就拿他寻开心，这火上就冒了一点油，说，猜个屁啊，爱给看不给看，谁稀罕看啊，说完，就转身要走。小刀急了，说，哎，青葱，你别走，给你看给你看，让你猜猜，还生气啦！小刀把手从背后拿出来，青葱转过身，一看，一列小火车！

一列小火车，不同于他们见到的绿皮火车，是浑身刷成红色的一列小火车，金属的外壳，亮着釉光的漆皮，一个一个小小的窗框，列车头前一整面的小玻璃，还有车身下，一个一个的小车轮。整列小火车，狭长，崭新，溜光，精致，它如此夺目，浑身流溢着金属的质感，仿佛只要一松手，这列火车就能呼啸着疾驰远去。

青葱的目光完全被它吸引住了，它这么美妙，青葱的手情不自禁地伸了过去，小刀却把手收了回去，青葱的手空在了那里。青葱说，让我看看，青葱把手又朝前伸了伸。小刀面上有了难色，说，就这么看吧。小刀把火车肚子翻过来，说，你看，这儿装电池，这儿有个开关，只要一摁，火车就能跑了。说着，小刀摁下了开关，小火车那一排轮子果然"呼呼"地转起来，间隔的还伴随着汽笛声。青葱说，让我看看，手还在那儿。小刀说，你别弄坏了，就这么看。青葱刚才的那点火又腾起来，这下他什么也没说，转身就走。

小刀慌了，说，你别走，给你给你。青葱没有转身，仍旧往前走。小刀急了，他拿着小火车，猛地朝着青葱喊，你要答应我一个条件，小火车就送给你！

青葱的脚就停了下来，他转过身，有点不相信自己的耳朵，说，你说什么？

　　小刀知道说出去的话收不回了，就后悔起来，支支吾吾的。

　　青葱说，你刚才说什么，要把小火车送给我？

　　小刀在心里骂了自己一句真该死，但那是说出去的话，他就说，是啊，只要你答应我一个条件，小火车就送给你。

　　青葱说，你说的送给我，就是我的了，不能再要回去。

　　小刀点了下头。

　　青葱说，那你说吧，什么？

　　小刀看了看天，估摸着火车就要进站了，他说，这样，等下火车就要进站了，火车进站的时候，你在火车面前，从站台这边跑到站台那边，如果能跑过去，我就把火车送给你，你看怎么样？小刀心里暗暗为自己突然想出来的这个条件惊喜，他敢肯定，青葱一定没这个胆量。

　　青葱犹豫一下，目光仍旧在小刀手里的小火车上，小火车在光亮里，仿佛是它自身的光芒一般，青葱想，火车进站的时候，速度根本不快，怕什么呢，就对小刀说，行！

　　小刀愣了一下，只能朝着青葱点头。接着，他们俩就一起朝着火车到来的方向看过去，心跳也立马乱起来。没过多久，已经远远地看见火车的身影了，随后刹车的声响就飘了过来。小刀说，要不然算了吧，我的小火车给你玩两天。青葱却说，不！

　　火车缓缓进站了，刹车的声音越来越响。青葱跳下站台，他能现在就跑过去，但是那样的话，有什么意思，就算小刀把火车给了他，他也还是个懦夫，胜得不光彩。他要在火车来的时候，一下子跳过去，想到这，他握紧了拳头，鼻尖上的光闪了一下。

火车近了，青葱已经能清楚地看到火车司机了，司机站在车头里，慌了神，朝着青葱使劲地挥舞着手臂，但青葱装作没看见，他要做一回英雄！

火车更近了，青葱摆好了起跑的姿势，他要在火车到来时一下子跳到轨道那边去，他更低地弯下了腰。

火车的风已经扑到青葱脸上了，青葱闭了下眼，右脚后脚跟猛一蹬，擦着火车的风跳了过去，青葱的脑子里"嗡"了一声，小刀在站台上大叫起来；车头到了脚前，火车没碰到他，左脚落地了，青葱的脑子里又"嗡"了一声。突然，一枚石子的重心偏移了，几枚石子的位置跟着挪动起来，青葱的左脚感觉一空，一个趔趄，左脚歪了过去，紧跟着，整个上半身朝前倒下去，右腿还在绷直着，来不及收回。火车发出了更刺耳的刹车声，伴随着一种异样的响动，青葱没了知觉。

青葱的右腿永远地留在了铁轨上。青葱醒来的时候，小火车静静地躺在他的枕头边。青葱不知道两家人怎么解决的这个事故，反正小刀没有来看过他，青葱让妈妈把小火车收起来，藏在了箱子底。之后没多久，小刀一家就从小镇上搬走了，青葱不清楚自己想不想要小刀来看他，他心里乱糟糟的，想不明白这些事，看或者不看，又有什么所谓的呢，总之，那之后，青葱再也没有见过小刀。

站台取消了，对于所有人来说，这是早就预料到的，它存在得莫名其妙，消失就成了自然而然的事。而对于青葱，站台存在的意义，或许就是夺走他的右腿，否则，还有什么呢？

站台一天天陈旧下去，漆皮已被剥蚀殆尽，棚顶、廊柱、地面，都裂出一道道缝隙，荒草在缝隙里钻出，仿佛这么些年，它们只是经历了漫长的沉睡，等待着苏醒；栏杆倾斜、歪倒、锈蚀，玻璃碎成渣子，岁月的尘埃在站台上越积越厚，变旧，发黄，晦暗下去，虽然站台未曾荣光过，但被取消的那一天到来时，它的溃败、倾颓来得如此迅速，出人意料。

十八岁那年的生日，青葱从箱底拿出了小火车，时间已经氧化了它，这是青葱第三次看到它，它完全黯淡了，曾经留在它身上的光彩，已和时间一同逝去。青葱拄着拐杖来到站台，他把小火车，连同他所剩无几的青春，一起埋在了站台上。

而后，他所要面对的，将是一个人孤独的成长，和那个遥远的消失的夏天。夏天，永远都是这样的。

（原载《萌芽》2014年12月下半月刊）

鹅卵石尾戒

一

后来，喜宝挥动了我为她编织的翅膀，消失在清凉的夜色里。

二

火烧到第三天的时候，终于慢慢熄灭。我的翅膀在这次突如其来的大火里被烧光了羽毛，所幸母亲在我三岁的时候就为我祈求到了防止火灾烧伤皮肉的咒语，只是被烧光的羽毛要一段时间才能生长出来，而这，也让我整个等待的黄昏变得愈加昏暗。

喜宝是在火熄灭后从暮城回来的。那天傍晚，我正坐在鄞城最高大的榕树顶上。喜宝走后，我每天都会飞上这棵榕树，因为它是鄞城最高的地方，我希望有一天能看到喜宝从暮城

的方向飞回来。因为羽毛被烧光的缘故，这次到榕树顶上耗
去的时间比平时的三倍还多。如果在平时，等我到了榕树顶上，
夜色来临的脚步声肯定已经在池塘里激起一层水纹了。但是
因为知道我在等待喜宝，普鲁士蓝先生每次都把时间的指针
往后调慢一刻钟，为此，我每次在爬上榕树顶的时候，就会
感激地为普鲁士蓝先生唱一首《光晕于若》，只是，我一直不
曾等到喜宝回来。

我唱歌的时候，普鲁士蓝先生就站在榕树下，一枚一枚
地剥去他捡来的耶余鸟的蛋壳。当我把整首《光晕于若》唱
完的时候，普鲁士蓝先生的脚下已经堆着厚厚一层蛋壳，耶
余鸟在他面前转来转去，它们偶尔也会仰起闪烁着荧光的头
看坐在榕树上的我。

耶余鸟的生命时光很短，普鲁士蓝先生是从下午开始忙
活的，他提着用玫瑰花枝编织而成的篮子，身影遍布鄄城的
每一个巢穴，一枚一枚地往篮子里捡耶余鸟的蛋。而后，在
夜晚还有一刻钟来临的时候，站在榕树下剥耶余鸟的蛋壳，
而在黑夜来临的时候，耶余鸟的生命也就完结了，它们是突
然化作一丝火苗消失的。小时候，我在家里吃晚饭时，远远
就看见突然腾起来的一道火光，而后迅疾熄灭，那时，普鲁
士蓝先生的哭声就像玫瑰色的风一样从远方飘过来。而唯一
能让普鲁士蓝先生停止哭泣的除了第二天升起的太阳，就是
我为他吟唱的《光晕于若》。

我坐在榕树顶上，眼睛一直看着月亮升起的地方，那是

喜宝飞回来的方向。耶余鸟绕着普鲁士蓝先生不停地奔跑，偶尔也会发出类似水果气味的叫声，更多的时候，耶余鸟发出的是蓝莓气味的叫声，那是普鲁士蓝先生最痴迷的气味，当然，叫声的气味是由普鲁士蓝先生的心情而定的。这个时候我闻到的是香草的气味，那是因为冥冥之中普鲁士蓝先生觉得喜宝会在今天到来，普鲁士蓝先生就让耶余鸟叫出了喜宝最喜欢的气味。

鄄城在暮色里随着玫瑰色的风有节奏地起伏，因为之前的火灾，玫瑰色的风也变得干巴巴的了，吹在脸上，有一种枯萎的感觉。我注视着鄄城的一切，火灾过后，湄河的水被烧干了，河滩上密密麻麻地布满了苍白的鹅卵石，一些幸存的鱼互相吐着口水擦拭彼此的伤口。而湄河岸边的树，则在火灾来临的时候，缩着身体躲进了泥土里，等雨季来临的时候，他们就伴随着泥土气息探出了脑袋。如果你足够幸运，还能看见未熄灭的火苗一跳一跳地燃烧在鹅卵石上，等那最后一朵火苗熄灭的时候，鹅卵石就会破裂开来，而一枚翡翠色的尾戒就安静地躺在裂开的鹅卵石怀里。捡到这枚尾戒的人，会有三次愿望的满足，而喜宝就是在她十八岁那年捡到了一枚尾戒，然后乘着愿望的云朵从鄄城离开了。

而我，从未设想自己有一天能像喜宝一样捡到一枚鹅卵石的尾戒，然后，跟着喜宝到达自己梦想中的暮城。那时候，我甚至绝望地想也许从此以后就再也见不到喜宝了。

我的翅膀因为没有了羽毛就变得生硬了，风吹过来，翅膀就冷冷地发颤，而在往常，风吹的时候，羽毛会发出雨水般叮叮的声响，想到这里，我就会想起喜宝第一次喊我名字时的样子，那天的一切我是永远都忘不了的。那时候，我坐在榕树上开始伤心，我担心如果有一天喜宝真的回来了，她还会不会跟没有了悦耳声响翅膀的我在一起呢。小的时候，喜宝就一直羡慕我的翅膀，而那时，我的梦想除了找到一枚鹅卵石的尾戒然后去暮城，就是亲手为喜宝编织一双翅膀，然后陪她坐在梦想中的暮城的黄昏里聆听彼此翅膀发出的悦耳声响。

耶余鸟叫声的气味渐渐暗下去的时候，我的心跳就开始乱了节奏。因为普鲁士蓝先生告诉我，当最后一只耶余鸟消失的时候，你所等待的人就会到来了，可是，之前的每次等待我都是失望的。也许由于习惯的缘故，我的心还是会这样乱节奏地跳。当耶余鸟开始一只接一只地化作火苗的时候，经过无数次的等待，喜宝的身影终于伴随着月亮从青菁山出现了。借着月光，喜宝身上闪烁着幽幽的光芒，我注意到，那是一层光彩夺目的七色鳞片，而后整个青菁山就被照亮了。我站起身，又一次唱起《光晕于若》：

> 她从鹅卵石的光芒里来，光晕于若
> 翡翠色的火苗不曾熄灭，光晕于若
> 耶余的香草味呜咽吟唱，光晕于若
> 玫瑰与风山的夜色闪烁，光晕于若

喜宝的那枚尾戒在小拇指上忽明忽暗地闪烁，她的微卷的头发披散下来，像鄄城那条黑夜才出现的瀑布，她的周身多了一层亮晶晶漾着动人波光的七色鳞片，她的脸上因为长途的飞翔而挂满了沿途沉睡的花瓣，我像以前那样轻轻地往喜宝脸上吹了口气，而后那些沉睡的花瓣就纷纷醒来，一片一片地从她脸上飘落了。

三

那是在一个黄昏来临的时候，已经苍老的母亲迎着玫瑰色的风把我的翅膀剪掉了。我疼得简直要死掉，母亲用指甲划开榕树，而后用食指沾着浓稠的树汁涂抹在我布满冰碴的伤口上，她嘴里不停地唱着《光晕于若》，我不住地在她的双手下挣扎，甚至对着她吐恶毒的墨绿色口水，这种颜色的口水在鄄城代表着最沉痛的不满。但是，她一直不声不响地做着这些，仿佛她手里抓住的仅仅是一个死掉的树干，而后，浓稠的树汁像是温暖的阳光一样漫在我的伤口上，我的母亲就从我身边消失了。

但是，她留下了一句谶语：最后的翅膀留给的是亡者。

当冰冷的疼痛渐渐平息下去的时候，我听到了一阵阵类似雨水般叮叮的声响，这阵声响来自我头顶上的榕树。那时，我抬起头朝榕树上望去，一个有着蓝羽的男孩正坐在榕树顶上，那阵雨水般叮叮的声响就来自他羽毛的浮动，这就是我第一次见到的他，而后来也因为他蓝羽的声响，他被我喊作了"叮叮"。

我朝着他喊道，喂，你能带我到榕树顶上吗，我的翅膀被我母亲剪掉了。而那个时候，我还没有捡到后来的鹅卵石尾戒，也没有浑身闪烁的鳞片，没有了翅膀，我就完全成了一个普通的女娃，喊他的时候，我没有奢望他真的能带我到榕树顶上。

他听到了我的喊声，就从榕树密密的树丛中看我，我注意到他有一双暗蓝色瞳孔的眼睛。他不说话，只是一动不动地看着我，我悲哀地低下了头，蝴蝶形状的自卑从我的耳朵里一只一只地飞出去，我的眼泪甚至都要流下来了。而让我没想到的是，他竟然对着我唱起了《光晕于若》，而后，我就被他牵着飞到了榕树顶上。

在飞到榕树顶上的那一刻，夕阳的内瓤被戳破了，整个鄄城被夕阳暖色的黏稠浓浓地包裹住，榕树顶上我甚至能听见他琥珀色的心跳。我对他说，你听，夕阳的内瓤就像你琥珀色的心跳。他还是不说话，只是朝着我羞赧地笑，一些细碎的花瓣就在他的唇齿间凋零了。

这之后，我们就每天都在一起了。他的声音像是春天河岸上的鹅卵石，水一冲，就哗啦啦地响。那天，我对他说，我母亲喊我喜宝，你的名字是什么啊？他就开始哭起来，灰扑扑的眼泪从他暗蓝色瞳孔的眼睛里流出来，我顿时慌了神。我说，你怎么了，你不要哭啊！他停止了哭泣，但是，耳朵像我一样飞出了一只又一只悲伤的蝴蝶，等蝴蝶渐渐消失的时候，他开始说话了。他说，我不知道我的名字，在我三岁的时候，母亲给我祈求了那句咒语后就消失不见了，从那之后，我就坐在鄞城最高的榕树上等待母亲回来，他们告诉我，母亲去了暮城，所有老去的母亲都会去暮城，在她们走之前，都会给孩子留下一句命运的谶语。说着这些的时候，他耳朵里又有一只蝴蝶无力地震颤着翅膀，我知道，那是代表他的悲伤正在渐渐平息下去。

你母亲给你留下了哪句话啊？那只蝴蝶还没有飞出他耳朵就消失掉了。

他望着暮城的方向说，最后的尾戒丧生于爱情。

最后的尾戒丧生于爱情，我默念道。鼻子里嗅到了普鲁士蓝先生的耶余鸟蓝莓气味的叫声。

我想让他高兴一些，就对他说，你不是没有名字嘛，我能给你一个名字吗？

他的暗蓝色瞳孔的眼睛就亮了起来，他说，从来没有人说要给我名字，鄞城里的人都讨厌我暗蓝色的瞳孔，他们骂我是暗蓝色瞳孔的怪物，喜宝，说到这里，他喊起了我的名字。

我望着他笑起来，我说，我喜欢你翅膀被风吹起来时雨水一样的声响，如果你不介意，我想叫你"叮叮"。

从那以后，我们每天黄昏的时候就坐在榕树顶上一遍又一遍地看下落的夕阳。有时候，叮叮会唱《光晕于若》给我听，而普鲁士蓝先生听到叮叮唱的《光晕于若》后，也会停止因为耶余鸟的死去而伤感的哭泣声。那时候，我一直认为我可能就这样陪着夕阳一天一天地长大，而后苍老，再然后，像耶余鸟一样化作一朵火苗死去。

只是，让我没有想到的是在我十八岁那年，鄄城在一场突如其来的火灾中燃烧殆尽了，当火熄灭的时候，湄河岸边一枚破裂开来的鹅卵石里藏了一枚尾戒，它让母亲消失前的那句谶语明晃晃地亮起来。

四

我在每一枚鹅卵石里藏了一个预言，它以尾戒完成凤愿的方式预示最后的谶语，它会满足你三个凤愿，而每次凤愿的完成也是把你往谶语的近处拉，最后一个凤愿的完成也意味着谶语的实现。

从出生的时候，我的耳朵里就不停地往外飞悲伤、凄凉、无助、冷漠的蝴蝶，我的世界里从来就没有一丝欢喜与美好，而所有的幸福在我眼里就成了深深的仇恨。我让尾戒裹上完成凤愿的甜美的外衣，而在最后一个凤愿达成的时候，归途只能是绝路。

被母亲剪掉翅膀的那个女孩在十八岁的那年捡到了那枚谶语的尾戒。那是鄄城的一场火灾过后的一个黄昏，那个叫喜宝的女孩路过湄河边去找一个男孩。鹅卵石上的火苗熄灭后，喜宝就沿着灼热的河岸往那棵榕树走去，最后一枚还在燃烧的鹅卵石就跳跳地跑到了喜宝的脚边，喜宝几乎愣在了那里，待她从惊讶中醒过来时，那枚尾戒就安静地躺在了鹅卵石的怀抱中。她想起了那个男孩母亲留给他的谶语：最后的尾戒丧生于爱情。

捡到那枚尾戒后，凤愿的甜美外衣就像梦一样笼罩着她了，她甚至忘记了那个还在榕树上等待着的男孩。她用那枚尾戒完成了她的第一个凤愿，她乘着愿望的云朵离开鄞城去了暮城。到了暮城，她长出了一身令人艳羡的鳞片，光照着她的时候，她就散发出奇异的美来，这让暮城里无数的男人开始为她着迷。起先，她为这种众星捧月般的美妙沉迷，可是，渐渐地，她开始厌倦这种生活，而她也总是会想起那些陪他坐在榕树顶上看夕阳的日子，好像生活突然就失去了光彩，而她耳朵里飞出的蝴蝶也一天比一天多起来。

. 在暮城的一个黄昏，她用尾戒完成了她的第二个凤愿。她看到了那个独自坐在榕树上的孤零零的男孩，他翅膀上的蓝羽在一场火灾中被烧尽了。他坐在榕树上等待她，他知道，她还是会回来，像是她第一次喊他那样，像是她一直都在，从不曾离开。

在鄞城的火熄灭的那个黄昏，她用尾戒完成了她的第三个凤愿，回到了鄞城，回到了他们一起看夕阳的那棵榕树上。

而他们不会想到的是，我在这场火灾熄灭后剩下的最后一枚鹅卵石上给了这个男孩一句死亡的谶语。

五

　　喜宝从暮城回来后，我看到她小拇指上的那枚尾戒渐渐地暗下去，而后消失不见，她身上的鳞片也渐渐剥落，她又变成了最初我见到她时的那个喜宝，我们坐在榕树上看还不知道的人生中的最后一次夕阳。

　　属于我的那枚鹅卵石尾戒就是在那时候跳到我面前的。那时候，我想，我终于可以亲手为喜宝编织一双翅膀了。我用那枚尾戒许下了第一个凤愿，喜宝长出了同我一样的有着蓝羽的翅膀，但是，那双翅膀上蓝羽的光很快就暗淡下去。紧接着，喜宝眼里的光也慢慢暗下去，而后，在我还没来得及许下第二个愿望的时候，喜宝就化作一丝火苗消失了。

　　我把尾戒狠狠地扔向暮城的方向，喜宝，我对着鄞城暗沉的天空大声地喊叫道，可是，空辽的鄞城只是沉默不语地吞噬掉我的呼喊，而后，无声无息。

　　那之后，我无数次梦见喜宝，梦见她挥动着我为她编织的翅膀，消失在了清凉的夜色里。

　　　　　　　　　（原载《萌芽》2015年6月下半月刊）